扫码聆听
汪曾祺经典

乡愁

汪曾祺

诵读汪曾祺

江苏凤凰文艺出版社

图书在版编目（CIP）数据

乡愁：诵读汪曾祺 / 汪曾祺著. —南京：江苏凤凰文艺出版社,2020.5
 ISBN 978-7-5594-4676-3

Ⅰ.①乡… Ⅱ.①汪… Ⅲ.①散文集-中国-当代 Ⅳ.①I267

中国版本图书馆 CIP 数据核字(2020)第 043732 号

乡愁：诵读汪曾祺
汪曾祺　著

出 版 人	张在健
责任编辑	牟盛洁　李　黎
责任印制	刘　巍
出版发行	江苏凤凰文艺出版社
	南京市中央路 165 号，邮编：210009
网　　址	http://www.jswenyi.com
印　　刷	南京互腾纸制品有限公司
开　　本	880 毫米×1230 毫米　1/32
印　　张	10.125
字　　数	175 千字
版　　次	2020 年 5 月第 1 版　2020 年 5 月第 1 次印刷
书　　号	ISBN 978-7-5594-4676-3
定　　价	48.00 元

江苏凤凰文艺版图书凡印刷、装订错误可随时向承印厂调换

目 录

第一辑 生于高邮

自报家门……………… 〇〇三

我的家乡……………… 〇一八

文游台………………… 〇二七

草巷口………………… 〇三三

露筋晓月……………… 〇三九

耿庙神灯……………… 〇四二

甓射珠光……………… 〇四四

我的家………………… 〇四七

故乡水………………… 〇六〇

花园…………………… 〇七〇

荷花・木香花………… 〇八一

腊梅花…………………〇八四

淡淡秋光………………〇八七

下大雨…………………〇九三

夏天……………………〇九四

冬天……………………〇九八

大淖记事(小说)………一〇二

第二辑　口腹乡情

故乡的元宵……………一二九

故乡的食物……………一三三

故乡的野菜……………一五〇

夏天的昆虫……………一五六

葡萄月令………………一五九

豆芽……………………一六六

豆腐……………………一六七

干丝……………………一七六

萝卜……………………一七九

珠花……………………一八五

黄油烙饼(小说)………一八六

第三辑　同行同路

- 我的祖父祖母……………一九九
- 彩云聚散………………二〇九
- 琥珀………………………二一二
- 我的父亲………………二一四
- 我的母亲………………二二三
- 大莲姐姐………………二二八
- 师恩母爱………………二三一
- 我的小学………………二三八
- 一个暑假………………二五一
- 我的初中………………二五五
- 雪湖………………………二六四
- 多年父子成兄弟………二六六
- 异秉(小说)……………二七一
- 受戒(小说)……………二八七

第一辑 生于高邮

自报家门

京剧的角色出台,大都有一段相当长的独白。向观众介绍自己的历史,最近遇到什么事,他将要干什么,叫作"自报家门"。过去西方戏剧很少用这种办法。西方戏剧的第一幕往往是介绍人物,通过别人之口互相介绍出剧中人。这实在很费事。中国的"自报家门"省事得多。我采取这种办法,也是为了图省事,省得麻烦别人。

法国安妮·居里安女士打算翻译我的小说。她从波士顿要到另一个城市去,已经订好了飞机票。听说我要到波士顿,特意把机票退了,好跟我见一面。她谈了对我的小说的印象,谈得很聪明。有一点是别的评论家没有提过,我自己从来没有意识到的。她说我很多小说里都有水,《大淖记事》是这样。《受戒》写水虽不多,但充满了水的感觉。我想了想,真是这样。这是很自然的。我的家乡是一个水乡,江苏北部一个不大的城市——高邮。

在运河的旁边。

运河西边,是高邮湖。城的地势低,据说运河的河底和城墙垛子一般高。我们小时候到运河堤上去玩,可以俯瞰堤下人家的屋顶。因此,常常闹水灾。县境内有很多河道。出城到乡镇,大都是坐船。农民几乎家家都有船。水不但于不自觉中成了我的一些小说的背景,并且也影响了我的小说的风格。水有时是汹涌澎湃的,但我们那里的水平常总是柔软的,平和的,静静地流着。

我是一九二〇年生的。三月五日。按阴历算,那天正好是正月十五,元宵节。这是一个吉祥的日子。中国一直很重视这个节日。到现在还是这样。到了这天,家家吃"元宵",南北皆然。沾了这个光,我每年的生日都不会忘记。

我的家庭是一个旧式的地主家庭。房屋、家具、习俗,都很旧。整所住宅,只有一处叫作"花厅"的三大间是明亮的,因为朝南的一溜大窗户是安玻璃的。其余的屋子的窗格上都糊的是白纸。一直到我读高中时,晚上有的屋里点的还是豆油灯。这在全城(除了乡下)大概找不出几家。

我的祖父是清朝末科的"拔贡"。这是略高于"秀才"的功名。据说要八股文写得特别好,才能被选为"拔贡"。他有相当多的田产,大概有两三千亩田,还开着两家药店,一家布店,但是生活却很俭省。他爱喝一点酒,酒菜不过是一个咸鸭蛋,而且一个咸鸭蛋能喝两顿酒。喝了酒有时就一个人在屋里大声背唐诗。他同时又是一个免费为人医治眼疾的眼科医生。我们家看眼科是祖传的。在孙辈里他比较喜欢我。他让我闻他的鼻烟。有一回我不停地打嗝,他忽然把我叫到跟前,问我他吩咐我做的事做好了没有。我想了半天,他吩咐过我做什么事呀?我使劲地想。他哈哈大笑:"嗝不打了吧!"他说这是治打嗝的最好的办法。他教过我读《论语》,还教我写过初步的八股文,说如果在清朝,我完全可以中一个秀才(那年我才十三岁)。他赏给我一块紫色的端砚,好几本很名贵的原拓本字帖。一个封建家庭的祖父对于孙子的偏爱,也仅能表现到这个程度。

我的生母姓杨。杨家是本县的大族。在我三岁时,她就死去了。她得的是肺病,早就一个人住在一间偏屋里,和家人隔离了。她不让人把我抱去见她。因此我对她全无印象。我只能从她的遗像(据说画得很像)上知道她是什么样子,另外我从父亲的画室里翻出一摞她生前写的大楷,字写得很清秀。由此我知道我的母亲是读过书的。她嫁给我父亲后还能每天写一张大字,可见她还过着一种闺秀式的生活,不为柴米操心。

我父亲是我所知道的一个最聪明的人。多才多艺。他不但金石书画皆通,而且是一个擅长单杠的体操运动员,一名足球健将。他还练过中国的武术。他有一间画室,为了用色准确,裱糊得"四白落地"。他后半生不常作画,以"懒"出名。他的画室里堆积了很多求画人送来的宣纸,上面都贴了一个红签:"敬求法绘,赐呼××"。我的继母有时提醒:"这几张纸,你该给人家画画了。"父亲看看红签,说:"这人已经死了。"每逢春秋佳日,天气晴和,他就打开画室作画。我非常喜欢站在旁边看他画,对着宣纸端详半天。先用笔杆的一头或大拇指指甲在纸上划几道,决定布局,然后画花头、枝干、布叶、勾筋。画成了,再看看,收拾一遍,题字,盖章,用摁钉钉在板壁上,再反复看看。他年轻时曾画过工笔的菊花。能辨别、表现很多菊花品种。因为他是阴历九月生的,在中国,习惯把九月叫作菊月,所以对菊花特别有感情。后来就放笔作写意花卉了。他的画,照我看是很有功力的。可惜局处在一个小县城里,未能浪游万里,多睹大家真迹。又未曾学诗,题识多用成句,只成"一方之士",声名传得不远。很可惜!他学过很多乐器,笙箫管笛、琵琶、古琴都会。他的胡琴拉得很好。几乎所有的中国乐器我们家都有过。包括唢呐、海笛。他吹过的箫和笛子是我一生中见过的最好的箫笛。他的手很巧,心很细。我母亲的冥衣(中国人相信人死了,在另一个世界——阴间还要生活,故用纸糊制了生活用物烧了,使死者可以"冥中收用",统称冥器。)是他亲手糊的。他选购了各种砑花的色纸,糊了很多套,四季衣裳,单夹皮棉,应有尽有。"裘皮"剪得极细,和真的一样,还能分出羊皮、狐皮。他会糊风筝。有一年糊了一个蜈蚣——这是风筝最难的一种,带着儿女到麦田里去放。蜈蚣在天上矫矢摆动,跟活的一样。这是我永远不能忘记的一天。他放蜈蚣用的是胡琴的"老弦"。用琴弦放风筝,我还未见过第二人。他养过鸟,养过蟋蟀。他用钻石刀把玻璃裁成小片,再用胶水一片一片斗拢粘固,做成小船、小亭子、八面玲珑绣球,在里面养金铃子——一种金色的小昆虫,磨翅发声如金铃。我父亲真是一个聪明人。如果我还不算太笨,大概跟我从父亲那里接受的遗传因子有点关系。我的审美意识的形成,跟我从小看他作画有关。

我父亲是个随便的人,比较有同情心,能平等待人。我十几岁时就和他对座饮酒,一起抽烟。他说:"我们是多年父子成兄弟。"他的这种脾气也传给了我。不但影响了我和家人子女、朋友后辈的关系,而且影响了我对我所写的人物的态度以及对读者的态度。

我的小学和初中是在本县读的。

小学在一座佛寺的旁边,原来即是佛寺的一部分。我几乎每天放学都要到佛寺里逛一逛,看看哼哈二将、四大天王、释迦牟尼、迦叶阿难、十八罗汉、南海观音。这些佛像塑得生动。这是我的雕塑艺术馆。

从我家到小学要经过一条大街,一条曲曲弯弯的巷子。我放学回家喜欢东看看,西看看,看看那些店铺、手工作坊、布店、酱园、杂货店、爆仗店、烧饼店、卖石灰麻刀的铺子、染坊……我到银匠店里去看银匠在一个模子上錾出一个小罗汉,到竹器厂看师傅怎样把一根竹竿做成笸箩的笸子,到车匠店看车匠用硬木车旋出各种形状的器物,看灯笼铺糊灯笼……百看不厌。有人问我是怎样成为一个作家的,我说这跟我从小喜欢东看看西看看有关。这些店铺、这些手艺人使我深受感动,使我闻嗅到一种辛劳、笃实、轻甜、微苦的生活气息。这一路的印象深深注入我的记忆,我的小说有很多篇写的便是这座封闭的、退色的小城的人事。

初中原是一个道观,还保留着一个放生鱼池。池上有飞梁(石桥),一座原来供奉吕洞宾的小楼和一座小亭子。亭子四周长满了紫竹(竹竿深紫色)。这种竹子别处少见。学校后面有小河,河边开着野蔷薇。学校挨近东门,出东门是杀人的刑场。我每天沿着城东的护城河上学、回家,看柳树,看麦田,看河水。

我自小学五年级至初中毕业,教国文的都是一位姓高的先生。高先生很有学问,他很喜欢我。我的作文几乎每次都是"甲上"。在他所授古文中,我受影响最深的是明朝大散文家归有光的几篇代表作。归有光以轻淡的文笔写平常的人物,亲切而凄婉。这和我的气质很相近,我现在的小说里还时时回响着归有光的余韵。

我读的高中是江阴的南菁中学。这是一座创立很早的学校，至今已有百余年历史。这个学校注重数理化，轻视文史。但我买了一部词学丛书，课余常用毛笔抄宋词，既练了书法，也略窥了词意。词大都是抒情的，多写离别。这和少年人每易有的无端感伤情绪易于相合。到现在我的小说里还带有一点隐隐约约的哀愁。

读了高中二年级，日本人占领了江南，江北危急。我随祖父、父亲在离城稍远的一个村庄的小庵里避难。在庵里大概住了半年。我在《受戒》里写了和尚的生活。这篇作品引起注意，不少人问我当过和尚没有。我没有当过和尚。在这座小庵里我除了带了准备考大学的教科书，只带了两本书，一本《沈从文小说选》，一本屠格涅夫的《猎人日记》。说得夸张一点，可以说这两本书定了我的终身。这使我对文学形成比较稳定的兴趣，并且对我的风格产生深远的影响。我父亲也看了沈从文的小说，说："小说也是可以这样写的？"我的小说也有人说是不像小说，其来有自。

一九三九年，我从上海经香港、越南到昆明考大学。到昆明，得了一场恶性疟疾，住进了医院。这是我一生第一次住院，也是唯一的一次。高烧超过四十度。护士给我注射了强心针，我问她："要不要写遗书？"我刚刚能喝一碗蛋花汤，晃晃悠悠进了考场。考完了。一点把握没有。天保佑，发了榜，我居然考中了第一志愿：西南联大中国文学系！

我成不了语言文字学家。我对古文字有兴趣的只是它的美术价值——字形。我一直没有学会国际音标。我不会成为文学史研究者或文学理论专家,我上课很少记笔记,并且时常缺课。我只能从兴趣出发,随心所欲,乱七八糟地看一些书。白天在茶馆里。夜晚在系图书馆。于是,我只能成为一个作家了。

不能说我在投考志愿书上填了西南联大中国文学系是冲着沈从文去的,我当时有点恍恍惚惚,缺乏任何强烈的意志。但是"沈从文"是对我很有吸引力的,我在填表前是想到过的。

沈先生一共开过三门课:各体文习作、创作实习、中国小说史,我都选了。沈先生很欣赏我。我不但是他的入室弟子,可以说是得意高足。

沈先生实在不大会讲课。讲话声音小,湘西口音很重,很不好懂。他讲课没有讲义,不成系统,只是即兴的漫谈。他教创作,反反复复,经常讲的一句话是:要贴到人物来写。很多学生都不大理解这是什么意思。我是理解的。照我的理解,他的意思是:在小说里,人物是主要的,主导的,其余的都是次要的,派生的。作者的心要和人物贴近,富同情,共哀乐。什么时候作者的笔贴不住人物,就会虚假。写景,是制造人物生活的环境。写景处即是写人,景和人不能游离。常见有的小说写景极美,但只是作者眼中之景,与人物无关。这样有时甚至会使人物疏远。即作者的叙述语言也须和人物相协调,不能用知识分子的语言去写农民。我相信我的理解是对的。这也许不是写小说唯一的原则(有的小说可以不着重写人,也可以有的小说只是作者在那里发议论),但是是重要的原则。至少在现实主义的小说里,这是重要原则。

沈先生每次进城(为了躲日本飞机空袭,他住在昆明附近呈贡的乡下,有课时才进城住两三天),我都去看他。还书、借书,听他和客人谈天。他上街,我陪他同去,逛寄卖行,旧货摊,买耿马漆盒,买火腿月饼。饿了,就到他的宿舍对面的小铺吃一碗加一个鸡蛋的米线。有一次我喝得烂醉,坐在路边,他以为是一个生病的难民,一看,是我!他和几个同学把我架到宿舍里,灌了好些酽茶,我才清醒过来。有一次我去看他,牙疼,腮帮子肿得老高,他不说一句话,出去给我买了几个大橘子。

我读的是中国文学系,但是大部分时间是看翻译小说。当时在联大比较时髦的是 A.纪德,后来是萨特。我二十岁开始发表作品。外国作家我受影响较大的是契诃夫,还有一个西班牙作家阿索林。我很喜欢阿索林,他的小说像是覆盖着阴影的小溪,安安静静的,同时又是活泼的,流动的。我读了一些弗金妮亚·沃尔芙的作品,读了普鲁斯特小说的片段。我的小说有一个时期明显地受了意识流方法的影响,如《小学校的钟声》《复仇》。

离开大学后,我在昆明郊区一个联大同学办的中学教了两年书。《小学校的钟声》和《复仇》便是这时写的。当时没有地方发表。后来由沈先生寄给上海的《文艺复兴》,郑振铎先生打开原稿,发现上面已经叫蠹虫蛀了好些小洞。

一九四六年初秋,我由昆明到上海。经李健吾先生介绍,到一个私立中学教了两年书。一九四八年初春离开。这两年写了一些小说,结为《邂逅集》。

到北京,失业半年,后来到历史博物馆任职。陈列室在午门城楼上,展出的文物不多,游客寥寥无几。职员里住在馆里的只有我一个人。我住的那间据说原是锦衣卫值宿的屋子。为了防火,当时故宫范围内都不装电灯,我就到旧货摊上买了一盏白瓷罩子的古式煤油灯。晚上灯下读书,不知身在何世。北京一解放,我就报名参加了四野南下工作团。

我原想随四野一直打到广州,积累生活,写一点刚劲的作品。不想到武汉就被留下来接管文教单位,后来又被派到一个女子中学当副教导主任。一年之后,我又回到北京,到北京市文联工作。一九五四年,调中国民间文艺研究会。

自一九五〇年至一九五八年,我一直当文艺刊物编辑。编过《北京文艺》《说说唱唱》《民间文学》。我对民间文学是很有感情的。民间故事丰富的想象和农民式的幽默,民歌比喻的新鲜和韵律的精巧使我惊奇不置。但我对民间文学的感情被割断了。一九五八年，我被错划成"右派"，下放到长城外面的一个农业科学研究所劳动，将近四年。

这四年对我来说是很重要的。我和农业工人（即是农民）一同劳动，吃一样的饭，晚上睡在一间大宿舍里，一铺大炕（枕头挨着枕头，虱子可以自由地从最东边一个人的被窝里爬到最西边的被窝里）。我比较切实地看到中国的农村和中国的农民是怎么回事。

一九六二年初，我调到北京京剧团当编剧，一直到现在。

我二十岁开始发表作品，今年六十九岁，写作时间不可谓不长。但我的写作一直是断断续续，一阵一阵的，因此数量很少。过了六十岁，就听到有人称我为"老作家"，我觉得很不习惯。第一，我不大意识到我是一个作家；第二，我没有觉得我已经老了。近两年逐渐习惯了。有什么办法呢，岁数不饶人。杜甫诗："座下人渐多。"现在每有宴会，我常被请到上席，我已经出了几本书，有点影响。再说我不是作家，就有点矫情了。我算什么样的作家呢？

我年轻时受过西方现代派的影响，有些作品很"空灵"，甚至很不好懂。这些作品都已散失。有人说翻翻旧报刊，是可以找到了。劝我搜集起来出一本书。我不想干这种事。实在太幼稚，而且和人民的疾苦距离太远。我近年的作品渐趋平实。在北京市作协讨论我的作品的座谈会上，我作了一个简短的发言，题为"回到民族传统，回到现实主义"，这大体上可以说是我现在的文学主张。我并不排斥现代主义。每逢有人诋毁青年作家带有现代主义倾向的作品时，我常会为他们辩护。我现在有时也偶尔还写一点很难说是纯正的现实主义的作品，比如《昙花·鹤和鬼火》，就是在通体看来是客观叙述的小说中有时还夹带一点意识流片段，不过评论家不易察觉。我的看似平常的作品其实并不那么老实。我希望能做到融奇崛于平淡，纳外来于传统，不今不古，不中不西。

我是较早意识到要把现代创作和传统文化结合起来的。和传统文化脱节，我以为是开国以后，五十年代文学的一个缺陷。——有人说这是中国文化的"断裂"，这说得严重了一点。有评论家说我的作品受了两千多年前的老庄思想的影响，可能有一点，我在昆明教中学时案头常放的一本书是《庄子集解》。但是我对庄子感极大的兴趣的，主要是其文章，至于他的思想，我到现在还不甚了了。我自己想想，我受影响较深的，还是儒家。我觉得孔夫子是个很有人情味的人，并且是个诗人。他可以发脾气，赌咒发誓。我很喜欢《论语·子路曾皙冉有公西华侍坐章》。他让在座的四位学生谈谈自己的志愿，最后问到曾皙（点）。

"点,尔何如?"

鼓瑟希,铿尔,舍瑟而作,对曰:"异乎三子者之撰。"

子曰:"何伤乎?亦各言其志也。"

曰:"暮春者,春服既成,冠者五六人,童子六七人,浴乎沂,风乎舞雩,咏而归。"

夫子喟然叹曰:"吾与点也。"

这写得实在非常美。曾点的超功利的率性自然的思想是生活境界的美的极致。

我很喜欢宋儒的诗:

万物静观皆自得,
四时佳兴与人同。

说得更实在的是:

顿觉眼前生意满,
须知世上苦人多。

我觉得儒家是爱人的,因此我自诩为"中国式的人道主义者"。

我的小说似乎不讲究结构。我在一篇谈小说的短文中,说结构的原则是:随便。有一位年龄略低我的作家每谈小说,必谈结构的重要。他说:"我讲了一辈子结构,你却说:随便!"我后来在谈结构的前面加了一句话:"苦心经营的随便",他同意了。我不喜欢结构痕迹太露的小说,如莫泊桑,如欧·亨利。我倾向"为文无法",即无定法。我很向往苏轼所说的:"如行云流水,初无定质,但常行于所当行,常止于所不可不止,文理自然,姿态横生。"我的小说在国内被称为"散文化"的小说。我以为散文化是世界短篇小说发展的一种(不是唯一的)趋势。

我很重视语言,也许过分重视了。我以为语言具有内容性。语言是小说的本体,不是外部的,不只是形式、是技巧。探索一个作者气质、他的思想(他的生活态度,不是理念),必须由语言入手,并始终浸在作者的语言里。语言具有文化性。作品的语言映照出作者的全部文化修养。语言的美不在一个一个句子,而在句与句之间的关系。包世臣论王羲之字,看来参差不齐,但如老翁携带幼孙,顾盼有情,痛痒相关。好的语言正当如此。语言像树,枝干内部液汁流转,一枝摇,百枝摇。语言像水,是不能切割的。一篇作品的语言,是一个有机的整体。

我认为一篇小说是作者和读者共同创作的。作者写了,读者读了,创作过程才算完成。作者不能什么都知道,都写尽了。要留出余地,让读者去捉摸,去思索,去补充。中国画讲究"计白当黑"。包世臣论书以为当使字之上下左右皆有字。宋人论崔颢的《长干歌》"无字处皆有字"。短篇小说可以说是"空白的艺术"。办法很简单:能不说的话就不说。这样一篇小说的容量就会更大了,传达的信息就更多。以己少少许,胜人多多许。短了,其实是长了。少了,其实是多了。这是很划算的事。

我这篇"自报家门"实在太长了。

一九八八年三月二十日

(原载《作家》1988年第七期)

我的家乡

法国人安妮居里安女士听说我要到波士顿,特意退了机票,推迟了行期,希望和我见一面。她翻译过我的几篇小说。我们谈了约一个小时,她问了我一些问题。其中一个是,为什么我的小说里总有水?即使没有写到水,也有水的感觉。这个问题我以前没有意识到过。是这样。这是很自然的。我的家乡是一个水乡,我是在水边长大的,耳目之所接,无非是水。水影响了我的性格,也影响了我的作品的风格。

我的家乡高邮在京杭大运河的下面。我小时候常常到运河堤上去玩(我的家乡把运河堤叫作"上河堆"或"上河塍"。"塍"字一般字典上没有,可能是家乡人造出来的字,音淌。"堆"当是"堤"的声转)。我读的小学的西面是一片菜园,穿过菜园就是河堤。我的大姑妈(我们那里对姑妈有个很奇怪的叫法,叫"摆摆",别处我从未听过有此叫法)的家,出门西望,就看见爬上河堤的石级。这段河堤有石级,因为地名"御码头",康熙或乾隆曾在此泊舟登岸(据说御码头夏天没有蚊子)。运河是一条"悬河",河底比东堤下的地面高,据说河堤和墙垛子一般高,站在河堤上,可以俯瞰堤下街道房屋。我们几个同学,可以指认哪一处的屋顶是谁家的。城外的孩子放风筝,风筝在我们脚下飘。城里人家养鸽子。鸽子飞起来,我们看到的是鸽子的背。几只野鸭子贴水飞向东,过了河堤,下面的人看见野鸭子飞得高高的。

我们看船。运河里有大船。上水的大船多撑篙。弄船的脱光了上身,使劲把篙子梢头顶上肩窝处,在船侧窄窄的舷板上,从船头一步一步走到船尾。然后拖着篙子走回船头,欻的一声把篙子投进水里,扎到河底,又顶着篙子,一步一步走向船尾。如是往复不停。大船上用的船篙甚长而极粗,篙头如饭碗大,有锋利的铁尖。使篙的通常是两个人,船左右舷各一人,有时只一个人,在一边。这条船的水程,实际上是他们用脚一步一步走出来的。这种船多是重载,船帮吃水甚低,几乎要漫到船上来。这些撑篙男人都极精壮,浑身作古铜色。他们是不说话的,大都眉棱很高,眉毛很重。因为长年注视着流动的水,故目光清明坚定。这些大船常有一个舵楼,住着船老板的家眷。船老板娘子大都很年轻,一边扳舵,一边敞开怀奶孩子,态度悠然。舵楼大都伸出一支竹竿,晾晒着衣裤,风吹着啪啪作响。

看打鱼。在运河里打鱼的多用鱼鹰。一般都是两条船,一船8只鱼鹰。有时也会有3条、4条,排成阵势。鱼鹰栖在木架上,精神抖擞,如同临战状态。打鱼人把篙子一挥,这些鱼鹰就劈劈啪啪,纷纷跃进水里。只见它们一个猛子扎下去,眨眼工夫,有的就叼了一条鳜鱼上来——鱼鹰似乎专逮鳜鱼。打鱼人解开鱼鹰脖子上的金属的箍(鱼鹰脖子上都有一道箍,否则它就会把逮到的鱼吞下去),把鳜鱼扔进船里,奖给它一条小鱼,它就高高兴兴,心甘情愿地转身又跳进水里去了。有时两只鱼鹰合力抬起一条大鳜鱼上来,鳜鱼还在挣蹦,打鱼人已经一手捞住了。这条鳜鱼够4斤!这真是一个热闹场面。看打鱼的,鱼鹰都很兴奋激动,倒是打鱼人显得十分冷静,不动声色。

远远地听见嘭嘭嘭嘭的响声,那是在修船、造船。嘭嘭的声音是斧头往船板上敲钉。船体是空的,故声音传得很远。待修的船翻扣过来,底朝上。这只船辛苦了很久,它累了,它正在休息。一只新船造好了,油了桐油,过两天就要下水了。看看崭新的船,叫人心里高兴——生活是充满希望的。船场附近照例有打船钉的铁匠炉,叮叮当当。有碾石粉的碾子,石粉是填船缝用的。有卖牛杂碎的摊子。卖牛杂碎的是山东人。这种摊子上还卖锅盔(一种很厚很大的面饼)。

我们有时到西堤去玩。我们那里的人都叫它西湖,湖很大,一眼望不到边,很奇怪,我竟没有在湖上坐过一次船。湖西是还有一些村镇的。我知道一个地名,菱塘桥,想必是个大镇子。我喜欢菱塘桥这个地名,引起我的向往,但我不知道菱塘桥是什么样子。湖东有的村子,到夏天,就把耕牛送到湖西去歇伏。我所住的东大街上,那几天就不断有成队的水牛在大街上慢慢地走过。牛过后,留下很大的一堆一堆牛屎。听说是湖西凉快,而且湖西有茭草,牛吃了会消除劳乏,恢复健壮。我于是想象湖西是一片碧绿碧绿的茭草。

高邮湖中,曾有神珠。沈括《梦溪笔谈》载:

"嘉祐中,扬州有一珠甚大,天晦多见,初出于天长县陂泽中,后转入甓射湖①,又后乃在新开湖中,凡十余年,居民行人常常见之。余友人书斋在湖上,一夜忽见其珠甚近,初微开其房,光自吻中出,如横一金线,俄顷忽张壳,其大如半席,壳中白光如银,珠大如拳,灿烂不可正视,十余里间林木皆有影,如初日前照,远处但见天赤如野火,倏然远去,其行如飞,浮于波中,杳杳如日。古有明月之珠,此珠色不类月,荧荧有芒焰,殆类日光。崔伯易尝为《明珠赋》。伯易高邮人,盖常见之。近岁不复出,不知所往。樊良镇正当珠往来处,行人至此,往往维船数宵以待观,名其亭为

---

① 编者按:甓射湖应为甓社湖。

'玩珠'。"

这就是"秦邮八景"的第一景"甓射珠光"。沈括是很严肃的学者,所言凿凿,又生动细微,似乎不容怀疑。这是个什么东西呢?是一颗大珠子?嘉祐到现在也才九百多年,已经不可究诘了。高邮湖亦称珠湖,以此。我小时学刻图章,第一块刻的就是"珠湖人",是一块肉红色的长方形图章。

湖通常是平静的,透明的。这样一片大水,浩浩淼淼(湖上常常没有一只船),让人觉得有些荒凉,有些寂寞,有些神秘。

黄昏了。湖上的蓝天渐渐变成浅黄,橘黄,又渐渐变成紫色,很深很浓的紫色。这种紫色使人深深感动。我永远忘不了这样的紫色的长天。

闻到一阵阵炊烟的香味,停泊在御码头一带的船上正在烧饭。一个女人高亮而悠长的声音:"二丫头……回来吃晚饭来……"像我的老师沈从文常爱说的那样,这一切真是一个圣境。高邮湖也是一个悬湖。湖面,甚至有的地方的湖底,比运河东面的地面都高。

湖是悬湖,河是悬河,我的家乡随时处在大水的威胁之中。翻开县志,水灾接连不断。我所经历过的最大的一次水灾,是民国二十年。

这次水灾是全国性的。事前已经有了很多征兆。连降大雨,西湖水位增高,运河水平了槽,坐在河堤上可以"踢水洗脚"。有很多很"瘆人"的不祥的现象。天王寺前,虾蟆趴在柳树顶上叫。老人们说:虾蟆在多高的地方叫,大水就会涨得多高。我们在家里的天井里躺在竹床上乘凉,忽然拨剌一声,从阴沟里蹦出一条大鱼!运河堤上,龙王庙里香烛昼夜不熄。七公殿也是这样。大风雨的黑夜里,人们说是看见"耿庙神灯"了。耿七公是有这个人的,生前为人治病施药,风雨之夜,他就在家门前高旗杆上挂起一串红灯,在黑暗的湖里打转的船,奋力向红灯划去,就能平安到岸。他死后,红灯还常在浓云密雨中出现,这就是耿庙神灯——"秦邮八景"中的一景。耿七公是渔民和船民的保护神,渔民称之为七公老爷,渔民每年要做会,谓之七公会。神灯是美丽的,但同时也给人一种神秘的恐怖感。阴历七月,西风大作。店铺都预备了高挑灯笼——长竹柄,一头用火烤弯如钩状,上悬一个灯笼,轮流值夜巡堤。告警锣声不绝。本来平静的水变得暴怒了。一个浪头翻上来,会把东堤石工的丈把长的青石掀起来。看来堤是保不住了。终于,我记得是七月十三(可能记错),倒了口子。我们那里把决堤叫作倒口子。西堤4处,东堤6处。湖水涌入运河,运河水直灌堤东。顷刻之间,高邮成为泽国。

我们家住进了竺家巷一个茶馆的楼上(同时搬到茶馆楼上的还有几家),巷口外的东大街成了一条河,"河"里翻滚着箱箱柜柜,死猪死牛。"河"里行了船,会水的船家各处去救人(很多人家爬在屋顶上、树上)。

约一星期后,水退了。

水退了,很多人家的墙壁上留下了水印,高及屋檐。很奇怪,水印怎么擦洗也擦洗不掉。全县粮食几乎颗粒无收。我们这样的人家还不致挨饿,但是没有菜吃。老是吃茨菇汤,很难吃。比茨菇汤还要难吃的是芋头梗子做的汤。日本人爱喝芋梗汤,我觉得真不可理解。大水之后,百物皆一时生长不出,唯有茨菇芋头却是丰收!我在小学的教务处地上发现几个特大的蚂蟥,缩成一团,有拳头大,踩也踩不破!

我小时候,从早到晚,一天没有看见河水的日子,几乎没有。我上小学,倘不走东大街而走后街,是沿河走的。上初中,如果不从城里走,走东门外,则是沿着护城河。出我家所在的巷子南头,是越塘。出巷北,往东不远,就是大淖。我在小说《异秉》中所写的老朱,每天要到大淖去挑水,我就跟着他一起去玩。老朱真是个忠心耿耿的人,我很敬重他。他下水把水桶弄满(他两腿都是筋疙瘩——静脉曲张),我就拣选平薄的瓦片打水漂。我到一沟、二沟、三垛,都是坐船。到我的小说《受戒》所写的庵赵庄去,也是坐船。我第一次离家乡去外地读高中,也是坐船——轮船。

水乡极富水产。鱼之类,乡人所重者为鳊、白、(花鱼即鳜鱼)。虾有青白两种。青虾宜炒虾仁,呛虾(活虾酒醉生吃)则用白虾。小鱼小虾,比青菜便宜,是小户人家佐餐的恩物。小鱼有名"罗汉狗子""猫杀子"者,很好吃。高邮湖蟹甚佳,以作醉蟹,尤美。高邮的大麻鸭是名种。我们那里八月中秋兴吃鸭,馈送节礼必有公母鸭成对。大麻鸭很能生蛋。腌制后即为著名的高邮咸蛋。高邮鸭蛋双黄者甚多。江浙一带人见面问起我的籍贯,答云高邮,多肃然起敬。曰:"你们那里出咸鸭蛋。"好像我们那里就只出咸鸭蛋似的!

我的家乡不只出咸鸭蛋。我们还出过秦少游,出过散曲作家王磐,出过经学大师王念孙、王引之父子。

县里的名胜古迹最出名的是文游台。这是秦少游、苏东坡、孙莘老、王定国文酒游会之所。台基在东山(一座土山)上,登台四望,眼界空阔,我小时常凭栏看西面运河的船帆露着半截,在密密的杨柳梢头后面,缓缓移过,觉得非常美。有一座镇国寺塔,是个唐塔,方形。这座塔原在陆上,运河拓宽后,为了保存这座塔,留下塔的周围的土地,成了运河当中的一个小岛。镇国寺我小时还去玩过,是个不大的寺。寺门外有一堵紫色的石制的照壁,这堵照壁向前倾斜,却不倒。照壁上刻着海水,故名海水照壁。寺内还有一尊肉身菩萨的坐像,是一个和尚坐化后漆成的。寺不知毁于何时。另外还有一座净土寺塔,明代修建。我们小时候记不住什么镇国寺、净土寺,因其一在西门,名之为西门宝塔;一在东门,便叫它东门宝塔。老百姓都是这么叫的。

全国以邮字为地名的,似只高邮一县。为什么叫作高邮?因为秦始皇曾在高处建邮亭。高邮是秦王子婴的封地,到今还有一条河叫子婴河,旧有子婴庙,今不存。高邮为秦代始建,故又名秦邮。外地人或以为这跟秦少游有什么关系,没有。

一九九一年六月二十日

(原载《作家》1991年第十期)

文游台

文游台是我们县首屈一指的名胜古迹。

台在泰山庙后。

泰山庙前有河,曰澄河。河上有一道拱桥,桥很高,桥洞很大。走到桥上,上面是天,下面是水,觉得体重变得轻了,有凌空之感。拱桥之美,正在使人有凌空感。我们每年清明节后到东乡上坟都要从桥上过(乡俗,清明节前上新坟,节后上老坟)。这正是杂花生树,良苗怀新的时候,放眼望去,一切都使人心情舒畅。

澄河产瓜鱼,长四五寸,通体雪白,莹润如羊脂玉,无鳞无刺,背部有细骨一条,烹制后骨亦酥软可吃,极鲜美。这种鱼别处其实也有,有的地方叫水仙鱼,北京偶亦有卖,叫面条鱼。但我的家乡人认定这种鱼只有我家乡有,而且只有文游台前面澄河里有。家乡人爱家乡,只好由着他说。不过别处的这种鱼不似澄河所产的味美,倒是真的。因为都经过冷藏转运,不新鲜了。为什么叫

"瓜鱼"呢?据说是因黄瓜开花时鱼始出,到黄瓜落架时就再捕不到了,故又名"黄瓜鱼"。是不是这么回事,谁知道。

泰山庙亦名东岳庙,差不多每个县里都有的,其普遍的程度不下于城隍庙。所祀之神称为东岳大帝。泰山庙的香火是很盛的,因为好多人都以为东岳大帝是管人的生死的。每逢香期,初一十五,特别是东岳大帝的生日(中国的神佛都有一个生日,不知道是从什么档案里查出来的)来烧香的善男信女(主要是信女)络绎不绝。一进庙门就闻到一股触鼻的香气。从门楼到甬道,两旁排列的都是乞丐,大都伪装成瞎子、哑巴、烂腿的残废(烂腿是用蜡烛油画的),来烧香的总是要准备一两吊铜钱施舍给他们的。

正面是大殿,神龛里坐着大帝,油白脸,疏眉细目,五绺长须,颇慈祥的样子。穿了一件簇新的大红蟒袍,手捧一把摺扇。东岳大帝何许人也?据说是《封神榜》上的黄飞虎!

正殿两旁,是"七十二司",即阴间的种种酷刑,上刀山、下油锅、锯人、磨人……这是对活人施加的精神威慑:你生前做坏事,死后就是这样!

我到泰山庙是去看戏。

正殿的对面有一座戏台。戏台很高,下面可以走人。这倒也好,看戏的不会往前头挤,因为太靠近,看不到台上的戏。

戏台与正殿之间是观众席。没有什么"席",只是一片空场,看戏的大都是站着。也有自己从家里扛了长凳来坐着看的。

没有什么名角,也没有什么好戏。戏班子是"草台班子",因为只在里下河一带转,亦称"下河班子"。唱的是京戏,但有些戏是徽调。不知道为什么,哪个班子都有一出《扫松下书》。这出戏剧情很平淡,我小时最不爱看这出戏。到了生意不好,没有什么观众的时候(这种戏班子,观众入场也还要收一点钱),就演《三本铁公鸡》,再不就演《九更天》《杀子报》。演《杀子报》是要加钱的,因为下河班子的闻太师勾的是金脸。下河班子演戏是很随便的,没有准调准词。只有一年,来了一个叫周素娟的女演员,是个正工青衣,在南方的科班时坐科学过戏,唱戏很规矩,能唱《武家坡》《汾河湾》这类的戏,甚至能唱《祭江》《祭塔》……我的家乡真懂京戏的人不多,但是在周素娟唱大段慢板的时候,台下也能鸦雀无声,听得很入神。周素娟混得到里下河来搭班,是"卖了脑子"落魄了。有一个班子有一个大花脸,嗓子很冲,姓颜,大家就叫他颜大花脸。有一回,我听他在戏台旁边的廊子上对着烧开水的"水锅"大声嚷嚷:"打洗脸水!"我从他的声音里听出了一腔悲愤,满腹牢骚。我一直对颜大花脸的喊叫不能忘。江湖艺人,吃这碗开口饭,是充满辛酸的。泰山庙正殿的后面,即属于文游台范围,沿砖路北行,路东有秦少游读书台。更北,地势渐高,即文游台。台基是一个大土墩。墩之一侧为四贤祠。四贤名字,说法不一。这本是一个"淫祠",是一位"蒲圻先生"把它改造了的。蒲圻先生姓胡,字尧元。明代张继《谒文游台四贤祠》诗云:"迩来风流久澌烬,文游名在无遗踪。虽有高台可游眺,异端丹碧徒穹窿。嘉禾不植稂莠盛,邦人奔走如狂矇。蒲圻先生独好古,一扫陋俗隆高风。长绳倒拽淫象出,易以四子衣冠容"。这位蒲圻先生实在是多事,把"淫象"留下来让我们看看也好。我小时到文游台,不但看不到淫象,连"四子衣冠容"也没有,只有四个蓝地金字的牌位。墩之正面为盍簪堂。"盍簪"之名,比较生僻。出处在易经。《易·豫》:"勿疑,朋盍簪。"王弼注:"盍,合也;簪,疾也。"孔颖达疏:"群朋合聚而疾来也。"如果用大白话说,就是"快来堂"。我觉得"快来堂"也挺不错。我们小时候对盍簪堂的兴趣比四贤祠大得多,因为堂的两壁刻着《秦邮帖》。小时候以为帖上的字是这些书法家在高邮写的。不是的。是把名家的书法杂凑起来的(帖都是杂凑起来的)。帖是清代嘉庆年间一个叫师亮采的地方官属钱梅溪刻的。钱泳《履园丛话》:"二十年乙亥……是年秋八月为韩城师禹门太守刻《秦邮帖》四卷,皆取苏东坡、黄山谷、米元章、秦少游诸公书,两殿以松雪、华亭二家。"曾有人考证,帖中书颇多"赝鼎",是假的,我们不管这些,对它还是很有感情。我们用薄纸蒙在帖上,用铅笔来回磨蹭,把这些字"塌"下来带回家,有时翻出来看看,觉得字都很美。

盍簪堂后是一座木结构的楼,是文游台的主体建筑。楼颇宏大,东西两面都是大窗户。我读小学时每年"春游"都要上文游台,趴在两边窗台上看半天。东边是农田,碧绿的麦苗、油菜、蚕豆正在开花,很喜人。西边是人家,鳞次栉比,最西可看到运河堤上的杨柳,看到船帆在树头后面缓缓移动,缓缓移动的船帆叫我心有点酸酸的,也甜甜的。

文游台的出名,是因为这是苏东坡、秦少游、王定国、孙莘老聚会的地方,他们在楼上饮酒、赋诗、倾谈、笑傲。实际上文游诸贤之中,最感动高邮人心的是秦少游。苏东坡只是在高邮停留一个很短的时期。王定国不是高邮人。孙莘老不知道为什么给人一个很古板的印象,使人不大喜欢。文游台实际上是秦少游的台。

秦少游是高邮人的骄傲,高邮人对他有很深的感情,除了因为他是大才子,"国士无双",词写得好,为人正派,关心人民生活(著过《蚕书》)……还因为他一生遭遇很不幸。他的官位不高,最高只做到"正字",后半生一直在迁谪中度过。四十六岁"坐党籍"——和司马光的关系,改馆阁校勘,出为杭州通判。这一年由于御史刘拯给他打了小报告,说他增损《实录》,贬监处州酒税。叫一个才子去管酒税,真是令人啼笑皆非。四十八岁因为有人揭发他写佛书,削秩徙郴州。五十岁,迁横州。五十一岁迁雷州。几乎每年都要调动一次,而且越调越远。后来朝廷下了赦令,迁臣多内徙,少游启程北归,至藤州,出游光华亭,索水欲饮,水至,笑视之而卒,终年五十三岁。

迁谪生活,难以为怀,少游晚年诗词颇多伤心语,但他还是很旷

达,很看得开的,能于颠沛中得到苦趣。明陶宗仪《说郛》卷八十二:

> 秦观南迁,行次郴州遇雨,有老仆滕贵者,久在少游家,随以南行,管押行李在后,泥泞不能进,少游留道傍人家以俟,久之盘跚策杖而至,视少游叹曰:"学士,学士!他们取了富贵,做了好官,不枉了恁地。自家做甚来陪奉他们,波波地打闲官,方落得甚声名!"怒而不饭。少游再三勉之,曰"没奈何。"其人怒犹未已,曰:"可知是没奈何!"少游后见邓博文言之,大笑,且谓邓曰:"到京见诸公。不可不举似以发大笑也。"

我以为这是秦少游传记资料中写得最生动的一则。而且是可靠的。这样如闻其声的口语化的对白是伪造不来的。这也是白话文学史中很珍贵的资料,老仆、少游,都跃然纸上。我很希望中国的传记文学、历史题材的小说戏曲都能写成这样。然而可遇而不可求。现在的传记、历史题材的小说,都空空廓廓,有事无人,而且注入许多"观点",使人搔痒不着,吞蝇欲吐。历史电视连续剧则大多数是胡说八道!

东坡闻少游凶信,叹曰:"少游已矣,虽万人何赎",呜呼哀哉。

一九九三年四月十九日

(原载《散文天地》1993年第五期)

草巷口

过去,我们那里的民间常用燃料不是煤。除了炖鸡汤、熬药,也很少烧柴,平常煮饭、炒菜,都是烧草,——烧芦柴。这种芦柴秆细而叶多,除了烧火,没有什么别的用处。草都由乡下——主要是北乡用船运来,在大淖靠岸。要买草的,到岸边和草船上的人讲好价钱,卖草的即可把草用扁担挑了,送到这家,一担四捆,前两捆,后两捆,水桶粗细一捆,六七尺长。送到买草的人家,过了秤,直接送到堆草的屋里。给我们家过秤的是一个本家叔叔抡元二爷。他用一杆很大的秤约了分量,用一张草纸记上"苏州码子"。我是从抡元二叔的"草纸账"上才认识苏州码子的。现在大家都用阿拉伯数字,认识苏州码子的已经不多了。我们家后花园里有三间空屋,是堆草的。一次买草,数量很多,三间屋子装得满满的,可烧很多时候。

从大淖往各家送草,都要经过一条巷子,因此这条巷子叫作草巷口。

草巷口在"东头街上"算是比较宽的巷子。像普通的巷子一样,是砖铺的,——我们那里的街巷都是砖铺的。但有一点和别的巷子不同,是巷口嵌了一个相当大的旧麻石磨盘。这是为了省砖,废物利用,还是有别的什么原因,就不知道了。

磨盘的东边是一家油面店,西边是一个烟店。严格说,"草巷口"应该指的是油面店和烟店之间,即石磨盘所在处的"口",但是大家把由此往北,直到大淖一带都叫作"草巷口"。

"油面店",也叫"茶食店",即卖糕点的铺子,店里所卖糕点也和别的茶食店差不多,无非是,兴化饼子、鸡蛋糕,兴化饼子带椒盐味,大概是从兴化传过来的;羊枣,也叫京果,分大小两种,小京果即北京的江米条,大京果似北京蓼花而稍小;八月十五前当然要做月饼,过年前做蜂糖糕,像一个锅盖,蜂糖糕是送礼用的;夏天早上做一种"潮糕",米面蒸成,潮糕做成长长的一条,切开了一片一片是正方的,骨牌大小,但是切时断而不分,吃时一片一片揭开吃,潮糕有韧性,口感很好;夏天的下午做一种"酒香饼子",发面,以糯米酒和面,烤熟,初出锅时酒香扑鼻。

吉升的糕点多是零块地卖,如果买得多(是为了送礼的),则用苇篾编的"撇子"装好,一底一盖,中衬一张长方形的红纸,印黑字:

本店开设东大街草巷口坐北朝南惠顾诸君请认明吉升字号庶不致误

源昌烟店主要是卖旱烟,也卖水烟——皮丝烟。皮丝烟中有一种,颜色是绿的,名曰"青条",抽起来劲头很冲。一般烟店不卖这种烟。

源昌有一点和别家店铺不同。别的铺子过年初一到初五都不开门,破五以前是不做生意的。源昌却开了一半铺子门,靠东墙有一个卖"要货"的摊子。可能卖要货的和源昌老板是亲戚,所以留一块空地供他摆摊子。"要货"即卖给小孩子的玩意:"捻捻转""地嗡子"……卖得最多的是"洋泡"。一个薄薄橡皮做的小囊,上附小木嘴,吹气后就成氢气球似的圆泡,撒手后,空气振动木嘴里的一个小哨,"哇"的一声。还卖一些小型的花炮,起火,"猫捉老鼠"……最便宜的是"嘀嘀金",——皮纸制成麦秆粗细的小管,填了一点硝药,点火后就会嗤嗤地喷出火星,故名"嘀嘀金"。

进巷口,过麻石磨盘,左手第一家是一家"茶炉子"。茶炉子是卖开水的,即上海人所说的"老虎灶"。店主名叫金大力。金大力只管挑水,烧茶炉子的是他的女人。茶炉子四角各有一只大汤罐,当中是火口。烧的是粗糠。一簸箕粗糠倒进火口,呼的一声,火头就蹿了上来,水马上呱呱地就开了。茶炉子卖水不收现钱,而是先前售出很多"茶筹子",——一个一个小竹片,上面用烙铁烙了字:"十文""二十文",来打开水的,交几个茶筹子就行。这大概是一种古制。

往前走两步,茶炉子斜对面,是一个澡堂子。不大。但是东街上只有这么一个澡堂子,这条街上要洗澡的只有上这家来。澡堂子在巷口往西的一面墙上钉了一个人字形小木棚,每晚在小棚下挂一个灯笼,算是澡堂的标志(不在澡堂的门口)。过年前在木棚下贴一条黄纸的告白,上写:"正月初六日早有菊花香水"。那就是说初一到初五澡堂是不开业的。为什么是"菊花香水"而不是兰花香水、桂花香水?我在这家澡堂洗过多次澡,从来没有闻到过"菊花香水"的味儿,倒是一进去,就闻到一股浓重的澡堂子味儿。这种澡堂子味道,是很多人愿意闻的。他们一闻这味道,就觉得:这才是洗澡!

有些人洗了烫水澡(他们不怕烫,不烫不过瘾),还得擦背、捏脚、修脚,这叫"全大套",还要叫小伙计去叫一碗虾籽、猪油、葱花面来,三扒两口吃掉。然后咕咚咕咚喝一壶浓茶,脑袋一歪,酣然睡去。洗了"全大套"的澡,吃一碗滚烫的虾籽汤面,来一觉,真是"快活似神仙"。

由澡堂向北,不几步,是一个卖香烛的小店。这家小店只有一间门面。除香烛纸祃之外,还卖"箱子"。苇秆为骨,外糊红纸,四角贴了"云头"。这是人家买去,内装纸钱,到祭时烧给亡魂的。小香烛店的老板(他也算是"老板"),人物猥琐,个儿矮小,而且是个"齉鼻子",齉得非常厉害,说起话来瓮声瓮气,谁也听不清他说什么。他的媳妇可是一个"刷括"(即干净利索)的小媳妇,她每天除了操持家务,做针线,就是糊"箱子"。一街的人都为这小媳妇感到不平——嫁了这么个小矮个齉鼻子丈夫。但是她就是这样安安静静地过了好多年。

由香烛店往北走几步,就闻到一股骡粪的气味。这是一家碾坊。这家碾坊只有一头骡子(一般碾坊至少有两头骡子,轮流上套)。碾坊是个老碾坊。这头骡子也老了,看到这头老骡子低着脑袋吃力地拉着碾子,总叫人有些不忍心,骡子的颜色是豆沙色的,更显得没有精神。

碾坊斜对面有一排比较整齐高大的房子,是连万顺酱园的住家兼作坊。作坊主要制品是萝卜干,萝卜干揉盐之后,晾晒在门外的芦席上,过往行人,可以抓几个吃。新腌的萝卜干,味道很香。

再往北走,有几户人家。这几家的女人每天打芦席,她们盘腿坐着,压过的芦苇片在她们的手指间跳动着,延展着,一会儿的工夫就能织出一片。

再往北还零零落落有几户人家。这几户人家都是干什么的,我就不知道了,我很少到那边去。

(原载《雨花》1995年第一期)

露筋晓月

"秦邮八景"中我最不感兴趣的是"露筋晓月"。我认为这是对我的故乡的侮辱。

有姑嫂二人赶路,天黑了,只得在草丛中过夜。这一带蚊子极多,叮人很疼。小姑子实在受不了。附近有座小庙,小姑子到庙里投宿。嫂子坚决不去,遂被蚊虫咬死,身上的肉都被吃净,露出筋来。时人悯其贞节、为她立了祠。祠曰露筋祠,这地方从此也叫作露筋。

这是哪个全无心肝的街道之士①编造出来的一个残酷惨厉的故事!这比"饿死事小,失节事大",还要灭绝人性。这故事起源颇早,米芾就写过《露筋祠碑》。然而早就有人怀疑过。欧阳修

---

① 编者注:此处"街"可能是"衙"字的刊误。或者,"街道之士"可能是指街头巷尾说三道四的人。北京出版的《汪曾祺作品全集》仍用"街道之士"。

就说这不合情理:蚊子怎么多,也总能拍打拍打,何至被咬死? 再说蚊子只是吸人的血,怎么会把肉也吃掉,露出筋来呢? 我坐小轮船从高邮往扬州,中途轮机发生故障,只能在露筋抛锚修理。高邮湖上的蓝天渐渐变成橙黄,又渐渐变成深紫,暝色四合,令人感动。我回到舱里,吃了两个夹了五香牛肉的烧饼,喝了一杯茶,把行李里带来的珠罗纱蚊帐挂好,躺了下来。不大会,就睡着了。

听到一阵嘤嘤的声音,睁眼一看:一个蚊子,有小麻雀大,正把它的长嘴从珠罗纱的窟窿里伸进来,快要叮到我的赤裸的胳臂,不过它太大了,身子进不来。我一把攥住它的长嘴,抽了一根棉线,把它的长嘴挂住,棉线的一端压在枕头下,蚊子进不来又飞不走,就在恨恨拍扇翅膀。这就好像两把扇子往里吹风。我想:这不赖,我可以凉凉快快地睡一夜。

一个声音,很细,但是很尖:

"哥们!"

这是蚊子说话哪,——"哥们"?

"哥们,你为什么把我拴住?"

"你是世界上最可恨的东西! 你们为什么要生出来?"

"我们是上帝创造的。"

"你们为什么要吸人的血?"

"这是上帝的意旨。"

"为什么咬得人又疼又痒?"

"不这样人怎么能记住他们生下来就是有罪的?"

"咬就咬吧,为什么要嗡嗡叫?"

"不叫,怎么能证明我们的存在?"

"你们真该统统消灭!"

"你消灭不了!"

"我现在就要把你消灭了!"

我伸开两手,隔着蚊帐使劲一拍。不料一欠身,线头从枕头下面脱出,蚊子带着一截棉线飞走了。最可气的是它还回头跟我打了个招呼:"拜拜！你消灭不了我们,我们是国家一级保护动物!"一声汽笛,我醒了。晓月朦胧,露华滋润,荷香细细,流水潺潺。轮机已经修好了。又一声长长的汽笛,小轮船继续完成未尽的航程。我靠着船栏杆,想起王士禛的《露筋祠》诗:"……门外野风开白莲。"

一九九三年四月十九日

(原载《散文天地》1994年第三期)

耿庙神灯

我的家乡的"八景"(鲁迅说中国人有八景癖)多一半跟水有关系,而且都是一些浪漫主义的想象,真要跑到那个景点去看,是什么也看不到的。"耿庙神灯"就是这样。

耿七公是有这个人的,他住在运河东堤上,是个医生,给人治病。但又似一个神仙。说是他常坐在一个蒲团上,在高邮湖上漂。某年运河决口,修筑河堤,水急,合不了龙,七公把蒲团往河里一丢,水一时断流,龙遂合。

有一点大概是可靠的,耿七公在他家门前立一个很高的旗杆,每天晚上挂一串红灯,为夜行的舟船指路。

耿七公死了,红灯长在。每到大风大雨之夜,湖里的船不辨东南西北,在风浪里乱转,这时在浓云密雨中就会出现红灯,有时三盏,有时五盏,有时七盏,飘飘忽忽,上上下下。迷路的船夫对着红灯划去,即可平安到岸。

七公是船户和渔民的保护神。他们在沙堤上为他立了一座小庙,叫"七公殿"。渔民每年要做"七公会",大香大烛,诚心礼拜,很隆重。

七公殿离御码头不远,我小时候去玩过。现在已经没有了,不过七公殿这个地方还有。渔民现在每年还做七公会。耿庙神灯,美丽的灯。

(原载《散文天地》1994年第三期)

甓射珠光

我小时学刻图章,第一块刻的是长方形的阳文:"珠湖人。"沈括《梦溪笔谈》:

> 嘉祐中,扬州有一珠甚大,天晦多见。初出于天长县陂泽中,后转入甓射湖①,又后乃在新开湖中,凡十余年,居民行人,常常见之。予友人书斋在湖上,一夜忽见其珠甚近。初微开其房,光自吻中出,如横一金线;俄顷忽张壳,其大如半席,壳中白光如银,珠大如拳,烂然不可正视,十余里间林木皆有影,如初日所照,远处但见赤如野火,倏然远去,其行如飞,浮于波中,杳杳如日。古有明月之珠,此珠殊不类月,

---

① 编者按:甓射应为甓社。宋代黄庭坚曾赋诗:"甓社湖中有明月,淮南草木借光辉。"宋代沈括《梦溪笔谈》载:"嘉祐中,扬州有一珠甚大,天晦多见,初出于天长县陂泽中,后转入甓社湖……"

荧荧有芒焰,殆类日光。崔伯易尝为《明珠赋》。伯易,高邮人,盖常见之。近岁不复出,不知所往。樊良镇正当珠往来处,行人至此,往往维船数宵以待现,名其亭为"玩珠"。

这就是所谓"甓射珠光"。甓射湖即高邮湖。"甓射珠光"是"秦邮八景"之一,甚至是八景之首。因为曾经有过那么一颗珠子,高邮湖又称"珠湖"。这个地名平常不大有人用,只有画家题画时偶尔一用。关于这颗珠子最早的记载大概是沈括的《梦溪笔谈》(崔伯易的《明珠赋》今不传)。这则笔谈不但详细,而且写得非常生动,使人有如目睹。"十余里间林木皆有影,如初日所照,远处但见天赤如野火;倏然远去,其行如飞,浮于波中,杳杳如日"这是何等神奇的景象呵!我们小时候都听大人谈过这颗神珠,与《笔谈》所记相差不多,其所根据,大概也就是《笔谈》。高邮人都应该感谢沈括,多亏他记载了这颗珠子,使我们的家乡多了一笔美丽的彩虹。否则,即使口耳相传,一代又一代,因为不曾见诸文字,听的人也是不会相信的,因为这颗珠子实在太"神"了。

沈括的记载大概是可靠的。沈括是个很严肃的人,《梦溪笔谈》虽亦记"神奇""异事",但他不是专门搜神志怪的人,即使是神奇、异事,也多有根据,不是道听途说,捕风捉影。这则《笔谈》所以可信,一是有准确的时间,"嘉祐中"(距今约九百三十年);二是他是亲自听"友人"说的。这位友人不会造谣。

这究竟是什么东西？曾经有人写过一篇文章，认为这是从外星发来的异物，地球上是不可能有发出那样的强光，其行如飞的东西的。这只是猜测。我宁可相信，这就是一颗很大的珠子。这颗大珠子早已不知所往，不会再出现了（多么神奇的珠贝也活不到九百多年）。但是它会永远存在于人们的想象之中。在修县志时也不妨仍然把"甓射珠光"这个事实上不存在的一景列入"八景"之中。珠子没有了，湖却是在的。

我刻的那块"珠湖人"的图章早已不知去向。我还记得图章的样子，长一寸，阔三分，是一块肉红色的寿山石。

一九八八年十月八日

（原载《中国物资报》1988 年 11 月 17 日）

我的家

十年前我回了一次家乡,一天闲走,去看了看老家的旧址,发现我们那个家原来是不算小的。我家的大门开在科甲巷(不知道为什么这条巷子起了这么个名字,其实这巷里除了我的曾祖父中过一名举人,我的祖父中过拔贡外,没有别的人家有过功名),而在西边的竺家巷有一个后门。我的家即在这两条巷子之间。临街是铺面。从科甲巷口到竺家巷口,计有这么几家店铺:一家豆腐店,一家南货店,一家烧饼店,一家棉席店,一家药店,一家烟店,一家糕店,一家剃头店,一家布店。我们家在这些店铺的后面,占地多少平米我不知道,但总是不小的,住起来是相当宽敞的。

这所老宅子分作东西两截,或两区。东边住着祖父母(我们叫"太爷""太太")和大房——大伯父一家。西边是二房(我的二伯母)和三房——我父亲的一家。东西地势相差约有三尺,由东边到西边要上几层台阶。

正屋的东边的套间住着太爷、太太,西边是大伯父和大伯母(我们叫"大爷""大妈")。当中是一个堂屋,因为敬神祭祖都在这间堂屋里,所以叫做"正堂屋"。正堂屋北面靠墙是一个很大的"老爷柜",即神案,但我们那里都叫做"老爷柜",这东西也确实是一个很长的大柜,当中和两边都有抽屉,下面还有钉了铜环的柜门。老爷柜上,当中供的是家神菩萨,左边是文昌帝君神位,右边是祖宗龛——一个细木雕琢的像小庙一样的东西,里面放着祖宗的牌位——神主。这正堂屋大概是我的曾祖父手里盖的,因为两边板壁上贴着他中秀才、中举人的报条。有年头了。原来大概是相当恢宏的。庭柱很粗,是"布灰布漆"的——木柱外涂瓦灰,裹以夏布,再施黑漆。到我记事时漆灰有多处已经剥落。这间老堂屋的铺地的箩底砖(方砖)的边角都磨圆了,而且特别容易返潮。天将下雨,砖地上就是潮乎乎的。若遇连阴天,地面简直像涂了一层油,滑的。我很小就知道"础润而雨"。用不着看柱础,从正堂屋砖地,就知道雨一时半会儿晴不了。一想到正堂屋,总会想到下雨,有时接连下几天,真是烦人。雨老不停,我的一个堂姐就会剪一个纸人贴在墙上,这纸人一手拿着簸箕,一手拿笤帚,风一吹,就摇动起来,叫"扫晴娘"。也真奇怪,扫晴娘扫了一天,第二天多少会放晴。

这间正堂屋的用处是：过年时敬神，清明祭祖。祭祖时在正中的方桌上放一大碗饭，这碗特别的大，有一个小号洗脸盆那样大，很厚，是白色的古瓷的，除了祭祖装饭外，不作别的用处。饭压得很实，鼓起如坟头，上面插了好多双红漆的筷子。筷子插多少双，是有定数的，这事总是由我的祖母做。另有四样祭菜。有一盘白切肉，一盘方块粉——绿豆粉，切成名片大小，三分厚。这方块粉在祭祖后分给两房。这粉一点味道都没有，实在不好吃，所以我一直记得。其余两样祭菜已无印象。十月朝（旧历十月初一）"烧包子"，即北方的"送寒衣"。一个一个纸口袋，内装纸钱，包上写明各代考妣冥中收用，一袋一袋排在祭桌前，下面铺一层稻草。磕头之后，由大爷点火焚化。每年除夕，要在这方桌上吃一顿团圆饭。我们家吃饭的制度是：一口锅里盛饭，大房、三房都吃同一锅饭，以示并未分家；菜则各房自炒，又似分爨。但大年三十晚上，祖父和两房男丁要同桌吃一顿。菜都是太太手制的。照例有一大碗鸭羹汤，鸭丁、山药丁、慈姑丁合烩。这鸭羹汤很好吃，平常不做，据说是徽州做法。我们的老家是徽州（姓汪的很多人的老家都是徽州），我们家有些菜的做法还保持徽州传统。比如肉丸蘸糯米蒸熟，有些地方叫珍珠丸子或蓑衣丸子，我们家则叫"徽团"。

我对大堂屋有一点特殊的记忆，是我曾在这里当过一回孝子。我的二伯父（二爷）死得早，立嗣时经过一番讨论。按说应该由长房次子，我的堂弟曾炜过继，但我的二伯母（二妈）不同意，她要我，因为她和我的生母感情很好，从小喜欢我。我是次房长子，长子过继，不合古理。后来是定了一个折中方案，曾炜和我都过继给二妈，一个是"派继"，一个是"爱继"。二妈死后，娘家提了一些条件，一是指定要用我祖父的寿材盛殓。太爷五十岁时就打好了寿材，逐年加漆，漆皮已经很厚了。因为二妈是年轻守节，娘家提出，不能不同意。一是要在正堂屋停灵，也只好同意了（本来上有老人，是不该在正屋停灵的）。我和曾炜于是履行孝子的职责，亲视含殓（围着棺材走一圈），戴孝披麻，一切如制。最有意思的是逢七的时候得陪张牌李牌吃饭。逢七，鬼魂要回来接受烧纸，由两个鬼役送回来。这两个鬼役即张牌李牌。一个较大的方杌凳，两副筷子，一碟白肉，一碟豆腐，两杯淡酒。我和曾炜各用一个小板凳陪着坐一会儿。陪鬼役吃饭，我还是头一回。六七开吊，我是孝子一直在场，所以能看到全部过程。家里办丧事，气氛和平常全不一样，所有的人都变得庄严肃穆起来。开吊像是演一场戏，大家都演得很认真。"初献""亚献""终献"，有条不紊，节奏井然。最后是"点主"。点主要一个功名高的人。给我的二伯母点主的是一个叫李芳的翰林，外号李三麻子。"点主"是在神主上加点。神主（木制小牌位）事前写好"×孺人之神王"，李三麻子就位后,礼生喝道:"凝神,想象,请加墨主。"李三麻子拈起一支新笔在"王"字上加一墨点。礼生再赞:"凝神,想象,请加朱主。"李三麻子用朱笔在墨点上加一点。这样死者的魂灵就进入神主了。我对"凝神,想象"印象很深,因为这很有点诗意。其实李三麻子对我的二伯母无从想象,因为他根本没有见过我的二伯母。

正堂屋对面,隔一个天井,是穿堂。

穿堂对面原来有一排三开间的房子,是我的叔曾祖父的一个老姨太太住的。房子很旧了,屋顶上长了很多瓦松,隔扇上糊的白纸都已成了灰色。这位老姨太太多年衰病,总是躺着。这一排房子里听不到一点声音,非常寂静,只有这位老姨太太的女儿——我们叫她小姑奶奶,带着孩子来住一阵,才有一点活气。

老姨太太死了,她没有儿子,由我一个叔祖父过继给她。这位叔祖父行六,我们叫他六太爷。这是个很有风趣的人,很喜欢孩子。老姨太太逢七,六太爷要来守灵烧纸。烧了纸,他弄一壶酒,慢慢喝着,给孩子讲故事——说书,说《大侠甘凤池》,一直说到深夜。因此,我们总是盼着老姨太太逢七。

祖父过六十岁的头年,把东边的房屋改建了一下,正堂屋没动,穿堂加大了。老姨太太原来住的一排房子拆了,盖了一个"敞厅"。房屋翻盖的情况我还记得,先由瓦匠头、木匠头挖出整整齐齐的一方土,供在老爷柜上。破土后,请全体瓦木匠在正堂屋吃一次饭。这顿饭的特别处是有一碗泥鳅,泥鳅我们家是不进门的,但是请瓦木匠必得有这道菜,这是规矩。我觉得这规矩对瓦木匠颇有嘲讽意味。接着是上梁竖柱,放鞭炮,撒糕馒,如式。

敞厅的特点是敞,很宽敞。盖得后,祖父的六十大寿在这里布置过寿堂,宴过客,此外就没有怎么用过,平常总是空着。我的堂姐姐有时把两张方桌拼起来,在上面缝被子。

敞厅对面,一道砖墙之外,是花园。花园原来没有园名,祖父命之曰"民圃",因为他字铭甫,取其谐音。我父亲选了两块方砖,刻了"民圃"两个小篆,嵌在一个六角小门的额上。但是我们还是叫它花园,不叫民圃。祖父六十大寿时自撰了一副长联,末署"民圃叟六十自寿","民圃"字样也只在长联里出现过,别处没有用过。

西边半截的房屋大概是祖父手里盖的,格局较小,主要房屋只是两个堂屋,上堂屋和下堂屋。

上堂屋两边的套间,东侧是三房,西侧是二房。

我的二伯父早逝,我没有见过。他房间里的板壁上挂着他的八寸放大照片,半侧身,穿着一身古典燕尾服,前身无下摆,雪白的圆角硬领衬衫,一只胳臂夹着一根象牙头的短手杖,完全是年轻的英国绅士派头,很英俊。听我父亲说,二伯父是个性格很刚烈的人。他是新党,但崇拜的不是孙文而是黄兴。有一次历史教员(那时叫做"教习")在课堂上讲了黄兴几句不恭敬的话,他上去就给了这个教员一个嘴巴子。二伯父和我父亲那时都在南京读中学(旧制中学)。他的死也跟他的负气任性的脾气有关。放暑假从南京回来,路过镇江,带着行李,镇江车站的搬运工人敲了他们一下,索价很高。二伯父一生气,把几个人的行李绑在一起,一个人就背了起来。没有走几步,一口血吐在地上,从此不起。

二伯母守节有年,她变得有些古怪。我的小说《珠子灯》里所写的孙小姐的原型,就是我的二伯母。

她变得有点古怪了,她屋里的东西都不许人动。王常生活着的时候是什么样子,永远是什么样子,不许挪动一点。王常生用过的手表、座钟、文具,还有他养的一盆雨花石,都放在原来的位置。孙小姐原是个爱洁成癖的人,屋里的桌子、椅子、茶壶茶杯,每天都要用清水洗三遍。自从王常生死后,除了过年之前,她亲自监督着一个从娘家陪嫁过来的女佣大洗一天之外,平常不许擦拭。里屋炕几上有一套茶具:一个白瓷的茶盘,一把茶壶,四个茶杯。茶杯倒扣着,上面落了细细的尘土。茶壶是荸荠形的扁圆的,茶壶的鼓肚子下面落不着尘土,茶盘里就清清楚楚留下一个干净的圆印子。

她病了,说不清是什么病。除了逢年过节起来几天,其余的时间都在床上躺着,整天地躺着,除了那个女佣,没有人上她屋里去。

有一个人是常上她屋里去的,我。我去了,坐在她床前的杌凳上,陪她一会儿。她精神好的时候,教我《长恨歌》《西厢记·长亭》:

> 春风桃李花开日,
> 秋雨梧桐叶落时。
> 碧云天,
> 黄花地,
> 西风紧,
> 北雁南飞。
> 晓来谁染霜林醉,
> 总是离人泪。

也有的时候,她也会讲一点轻松一些的文学故事,念苏东坡嘲笑小妹的诗:

> 人前走不上三五步,
> 额头先到画堂前。

这样的时候,她脸上也会有一点笑意。她的记忆很好,教我念诗,都是背出来的。她背诗,抑扬顿挫,节奏很强,富于感情,因此她教过我的诗词,我一直记得很清楚。她的诗词,是邑中一个老名士教的。

她老是叫我坐在她床前吃东西,吃饭,吃点心。吃两口,她就叫我张开嘴让她看看。接着就自言自语:"王二娘个猫,王二娘个猫,王二娘个猫。"不知道这是什么意思。她是王二娘,我是她的猫?有时我不在跟前,她一个人在屋里也叨咕:"王二娘个猫,王二娘个猫。"

每年夏天,她要回娘家住一阵。归宁那天,且出不了房门哩。跨出来,转身又跨进去,跨出来,又跨进去。轿子等在大门口(她回娘家都是坐轿子),轿前两盏灯笼换了几次蜡烛,她还没跨出房门。

这种精神状态,我们那里叫做"魔"。

下堂屋左边是我父亲的画室,右边是"下房",女佣住的地方。

下堂屋南,一道花瓦墙外,即是花园,墙上也有一个小六角门。

开开六角门,是一片砖墁的平地。更南,是花厅。花厅是我们这所住宅里最明亮的屋子,南边一溜全是大玻璃窗,听说我父亲年轻时常请一些朋友来,在花厅里喝酒,唱戏,吹弹歌舞,到我记事的时候，就没有看过这种热闹。花厅也总是闲着。放暑假，我们到花厅里来做假期作业。每年做酱的时候，我的祖母在花厅里摊晾煮熟的黄豆和烤过的发面饼，让豆、饼长毛发酵。花厅外的砖地上有一口大缸，装着豆酱，一口浅缸，装着甜面酱。

砖地东面，是一个花台，种着四棵很大的蜡梅花，主干都有碗口粗，每年开很多花。这种蜡梅的花心是紫檀色的。按说"磬口檀心"是蜡梅的名种，但是我们那里重白心的，叫做"冰心蜡梅"，而将檀心者起一个不好听的名称，叫"狗心蜡梅"。下雪之后，上树摘花，是我的事。蜡梅的骨朵很密。相中一大枝，折下来，养在大胆瓶里，过年。

蜡梅花的对面，是两棵桂花。一棵金桂，一棵银桂。每年秋天，吐蕊开花。桂花树下，长了一片萱草，也没人管它，自己长得很旺盛。萱花未尽开时摘下，阴干，我们那里叫做金针，北方叫做黄花菜。我小时最讨厌黄花菜，觉得淡而无味。到了北方，学做打卤面，才知道缺这玩意还不行。

桂花树后，是南北向的花瓦墙，墙上开一圆门，即北方所说的月亮门。

出圆门，是一畦菜地。我的祖母每年在这里种乌青菜，即上海人所说的塌苦菜。这块菜地土很瘦，乌青菜都不肥大，而茎叶液汁浓厚，旋摘煮食，味道极好，远胜市上买来的，叫做"起水鲜"。

经霜后,叶缘皆作紫红色,尤其甜美。

菜畦左侧有一棵紫薇,一房多高,开花时乱红一片,晃人眼睛。游蜂无数——齐白石爱画的那种大个的黑蜂,穿花抢蕊,非常热闹。西侧,有一座六角亭,可以小坐。

菜畦东边有一条砖路。砖路尽处是一棵木瓜,一棵矾杏,一棵柿树,都很少结果。

树之外,是一座船亭。这是祖父六十大寿头年盖的。船头向东,两边墙上各开了海棠形的窗户。祖父盖船亭,是为了"无事此静坐",但是他只来坐过几次,平常不来,经常锁着。隔着正面的玻璃隔扇,可以看到里面铁梨木琴几上摆着几件彝器,几把檀木椅子,萧萧爽爽。

船亭对面,有一棵很大的柳树。挨着柳树,是一个高高的花坛。花坛上原来想是栽了不少花的,但因为无人料理,只剩下一棵石榴,一丛鱼儿牡丹。鱼儿牡丹开一串一串粉红的花,花作鸡心形,像是童话里的植物。

花坛对面,是土山。这座土山不知是哪年堆成的。这些土是从园里挖出的,还是从外面运进来的,均不知道。土山左脚,种了两棵碧桃,一棵白的,一棵浅红的。碧桃花其实是很好看的,花开得很繁茂,花期也长,应该对它珍贵一点,但是大家都不把它当回事,也许因为它花开得太多,也太容易养活了。土山正面,种了四棵香橼,每年都要结很多。香橼就是"橘逾淮南则为枳"的枳,但其实枳和橘是两种植物。香橼秋天成熟。香橼的香气很冲,不大好闻。但香橼花的气味是很好的,苦甜苦甜的。花白色,瓣微厚,五出深裂,如小酒盏,很好看。山顶有两棵龙爪槐,一在东,一在西。西边的一棵是我的读书树。我常常爬上去,在分杈的树干上靠好,带一块带筋的干牛肉或一块榨菜,一边慢慢嚼着,一边看小说。土山外隔一道墙是一个尼庵,靠在树上可以看见小尼姑从井里汲水浇菜。这尼庵的尼姑是带发修行的,因此我看的小尼姑是一头黑发。

从土山东边下山,是一片空地。空地上有一口很大的缸,养着很大的金鱼,这是大伯父养的。因此,在我们的印象里这一边是大爷的地方。但是我们并未分家,小孩子是可以自由来去的。

金鱼缸的西北边有一架紫藤。盛花时,紫云拂地。花谢,垂下一根一根长长的刀豆。

鱼缸正北,一棵白丁香,一棵紫丁香。

丁香之左,一片紫鸢。

往南,墙边一丛金雀花。

紫鸢的东边,荒草而已。这片草地每年下面结不少甘露,我们那里叫做螺蛳菜或宝塔菜。甘露洗净后装白布袋,可入甜面酱缸腌渍。

草地之东有一排很大的冬青树。夏天开密密的小白花，也有香味。秋后结了很多紫色的胡椒粒大的果实。

冬青之外，是"草房"，堆草的屋子。我们那里烧草——芦柴，一次要置很多担草，垛积在一排空屋里。

冬青的北面，是花房，房顶南檐是玻璃盖的，原是大爷养花的地方，但他后来不养花了，花房就空着。一壁挂着一个老鹰风筝。据我父亲说这个老鹰是独脑线的——只有一根脑线。老鹰风筝是大爷年轻时放过的。听我父亲说，放上去之后，曾有真的老鹰和它打过架。空空的花房里只有两盆颇大的夹竹桃。夹竹桃红花殷殷的，我忽然觉得有些紧张，因为天忽然黑下来了，只有我一个人，在空空的花园里。

听大人说，这花园里有一个白胡子老头。这白胡子老头是神仙，还是妖怪？但是，晚上是没有人到花园里去的，东边和西边的小六角门都上了铁锁。

我们这座花园实在很难叫做花园，没有精心安排布置过，草木也都是随意种植的，常有一点半自然的状态。但是这确是我童年的乐园，我在这里掏过很多蟋蟀，捉过知了、天牛、蜻蜓，捅过马蜂窝——这马蜂窝结在冬青树上，有蒲扇大！

故乡水

这是三年前的事了。

我坐了长途汽车回我的久别的家乡去。真是久别了啊,我离乡已经四十年了。车上的人我都不认识。他们也都不认识我。他们都很年轻。他们用我所熟悉而又十分生疏了的乡音说着话。我听着乡音,不时看看窗外。窗外的景色依然有着鲜明的苏北的特点,但于我又都是陌生的。宽阔的运河、水闸、河堤上平整的公路、新盖的民房……

快到车逻了。过了车逻,再有十五里,就是我的家乡的县城了,我有点兴奋。在车逻,我遇见一件不愉快的事。车逻是终点前一站,下车、上车的不少,车得停一会。一个脏乎乎的人夹在上车的旅客中间挤上来了。他一上车,就伸开手向人要钱:"修福修寿!修儿子!修孙子!""修福修寿!修儿子!修孙子!"他用了我所熟悉的乡音向人乞讨。这是我十分熟悉的乡音。

四十年前，我的家乡的乞丐就是用这样的言词要钱的。真想不到，今天还有这样的乞丐，并且还用了这种的言词乞讨。我讨厌这个人，讨厌他的声音和他的乞讨时的神情。他并不悲苦，只是死皮赖脸，而且有点玩世不恭。这人差不多有六十岁了，但是身体并不衰惫。他长着一张油黑色的脸，下巴翘出，像一个瓢把子。他浑身冒出汗水的气味。他的裤裆特别肥大，并且拦裆补了很大的补丁。他有小肠气，——这在我的家乡叫作"大卵泡"。

他把肮脏的右手伸向一个小青年：

"修福修寿！修儿子！修孙子！"

邻座另一个小青年说：

"人家还没有结婚！"

"——修个好老婆！"

几个青年同时哄笑起来。我不知道为什么这样一句话会使得他们这样地高兴。车上有人给他一角钱、五分钱……上车的客人都已坐定，车要开了，他赶快下车。不料司机一关车门，车子立刻开动，并且开得很快。"哎！哎！我下车！我下车！"司机扁着嘴笑着，不理他。车开出三四里，司机才减了速，开了车门，让他下去。司机存心捉弄他，要他自己走一段路。他下了车，用手对汽车比划着，张着嘴，大概是在咒骂。他回头向车逻方向走去，一拐一拐的，样子很难看，走得却并不慢。车上几个小青年看着他的蹒跚的背影,又一起快活地哄笑起来。这个人留给我的印象是:丑恶;而且,无耻!我这次回乡,除了探望亲友,给家乡的文学青年讲讲课,主要的目的是了解了解家乡水利治理的情况。我的家乡苦水旱之灾久矣。我的家乡的地势是四边高,当中洼,如一个水盂。城西面的运河河底高于城中的街道,站在运河堤上可以俯瞰堤下人家的屋顶。运河经常决口。五年一小决,十年一大决。民国二十年的大水灾我是亲历的。死了几万人。离我家不远的泰山庙就捞起了一万具尸体。旱起来又旱得要命。离我家不远有一条澄子河,河里能通小轮船,可到一沟、二沟、三垛,直达邻县兴化。我在《大淖记事》里写到的就是这条河。有一年大旱,澄子河里拉了洋车!我的童年的记忆里,抹不掉水灾、旱灾的怕人景象。在外多年,见到家乡人,首先问起的也是这方面的情况。有一个在江苏省水利厅工作的我的初中同学有一次到北京开会,来看我。他告诉我我们家乡的水治好了。因为修了江都水利枢纽,筑了洪泽湖大坝,运河的水完全由人力控制了起来,随时可以调节。水大了,可以及时排出;水不足,可以把长江水调进来。——家乡人现在可以吃到江水,水灾、旱灾一去不复返了!县境内河也都重新规划调整了;还修了好多渠道,已经全面实现自流灌溉。我听了,很为惊喜。因此,县里发函邀请我回去看看,我立即欣然同意。

运河的改变我在路上已经看到了。我住的招待所离运河不远,几分钟就走上河堤了。我每天起来,沿着河堤从南门走到北门,再折回来。运河拓宽了很多。我们小时候从运河东堤坐船到西堤去玩,两篙子就到了。现在坐轮渡,得一会子。河面宽处像一条江了。原来的土堤全部改为石工。堤面也很宽。堤边密密地种了两层树。在堤上走走,真是令人身心舒畅。

我翻阅了一些资料,访问了几位前后主持水利工作的同志,还参观了两个公社。

农村的变化比城里要大得多。这两个公社的村子我小时候都去过,现在简直一点都认不出了。田都改成了"方田",到处渠道纵横,照当地的说法是"田成方,渠成网"。渠道都是正南正北,左东右西。渠里悠悠地流着清水,渠旁种了高大的芦竹或是杞柳。杞柳我们那里原来都叫作"笆斗柳",是编笆斗用的,大都是野生的。现在广泛种植了。我和陪同参观的同志在渠边走着,他们告诉我这条渠"一步一块钱",是说每隔一步,渠边每年可收价值一块钱的柳条。柳条编制的柳器是出口的。我走了几个大队,没有发现一挂过去农村随处可见的龙骨水车,问:

"现在还能找到一挂水车吗?""没有了!这东西已经成了古董。现在是,要水一扳闸,看水穿花鞋。——穿了花鞋浇水,也不会沾一点泥。""应当保留一挂,放在博物馆里,让后代人看看。"

"这家伙太大了！——可以搞一个模型。"我问起县里的自流灌溉是怎么搞起来的。陪同的同志告诉我，要了解这个，最好找一个人谈谈。全县自流灌溉首先搞起来的，是车逻。车逻的自流灌溉是这个人搞起来的。这人姓杨。他现在调到地区工作了，不过家还没有搬，他有时回县里看看。我于是请人代约，想和他见见。

不料过了两天，一大早，这位老杨就到招待所来找我了。

下面就是老杨同志和我谈话的纪要："我是新四军小鬼出身，没搞过水利。""那时我还年轻，在车逻当区长。""车逻的粮食亩产一向在全县是最高的，——当然不能和现在比。现在这个县早过了'千斤县'，一般的亩产都在一千五百斤以上，有不少地方过了'吨粮'——亩产二千斤。那会，最好的田，亩产五百斤，一般的一二百斤。车逻那时的亩产就可达五百斤。但是农民并不富裕，还是很穷。为什么？因为农本高。高在哪里？车水。车逻的田都是高田，那时候，别处的田淹了，车逻是好年成。平常，每年都要车水。车逻的水车特别长！别处的，二十四轧，算是大水车了。车逻的：三十二轧，三十四轧，三十六轧！有的田得用两挂三十六轧大车接起来，才能把水车上来！车水是最重的农活。到了车栽秧水的日子，各处的人都来。本地的，兴化、泰州、甚至盐城的，都来。工钱大，吃食也好。一天吃六顿，顿顿有酒有肉。农本高，高就高在这上头。一到车水，是'外头不住地敲'——车水都要敲锣鼓；'家里不住地烧'——烧吃的；'心里不住地焦'——不知道今天能不能把田里的水上满。一到太阳落山，田里有一角上不到水，这家子就哭咧，——这一年都没指望了。"

我有点不明白，为什么栽秧水必须一天之内车好，第二天接着车不行吗？但是我没有来得及问。

"'外头不住地敲，家里不住地烧，心里不住地焦'，真是一点都不错呀！

"大工钱不是好拿的，好茶饭不是好吃的。到车水的日子，你到车逻来看看，那真叫'紧张热烈'。到处是水车，一挂一挂的长龙。锣鼓敲得震天响。看，是很好看的：车水的都脱光了衣服，除了一个裤头子，浑身一丝不挂，腿上都绑了大红布裹腿。黑亮的皮肉，大红裹腿，对比强烈，真有点'原始'的味道。都是年青的小伙，——上岁数的干不了这个活，身体都很棒，一个赛似一个！赛着踩。几挂大车约好，看哪一班子最后下车杠。坚持不住，早下的，认输。敲着锣鼓，唱着号子。车水有车水的号子，一套一套的：'四季花'、'古人名'……看看这些小伙，好像很快活，其实是在拼命。有的当场就吐了血。吐了血，抬了就走，二话不说，绝不找主家的麻烦。这是规矩。还有的，踩着踩着，不好了：把个大卵子忒下来了！"

我的家乡把忽然漏下来叫 te，有音无字，恐怕连《康熙字典》

里都查不到，我只好借用了这个"忑"字，在音义上还比较相近。我找不到别的字来代替它，用别的字都不能表达那种感觉。

我问他，我在车逻车站遇见的那个伸手要钱的人，是不是就是这样得下的病。

"就是的！这人原来是车水的一把好手。他丧失了劳动力，什么也干，最后混成了这个样子！——我下决心搞自流灌溉和这病有直接关系。

"那年征兵我跟着医生一同检查应征新兵的体格，——那时的区长什么事都要管。检查结果，百分之八十不合格！——都有轻重不等的小肠气。我这个区的青年有这样多的得小肠气的，我这个区长睡不着觉了！

"我想：车逻紧挨着运河，为什么不能用上运河水，眼瞧着让运河好水白白地流掉？车逻田是高田，但是田面比运河水面低，为什么不能把运河水引过来，浇到田里？为什么要从下面的河里费那样大的劲把水车上来？把运河堤挖通，安上水泥管子，不就行了吗？

"要什么没有什么。没有经费。——我这项工程计划没有报请上级批准，我不想报。报了也不会批。我这是自作主张，私下里干的。没有经费怎么办？我开了个牛市。"

"牛市?"

"买卖耕牛。区长做买卖,谁也没听说过。没听说过没听说过吧。我这牛市很赚钱,把牛贩子都顶了!

"有了钱,我就干起来了!我选了一个地方,筑了一圈护堤。——这一点我还知道。不筑护堤,在运河堤上挖开口子,那还得了!让河水从护堤外面走。我给运河东堤开了膛,安下管子,下了闸门,再把河堤填合,我以为这就万事大吉了。一开闸,水流过来了!水是引过来了,可是乱流一气!咳,我连要修渠都不知道!现在人家把我叫成'水利专家',真是天晓得,我最初是什么也不懂的。

"怎么办?我就买了书来看。只要是跟水利有关的,我都看。我那阵看的书真不少!我又请教了好几位老河工。决定修渠!

"一修渠,问题就来了。为了省工、省料,用水方便,渠道要走直线,不能曲曲弯弯的。这就要占用一些私田。——那阵还没有合作化,田还是各家各户的。渠道定了,立了标杆,画了灰线,就从这里开,管他是谁家的田!农民对我那个骂呀!我前脚走,后脚就有人跳着脚骂我的祖宗八代。骂吧,我只当没听见。我随身带着枪,——那阵区长都有枪,他们也不敢把我怎么样。

"有一家姓罗的,五口人。渠正好从他家的田中间穿过。罗老头子有一天带了一根麻绳来找我,——他要跟我捆在一起跳河。他这是找我拼命来了。这里有这么一种风俗,冤仇难解,就可以找仇人捆在一起跳河,——同归于尽。他跟我来这一套!我才不理他。我夺过他手里的麻绳,叫民兵把他捆起来,关在区政府厢屋里。直到渠修成了,才放了他。

"修渠要木料,要板子。——这一点你这个作家大概不懂。不管它,这纯粹是技术问题。我上哪里找木料去?我想了想:有了!挖坟!我把挖出来的棺材板,能用的,都集中起来,就够用了。我可缺了大德了,挖人家的祖坟,这是最缺德的事。我这是没有办法中的办法。为了子孙,得罪祖宗,只好请多多包涵了!经我手挖的坟真不少!

"这就更不得了了!我可捅了个大马蜂窝,犯了众怒。当地人联名控告了我,说我'挖掘私坟'。县里、地区、省里,都递了状子。地委和县委组织了调查组,认为所告属实,我这是严重违法乱纪。地委发了通报。撤了我的职。党内留党察看,——我差一点把党籍搞丢了。

"'违法乱纪',我确实是违法乱纪了。我承认。对于给我的处分我没有意见。

"不过,车逻的自流灌溉搞成了。

"就说这些吧。本来想请你上我家喝一盅酒,算了吧,——人言可畏。我今天下午走,回来见!"

对于这个人的功过我不能估量,对他的强迫命令的作风和挖掘私坟的做法也无法论其是非。不过我想,他的所为,要是在过去,会有人为之立碑以记其事的。现在不兴立碑,——"树碑立传"已经成为与本义相反的用语了,不过我相信,在修县志时,在"水利"项中,他做的事会记下一笔的。县里正计划修纂新的县志。

这位老杨中等身体,面白皙,说话举止温文尔雅,像一个书生,完全不像一个办起事那样大刀阔斧、雷厉风行的人。

我忽然好像闻到一股修车轴用的新砍的桑木的气味和涂水车龙骨用的生桐油气味。这是过去初春的时候在农村处处可以闻到的气味。

再见,水车!

一九八四年改定

(原载《中国》1995年第二期)

花园

在任何情形之下,那座小花园是我们家最亮的地方。虽然它的动人处不是,至少不仅在于这点。

每当家像一个概念一样浮现于我的记忆之上,它的颜色是深沉的。

祖父年轻时建造的几进,是灰青色与褐色的。我自小养育于这种安定与寂寞里。报春花开放在这种背景前是好的。它不致被晒得那么多粉。固然报春花在我们那儿很少见,也许没有,不像昆明。

曾祖留下的则几乎是黑色的,一种类似眼圈上的黑色(不要说它是青的),里面充满了影子。这些影子足以使供在神龛前的花消失。晚间点上灯,我们常觉那些布灰布漆的大柱子一直伸拔到无穷高处。神堂屋里总挂一只鸟笼,我相信即使现在也挂一只的。那只青裆子永远眯着眼假寐(我想它做个哲学家,似乎身子太小了)。只有巳时将尽,它唱一会,洗个澡,抖下一团小雾在伸展到廊内片刻的夕阳光影里。

一下雨,什么颜色都郁起来,屋顶,墙,壁上花纸的图案,甚至鸽子:铁青子,瓦灰,点子,霞白。宝石眼的好处这时才显出来。于是我们,等斑鸠叫单声,在我们那个园里叫。等着一棵榆梅稍经一触,落下碎碎的瓣子,等着重新着色后的草。

我的脸上若有从童年带来的红色,它的来源是那座花园。

我的记忆有菖蒲的味道。然而我们的园里可没有菖蒲呵。它是哪儿来的,那些草?这是一个无法解决的问题。但是我此刻把它们没有理由地纠在一起。

"巴根草,绿茵茵,唱个唱,把狗听。"每个小孩子都这么唱过吧。有时什么也不做,我躺着,用手指绕住它的根,用一种不露锋芒的力量拉,听顽强的根胡一处一处断。这种声音只有拔草的人自己才能听得。当然我嘴里是含着一根草了。草根的甜味和它的似有若无的水红色是一种自然的巧合。

草被压倒了。有时我的头动一动,倒下的草又慢慢站起来。我静静地注视它,很久很久,看它的努力快要成功时,又把头枕上去,嘴里叫一声"嗯!"有时,不在意,怜惜它的苦心,就算了。这种性格呀!那些草有时会吓我一跳的,它在我的耳根伸起腰来了,当我看天上的云。

我的鞋底是滑的,草磨得它发了光。

莫碰臭芝麻,沾惹一身,嚯,难闻死人。沾上身子,不要用手指去掐。用刷子刷。这种籽儿有带钩儿的毛,讨嫌死了。至今我不能忘记它:因为我急于要捉住那个"都溜"(一种蝉,叫得最好听),我举着我的网,蹑手蹑脚,抄近路过去,循它的声音找着时,拍,得了。可是回去,我一身都是那种臭玩意。想想我捉过多少"都溜"!

我觉得虎耳草有一种腥味。

紫苏的叶子上的红色呵,暑假快过去了。

那棵大垂柳上常常有天牛,有时一个,两个的时候更多。它们总像有一桩事情要做,六只脚不停地运动,有时停下来,那动着的便是两根有节的触须了。我们以为天牛触须有一节它就有一岁。捉天牛用手,不是如何困难的工作,即使它在树枝上转来转去,你等一个合适地点动手。常把脖子弄累了,但是失望的时候很少。这小小生物完全如一个有教养惜身份的绅士,行动从容不迫,虽有翅膀可从不想到飞;即使飞,也不远。一捉住,它便吱吱纽纽地叫,表示不同意,然而行为依然是温文尔雅的。黑地白斑的天牛最多,也是极瑰丽颜色的。有一种还似乎带点玫瑰香味。天牛的玩法是用线扣在脖子上看它走。令人想起……不说也好。

蟋蟀已经变成大人玩意了。但是大人的兴趣在斗,而我们对于捉蟋蟀的兴趣恐怕要更大些。我看过一本秋虫谱,上面除了苏东坡米南宫,还有许多济颠和尚说的话,都神乎其神的不大好懂。捉到一个蟋蟀,我不能看出它颈子上的细毛是瓦青还是朱砂,它的牙是米牙还是菜牙,但我仍然是那么欢喜。听,瞿瞿瞿瞿,哪里?这儿是的,这儿了!用草掏,手扒,水灌,嚯,蹦出来。顾不得螺螺藤拉了手,扑,追着扑。有时正在外面玩得很好,忽然想起我的蟋蟀还没喂呐,于是赶紧回家。我每吃一个梨,一段藕,吃石榴吃菱,都要分给它一点。正吃着晚饭,我的蟋蟀叫了。我会举着筷子听半天,听完了对父亲笑笑,得意极了。一捉蟋蟀,那就整个园子都得翻个身。我最怕翻出那种软软的鼻涕虫。可是堂弟有的是办法,撒一点盐,立刻它就化成一摊水了。

有的蝉不会叫,我们称之为哑巴。捉到哑巴比捉到"红娘"更坏。但哑巴也有一种玩法。用两个马齿苋的瓣子套起它的眼睛,那是刚刚合适的,仿佛马齿苋的瓣子天生就为了这种用处才长成那么个小口袋样子,一放手,哑巴就一直向上飞,决不偏斜转弯。

蜻蜓一个个选定地方息下,天就快晚了。有一种通身铁色的蜻蜓,翅膀较窄,称"鬼蜻蜓"。看它款款地飞在墙角花阴,不知什么道理,心里有一种说不出来的难过。

好些年看不到土蜂了。这种蠢头蠢脑的家伙,我觉得它也在花朵上把屁股撅来撅去的,有点不配,因此常常愚弄它。土蜂是在泥地上掘洞当作窠的。看它从洞里把个有绒毛的小脑袋钻出来（那神气像个东张西望的近视眼），嗡，飞出去了，我便用一点点湿泥把那个洞封好，在原来的旁边给它重掘一个，等着，一会儿，它拖着肚子回来了，找呀找，找到我掘的那个洞，钻进去，看看，不对，于是在四近大找一气。我会看着它那副急样笑个半天。或者，干脆看它进了洞，用一根树枝塞起来，看它从别处开了洞再出来。好容易，可重见天日了，它老先生于是坐在新大门旁边息息，吹吹风。神情中似乎是生了一点气，因为到这时已一声不响了。

祖母叫我们不要玩螳螂，说是它吃了土谷蛇的脑子，肚里会生出一种铁丝蛇，缠到马脚脚就断，什么东西一穿就过去了，穿到皮肉里怎么办？

它的眼睛如金甲虫，飞在花丛里五月的夜。

故乡的鸟呵。

我每天醒在鸟声里。我从梦里就听到鸟叫，直到我醒来。我听得出几种极熟悉的叫声，那是每天都叫的，似乎每天都在那个固定的枝头。

有时一只鸟冒冒失失飞进那个花厅里，于是大家赶紧关门，关窗子，吆喝，拍手，用书扔，竹竿打，甚至把自己帽子向空中摔去。可怜的东西这一来完全没了主意，只是横冲直撞的乱飞，碰在玻璃上，弄得一身蜘蛛网，最后大概都是从两椽之间空隙脱走。

园子里时时晒米粉,晒灶饭,晒碗儿糕。怕鸟来吃,都放一片红纸。为了这个警告,鸟儿照例就不来,我有时把红纸拿掉让它们大吃一阵,到觉得它们太不知足时,便大喝一声赶去。

我为一只鸟哭过一次。那是一只麻雀或是癞花。也不知从什么人处得来的,欢喜得了不得,把父亲不用的细篾笼子挑出一个最好的来给它住,配一个最好的雀碗,在插架上放了一个荸荠,安了两根风藤跳棍,整整忙了一半天。第二天起得格外早,把它挂在紫藤架下。正是花开的时候,我想那是全园最好的地方了。一切弄得妥妥当当后,独自还欣赏了好半天,我上学去了。一放学,急急回来,带着书便去看我的鸟。笼子掉在地下,碎了,雀碗里还有半碗水,"我的鸟,我的鸟呐!"父亲正在给碧桃花接枝,听见我的声音,忙走过来,把笼子拿起来看看,说"你挂得太低了,鸟在大伯的玳瑁猫肚子里了"。哇的一声,我哭了。父亲推着我的头回去,一面说"不害羞,这么大人了"。

有一年,园里忽然来了许多夜哇子。这是一种鹭鸶属的鸟,灰白色,据说它们头上那根毛能破天风。所以有那么一种名,大概是因为它的叫声如此吧。故乡古话说这种鸟常带来幸运。我见它们吃吃喳喳做窠了,我去告诉祖母,祖母去看了看,没有说什么话。我想起它们来了,也有一天会像来了一样又去了的。我尽想,从来处来,从去处去,一路走,一路望着祖母的脸。

园里什么花开了,常常是我第一个发现。祖母的佛堂里那个铜瓶里的花常常是我换新。对于这个孝心的报酬是有需掐花供奉时总让我去,父亲一醒来,一股香气透进帐子,知道桂花开了,他常是坐起来,抽支烟,看着花,很深远的想着什么。冬天,下雪的冬天,一早上,家里谁也还没有起来,我常去园里摘一些冰心腊梅的朵子,再掺着鲜红的天竺果,用花丝穿成几柄,清水养在白瓷碟子里放在妈(我的第一个继母)和二伯母妆台上,再去上学。我穿花时,服侍我的女用人小莲子,常拿着掸帚在旁边看,她头上也常戴着我的花。

我们那里有这么个风俗,谁拿着掐来的花在街上走,是可以抢的,表姐姐们每带了花回去,必是坐车。她们一来,都得上园里看看,有什么花开得正好,有时竟是特地为花来的。掐花的自然又是我。我乐于干这项差事。爬在海棠树上,梅树上,碧桃树上,丁香树上,听她们在下面说:"这枝,唉,这枝这枝,再过来一点,弯过去的,喏,唉,对了对了!"冒一点险,用一点力,总给办到。有时我也贡献一点意见,以为某枝已经盛开,不两天就全落在台布上了,某枝花虽不多,样子却好。有时我陪花跟她们一道回去,路上看见有人看过这些花一眼,心里非常高兴。碰到熟人同学,路上也会分一点给她们。

想起绣球花,必连带想起一双白缎子绣花的小拖鞋,这是一个小姑姑房中东西。那时候我们在一处玩，从来只叫名字，不叫姑姑。只有时写字条时如此称呼，而且写到这两个字时心里颇有种近于滑稽的感觉。我轻轻揭开门帘，她自己若是不在，我便看到这两样东西了。太阳照进来，令人明白感觉到花在吸着水，仿佛自己真分享到吸水的快乐。我可以坐在她常坐的椅子上，随便找一本书看看，找一张纸写点什么，或有心无意地画一个枕头花样，把一切再恢复原来样子不留什么痕迹，又自去了。但她大都能发觉谁来过了。那第二天碰到，必指着手说"还当我不知道呢。你在我绷子上戳了两针，我要拆下重来了！"那自然是吓人的话。那些绣球花，我差不多看见它们一点一点地开，在我看书做事时，它会无声地落两片在花梨木桌上。绣球花可由人工着色。在瓶里加一点颜色，它便会吸到花瓣里。除了大红的之外，别种颜色看上去都极自然。我们常以骗人说是新得的异种。这只是一种游戏，姑姑房里常供的仍是白的。为什么我把花跟拖鞋画在一起呢？真不可解。——姑姑已经嫁了，听说日子极不如意。绣球快开花了，昆明渐渐暖起来。

　　花园里旧有一间花房，由一个花匠管理。那个花匠仿佛姓夏。关于他的机伶促狭，和女人方面的恩怨，有些故事常为旧日佣仆谈起，但我只看到他常来要钱，样子十分狼狈，局局促促，躲避人的眼睛，尤其是说他的故事的人的。花匠离去后，花房也跟着改造园内房屋而拆掉了。那时我认识花名极少,只记得黄昏时,夹竹桃特别红,我忽然又害怕起来,急急走回去。

我爱逗弄含羞草。触遍所有叶子,看都合起来了,我自低头看我的书,偷眼瞧它一片片的开张了,再猝然又来一下。他们都说这是不好的,有什么不好呢。

荷花像是清明栽种。我们吃吃螺蛳,抹抹柳球,便可看佃户把马粪倒在几口大缸里盘上藕秧,再盖上河泥。我们在泥里找蚬子、小虾,觉得这些东西搬了这么一次家,是非常奇怪有趣的事。缸里泥晒干了,便加点水,一次又一次,有一天,紫红色的小觜子冒出来了水面,夏天就来了。赞美第一朵花。荷叶上哗啦哗响了,母亲便把雨伞寻出来,小莲子会给我送去。

大雨忽然来了。一个青色的闪照在槐树上,我赶紧跑到柴草房里去。那是距我所在处最近的房屋。我爬到堆近屋顶的芦柴上,听水从高处流下来,响极了,訇——,空心的老桑树倒了,葡萄架塌了,我的四近越来越黑了,雨点在我头上乱跳。忽然一转身,墙角两个碧绿的东西在发光!哦,那是我常看见的老猫。老猫又生了一群小猫了。原来它每次生养都在这里。我看它们攒着吃奶,听着雨,雨慢慢小了。

那棵龙爪槐是我一个人的。我熟悉它的一切好处,知道哪个枝子适合哪种姿势。云从树叶间过去。壁虎在葡萄上爬。杏子熟了。何首乌的藤爬上石笋了,石笋那么黑。蜘蛛网上一只苍蝇。蜘蛛呢?花天牛半天吃了一片叶子,这叶子有点甜么,那么嫩。金雀花那儿好热闹,多少蜜蜂!波——,金鱼吐出一个泡,破了,下午我们去捞金鱼虫。香橼花蒂的黄色仿佛有点忧郁,别的花是飘下,香橼花是掉下的,花落在草叶上,草稍微低头又弹起。大伯母掐了枝珠兰戴上,回去了。大伯母的女儿,堂姐姐看金鱼,看见了自己。石榴花开,玉兰花开,祖母来了,"莫掐了,回去看看,瓶里是什么?""我下来了,下来扶您。"

槐树种在土山上,坐在树上可看见隔壁佛院。看不见房子,看到的是关着的那两扇门,关在门外的一片田园。门里是什么岁月呢?钟鼓整日敲,那么悠徐,那么单调,门开时,小尼姑来抱一捆草,打两桶水,随即又关上了。水咚咚的滴回井里。那边有人看我,我忙把书放在眼前。

家里宴客,晚上小方厅和花厅有人吃酒打牌。(我记得有个人吹得极好的笛子。)灯光照到花上,树上,令人极欢喜也十分忧郁。点一个纱灯,从家里到园里,又从园里到家里,我一晚上总走了无数趟。有亲戚来去,多是我照路,说哪里高,哪里低,哪里上阶,哪里下坎。若是姑妈舅母,则多是扶着我肩膀走。人影人声都如在梦中。但这样的时候并不多。平日夜晚园子是锁上的。

小时候胆小害怕,黑魆魆的,树影风声,令人却步。而且相信园里有个"白胡子老头子",一个土地花神,晚上会出来,在那个土山后面,花树下,冉冉地转圈子,见人也不避让。

有一年夏天,我已经像个大人了,天气郁闷,心上另外又有一点小事使我睡不着,半夜到园里去。一进门,我就停住了。我看见一个火星。咳嗽一声,招我前去,原来是我的父亲。他也正因为睡不着觉在园中徘徊。他让我抽一支烟(我刚会抽烟),我搬了一张藤椅坐下,我们一直没有说话。那一次,我感觉我跟父亲靠得近极了。

四月二日。月光清极。夜气大凉。似乎该再写一段作为收尾,但又似无须了。便这样吧,日后再说。逝者如斯。

(原载《文艺》1945年6月第二卷第三期)

荷花·木香花

荷花

  我们家每年要种两缸荷花,种荷花的藕不是吃的藕,要瘦得多,节间也长,颜色黄褐,叫作"藕秋子"。在缸底铺一层马粪,厚约半尺,把藕秋子盘在马粪上,倒进多半缸河泥,晒几天,到河泥坼裂有缝,倒两担水,将平缸沿。过个把星期,就有小荷叶嘴冒出来。过几天荷叶长大了,冒出花骨朵了。荷花开了,露出嫩黄的小莲蓬,很多很多花蕊。清香清香的。荷花好像说:"我开了。"

  荷花到晚上要收朵。轻轻地合成一个大骨朵。第二天一早,又放开,荷花收了朵,就该吃晚饭了。

  下雨了。雨打在荷叶上啪啪地响。雨停了,荷叶面上的雨水水银似的摇晃。一阵大风,荷叶倾倒,雨水流泻下来。

  荷叶的叶面为什么不沾水呢?

荷叶粥和荷叶粉蒸肉都很好吃。

荷叶枯了。

下大雪,荷叶缸中落满了雪。

木香花

我的舅舅家有一架木香花。木香花开,我们就揪下几撮——木香柄长,似海棠,梗带着枝,一揪,可揪下一撮,养在浅口瓶里,可经数日。

木香亦称"锦栅儿",枝条甚长。从运河的御码头上船,到快近车逻,有一段,两岸全是木香,枝条伸向河上,搭成了一个长约一里的花棚。小轮船从花棚下开过,如同仙境。

前几年我回故乡一次,说起这一段运河两岸的木香花棚,谁也不知道。我有点怀疑:我是不是做梦?

昆明木香花极多。观音寺南面,有一道水渠,渠的两沿,密密地长了木香。

我和朱德熙曾于大雨少歇之际,到莲花池闲步。雨下起来了,我们赶快到一个小酒馆避雨。要了两杯市酒(昆明的绿陶高杯,可容三两),一碟猪头肉,坐了很久。连日下雨,墙脚积苔甚厚。檐下的几只鸡都缩着一脚站着。天井里有很大的一棚木香花,把整个天井都盖满了。木香的花、叶、花骨朵,都被雨水湿透,都极肥壮。

四十年后,我写了一首诗,用一张毛边纸写成一个斗方,寄给德熙:

> 莲花池外少行人,
> 野店苔痕一寸深。
> 浊酒一杯天过午,
> 木香花湿雨沉沉。

德熙很喜欢这幅字,叫他的儿子托了托,配一个框子,挂在他的书房里。德熙在美国病逝快半年了,这幅字还挂在他在北京的书房里。

一九九三年一月二十九日

(原载《收获》1993 年第四期)

腊梅花

"雪花、冰花、腊梅花……"我的小孙女这一阵老是唱这首儿歌。其实她没有见过真的腊梅花,只是从我画的画上见过。

周紫芝《竹坡诗话》云:"东南之有腊梅,盖自近时始。余为儿童时,犹未之见。元祐间,鲁直诸公方有诗,前此未尝有赋此诗者。政和间,李端叔在姑溪,元夕见之僧舍中,尝作两绝,其后篇云:'程氏园当尺五天,千金争赏凭朱栏。莫因今日家家有,便作寻常两等看。'观端叔此诗,可以知前日之未尝有也。"看他的意思,腊梅是从北方传到南方去的。但是据我的印象,现在倒是南方多,北方少见,尤其难见到长成大树的。我在颐和园藻鉴堂见过一棵,种在大花盆里,放在楼梯拐角处。因为不是开花的时候,绿叶披纷,没有人注意。和我一起住在藻鉴堂的几个搞剧本的同志,都不认识这是什么。

我的家乡有腊梅花的人家不少。我家的后园有四棵很大的腊梅。这四棵腊梅,从我记事的时候,就已经是那样大了。很可能是我的曾祖父在世的时候种的。这样大的腊梅,我以后在别处没有见过。主干有汤碗口粗细,并排种在一个砖砌的花台上。这四棵腊梅的花心是紫褐色的,按说这是名种,即所谓"檀心磐口"。腊梅有两种,一种是檀心的,一种是白心的。我的家乡偏重白心的,美其名曰:"冰心腊梅",而将檀心的贬为"狗心腊梅"。腊梅和狗有什么关系呢?真是毫无道理!因为它是狗心的,我们也就不大看得起它。

不过凭良心说,腊梅是很好看的。其特点是花极多——这也是我们不太珍惜它的原因。物稀则贵,这样多的花,就没有什么稀罕了。每个枝条上都是花,无一空枝。而且长得很密,一朵挨着一朵,挤成了一串。这样大的四棵大腊梅,满树繁花,黄灿灿地吐向冬日的晴空,那样的热热闹闹,而又那样的安安静静,实在是一个不寻常的境界。不过我们已经司空见惯,每年都有一回。

每年腊月,我们都要折腊梅花。上树是我的事。腊梅木质疏松,枝条脆弱,上树是有点危险的。不过腊梅多枝杈,便于登踏,而且我年幼身轻,正是"一日上树能千回"的时候,从来也没有掉下来过。我的姐姐在下面指点着:"这枝,这枝!——哎,对了,对了!"我们要的是横斜旁出的几枝,这样的不蠢;要的是几朵半开,多数是骨朵的,这样可以在瓷瓶里养好几天——如果是全开的,几天就谢了。

下雪了,过年了。大年初一,我早早就起来,到后园选摘几枝全是骨朵的腊梅,把骨朵都剥下来,用极细的铜丝——这种铜丝是穿珠花用的,就叫作"花丝",把这些骨朵穿成插鬓的花。我们县北门的城门口有一家穿珠花的铺子,我放学回家路过,总要钻进去看几个女工怎样穿珠花,我就用她们的办法穿成各式各样的腊梅珠花。我在这些腊梅珠子花当中嵌了几粒天竺果——我家后园的一角有一棵天竺。黄腊梅、红天竺,我到现在还很得意:那是真很好看的。我把这些腊梅珠花送给我的祖母,送给大伯母,送给我的继母。她们梳了头,就插戴起来。然后,互相拜年。我应该当一个工艺美术师的,写什么屁小说!

一九八七年二月十八日

(原载《作家》1987 年第六期)

淡淡秋光

秋葵·凤仙花·秋海棠

秋葵叶似鸡脚,又名鸡脚葵、鸡爪葵。花淡黄色,淡若无质。花瓣内侧近蒂处有檀色晕斑。花心浅白,柱头深紫。秋葵不是名花,然而风致楚楚。古人诗说秋葵似女道士,我觉得很像,虽然我从未见过一个女道士。

凤仙花有单瓣、复瓣。单瓣者多为水红色。复瓣者为深红、浅红、白色。复瓣者花似小牡丹,只是看不见花蕊。花谢,结小房如玉搔头。凤仙花极易活,子熟,花房裂破,子实落在泥土、砖缝里,第二年就会长出一棵一棵的凤仙花,不烦栽种。凤仙花可染指甲。凤仙花捣烂,少加矾,用花叶包于指尖,历一夜,第二天指甲就成了浅浅的红颜色。北京人即谓凤仙为"指甲花"。现在大概没有用凤仙花染指甲的了,除非偏远山区的女孩子。

我们那里的秋海棠只有一种,矮矮的草本,开浅红色四瓣的花,中缀黄色的花蕊如小绒球。像北京的银星海棠那样硬杆、大叶、繁花的品种是没有的。

我母亲生肺病后(那年我才三岁)移居在一小屋中,与家人隔离。她死后,这间小屋就成了堆放她生前所用家具什物的贮藏室。有时需要取用一件什么东西,我的继母就打开这间小屋,我也跟着进去看过。这间小屋外面有一小天井,靠墙有一个秋叶形的小花坛。花坛里开着一丛秋海棠。也没有人管它,它自开自落。我母亲没有给我留下什么记忆。我记得的只有两件事。一件是我父亲陪母亲乘船到淮安去就医,把我带在身边。船篷里挂了好些船家自腌的大头菜(盐腌的,白色,有点像南浔大头菜,不像云南的"黑芥"),我一直记着这大头菜的气味。另一件便是这丛秋海棠。我记住这丛秋海棠的时候,我母亲去世已经有两三年了。我并没有感伤情绪,不过看见这丛秋海棠,总会想到母亲去世前是住在这里的。

橡栗

橡栗即"狙公赋芧"的芧,不知道为什么我们小时候却叫它"芧栗子"。这是"形近而讹"么?不过我小时候根本不认得这个"芧"字。橡即栎。我们也不认得"栎"字,只是叫它"芧栗子树"。

我们那里茅栗子树极少，只有西门外小校场的西边有一棵，很大。到了秋天，茅栗子熟了，落在地下，我们就去捡茅栗子玩。茅栗有什么好玩的？形状挺有趣，有一点像一个小坛子，不过底是尖的。皮色浅黄，很光滑。如此而已。我们有时在它的像个小盖子似的蒂部扎一个小窟窿，插进半截火柴棍，成了一个"捻捻转"。用手一捻，它就在桌面上旋转，像一个小陀螺。如此而已。

小校场是很偏僻的地方，附近没有什么人家。有一回，我和几个女同学去捡茅栗子，天黑下来了，我们忽然有些害怕，就赶紧往城里走。路过一家孤零零的人家门外，门前站着一个岁数不大的人，说："你们要茅栗子么？我家里有！"我们立刻感到：这是个坏人。我们没有搭理他，只是加快了脚步，拼命地走。我是同学里的唯一的男子汉，便像一个勇士似地走在最后。到了城门口，发现这个坏人没有跟上来，才松了一口气。当时的紧张心情，我过了很多年还记得。

梧桐

一叶落而知天下秋，梧桐是秋的信使。梧桐叶大，易受风。叶柄甚长，叶柄与树枝连接不很结实，好像是粘上去的。风一吹，树叶极易脱落。立秋那天，梧桐树本来好好的，碧绿碧绿，忽然一阵小风，欻的一声，飘下一片叶子，无事的诗人吃了一惊：啊！秋天了！其实只是桐叶易落，并不是对于时序有特别敏感的"物性"。梧桐落叶早，但不是很快就落尽。《唐明皇秋夜梧桐雨》证明秋后梧桐还是有叶子的，否则雨落在光秃秃的枝干上，不会发出使多情的皇帝伤感的声音。据我的印象，梧桐大批地落叶，已是深秋，树叶已干，梧桐籽已熟。往往是一夜大风，第二天起来一看，满地桐叶，树上一片也不剩了。

梧桐籽炒食极香，极酥脆，只是太小了。

我的小学校园中有几棵大梧桐，大风之后，我们就争着捡梧桐叶。我们要的不是叶片，而是叶柄。梧桐叶柄末端稍稍鼓起，如一小马蹄。这个小马蹄纤维很粗，可以磨墨。所谓"磨墨"，其实是在砚台上注了水，用粗纤维的叶柄来回磨蹭，把砚台上干硬的宿墨磨化了，可以写字了而已。不过我们都很喜欢用梧桐叶柄来磨墨，好像这样磨出的墨写出字来特别地好。一到梧桐落叶那几天，我们的书包里都有许多梧桐叶柄，好像这是什么宝贝。对于这样毫不值钱的东西的珍视，是可以不当一回事的么？不啊！这里凝聚着我们对于时序的感情。这是"俺们的秋天"。

香橼·木瓜·佛手

我家的"花园"里实在没有多少花。花园里有一座"土山"。

这"土山"不知是怎么形成的，是一座长长的隆起的土丘。

"山"上只有一棵龙爪槐,旁柀横出,可以倚卧。我常常带了一块带筋的酱牛肉或一块榨菜,半躺在横枝上看小说,读唐诗。

"山"的东麓有两棵碧桃,一红一白,春末开花极繁盛。"山"的正面却种了四棵香橼。我不知道我的祖父在开园堆山时为什么要栽了这样几棵树。这玩意就是"橘逾淮南则为枳"的枳(其实这是不对的,橘与枳自是两种)。这是很结实的树。木质坚硬,树皮紧细光滑。叶片经冬不凋,深绿色。树枝有硬刺。春天开白色的花。花后结圆球形的果,秋后成熟。

香橼不能吃,瓢极酸涩,很香,不过香得不好闻。凡花果之属有香气者,总要带点甜味才好,香橼的香气里却带有苦味。香橼很肯结,树上累累的都是深绿色的果子。香橼算是我家的"特产",可以摘了送人。但似乎不受欢迎。没有什么用处,只好听它自己碧绿地垂在枝头。到了冬天,皮色变黄了,放在盘子里,摆在水仙花旁边,也还有点意思,其时已近春节了。总之,香橼不是什么佳果。

香橼皮晒干,切片,就是中药里的枳壳。

花园里有一棵木瓜,不过不大结。我们所玩的木瓜都是从水果摊上买来的。所谓"玩",就是放在衣口袋里,不时取出来,凑在鼻子跟前闻闻。——那得是较小的,没有人在口袋里揣一个茶叶罐大小的木瓜的。木瓜香味很好闻。屋子里放几个木瓜,一屋子随时都是香的,使人心情恬静。

我们那里木瓜是不吃的。这东西那么硬,怎么吃呢?华南切为小薄片,制为蜜饯。——厦门人是什么都可以做蜜饯的,加了很多味道奇怪的药料。昆明水果店将木瓜切为大片,泡在大玻璃缸里。

有人要买,随时用筷子夹出两片。很嫩,很脆,很香。泡木瓜的水里不知加了什么,否则这木头一样的瓜怎么会变得如此脆嫩呢?中国人从前是吃木瓜的。《东京梦华录》载"木瓜水",这大概是一种饮料。

佛手的香味也很好。不过我真不知道一个水果为什么要长得这么奇形怪状!佛手颜色嫩黄可爱。《红楼梦》贾母提到一个蜜蜡佛手,蜜蜡雕为佛手,颜色、质感都近似,设计这件摆设的工匠是个聪明人。蜜蜡不是很珍贵的玉料,但是能够雕成一个佛手那样大的蜜蜡却少见,贾府真是富贵人家。

佛手、木瓜皆可泡酒。佛手酒微有黄色,木瓜酒却是红色的。

一九八八年十一月九日

(原载《散文世界》1989年第一期)

下大雨

雨真大。下得屋顶上起了烟。大雨点落在天井的积水里砸出一个一个丁字泡。我用两手捂着耳朵,又放开,听雨声:呜——哇;呜——哇。下大雨,我常这样听雨玩。

雨打得荷花缸里的荷叶东倒西歪。在紫薇花上采蜜的大黑蜂钻进了它的家。它的家是在橡子上用嘴咬出来的圆洞,很深。大黑蜂是一个"人"过的。紫薇花湿透了,然而并不被雨打得七零八落。麻雀躲在檐下,歪着小脑袋。蜻蜓倒吊在树叶的背面。哈,你还在呀!一只乌龟。这只乌龟是我养的。我在龟甲边上钻了一个小洞,用麻绳系住了它,拴在柜橱脚上。有一天,不见了。它不知怎么跑出去了。原来它藏在老墙下面一块断砖的洞里。下大雨,它出来了。它昂起脑袋看雨,慢慢地爬到天井的水里。

(原载《收获》1998年第一期)

夏天

夏天的早晨真舒服。空气很凉爽,草上还挂着露水(蜘蛛网上也挂着露水),写大字一张,读古文一篇。夏天的早晨真舒服。

凡花大都是五瓣,栀子花却是六瓣。山歌云:"栀子花开六瓣头。"栀子花粗粗大大,色白,近蒂处微绿,极香,香气简直有点叫人受不了,我的家乡人说是:"碰鼻子香。"栀子花粗粗大大,又香得掸都掸不开,于是为文雅人不取,以为品格不高。栀子花说:"去你妈的,我就是要这样香,香得痛痛快快,你们他妈的管得着吗!"

人们往往把栀子花和白兰花相比。苏州姑娘串街卖花,娇声叫卖:"栀子花!白兰花!"白兰花花朵半开,娇娇嫩嫩,如象牙白色,香气文静,但有点甜俗,为上海长三堂子的"倌人"所喜,因为听说玉兰花要到夜间枕上才格外地香。我觉得红"倌人"的枕上之花,不如船娘髻边花更为刺激。

夏天的花里最为幽静的是珠兰。

牵牛花短命。早晨沾露才开,午时即已萎谢。

秋葵也命薄。瓣淡黄,白心,心外有紫晕。风吹薄瓣,楚楚可怜。

凤仙花有单瓣者,有重瓣者。重瓣者如小牡丹,凤仙花茎粗肥,湖南人用以腌"臭咸菜",此吾乡所未有。

马齿苋、狗尾巴草、益母草,都长得非常旺盛。淡竹叶开浅蓝色小花,如小蝴蝶,很好看。叶片微似竹叶而较柔软。"万把钩"即苍耳。因为结的小果上有许多小钩,碰到它就会挂在衣服上,得小心摘去。所以孩子叫它"万把钩"。

我们那里有一种"巴根草",贴地而去,是见缝扎根,一棵草蔓延开来,长了很多根,横的,竖的,一大片。而且非常顽强,拉扯不断。很小的孩子就会唱:

> 巴根草,
> 绿茵茵,
> 唱个唱,
> 把狗听。

最讨厌的是"臭芝麻"。掏蟋蟀、捉金铃子,常常沾了一裤腿。

奇臭无比,很难除净。

西瓜以绳络悬之井中,下午剖食,一刀下去,喀嚓有声,凉气四溢,连眼睛都是凉的。天下皆重"黑籽红瓤",吾乡独以"三白"为贵:白皮、白瓤、白籽。"三白"以东墩产者最佳。香瓜有:牛角酥,状似牛角,瓜皮淡绿色,刨去皮,则瓜肉浓绿,籽赤红,味浓而肉脆,北京亦有,谓之"羊角蜜";虾蟆酥,不甚甜而脆,嚼之有黄瓜香;梨瓜,大如拳,白皮,白瓤,生脆有梨香;有一种较大,皮色如虾蟆,不甚甜,而极"面",孩子们称之为"奶奶哼",说奶奶一边吃,一边"哼"。

蝈蝈,我的家乡叫作"叫蛐子"。叫蛐子有两种。一种叫"侉叫蛐子。"那真是"侉",跟一个叫驴子似的,叫起来"咭咭咭咭"很吵人。喂它一点辣椒,更吵得厉害。一种叫"秋叫蛐子",全身碧绿如玻璃翠,小巧玲珑,鸣声亦柔细。

别出声,金铃子在小玻璃盒子里爬哪!它停下来,吃两口食,——鸭梨切成小骰子块。于是它叫了"丁铃铃铃"……

乘凉。

搬一张大竹床放在天井里,横七竖八一躺,浑身爽利,暑气全消。看月华。月华五色晶莹,变幻不定,非常好看。月亮周围有一个模模糊糊的大圆圈,谓之"风圈",近几天会刮风。"乌猪子过江了"——黑云漫过天河,要下大雨。

一直到露水下来,竹床子的栏杆都湿了,才回去,这时已经很困了,才沾藤枕(我们那里夏天都枕藤枕或漆枕),已入梦乡。

鸡头米老了,新核桃下来了,夏天就快过去了。

(原载《大家》1994 年第六期)

冬天

天冷了,堂屋里上了槅子。槅子,是春暖时卸下来的,一直在厢屋里放着。现在,搬出来,刷洗干净了,换了新的粉连纸,雪白的纸。上了槅子,显得严紧,安适,好像生活中多了一层保护。家人闲坐,灯火可亲。

床上拆了帐子,铺了稻草。洗帐子要捡一个晴朗的好天,当天就晒干。夏布的帐子,晾在院子里,夏天离得远了。稻草装在一个布套里,粗布的,和床一般大。铺了稻草,暄腾腾的,暖和,而且有稻草的香味,使人有幸福感。

不过也还是冷的。南方的冬天比北方难受,屋里不生火。晚上脱了棉衣,钻进冰凉的被窝里,早起,穿上冰凉的棉袄棉裤,真冷。

放了寒假,就可以睡懒觉。棉衣在铜炉子上烘过了,起来就不是很困难了。尤其是,棉鞋烘得热热的,穿进去真是舒服。

我们那里生烧煤的铁火炉的人家很少。一般取暖,只是铜炉子、脚炉和手炉。脚炉是黄铜的,有多眼的盖。里面烧的是粗糠。粗糠装满,铲上几铲没有烧透的芦柴火(我们那里烧芦苇,叫作"芦柴")的红灰盖在上面。粗糠引着了,冒一阵烟,不一会,烟尽了,就可以盖上炉盖。粗糠慢慢延烧,可以经很久。老太太们离不开它。闲来无事,抹抹纸牌,每个老太太脚下都有一个脚炉。脚炉里粗糠太实了,空气不够,火力渐微,就要用"拨火板"沿炉边挖两下,把粗糠拨松,火就旺了。脚炉暖人。脚不冷则周身不冷。焦糠的气味也很好闻。仿日本俳句,可以作一首诗:"冬天,脚炉焦糠的香。"手炉较脚炉小,大都是白铜的,讲究的是银制的。炉盖不是一个一个圆窟窿,大都是镂空的松竹梅花图案。手炉有极小的,中置炭墼(煤炭研为细末,略加蜜,筑成饼状),以纸媒头引着。一个炭墼能经一天。

冬天吃的菜,有乌青菜、冻豆腐、咸菜汤。乌青菜塌棵,平贴地面,江南谓之"塌苦菜",此菜味微苦。我的祖母在后园辟小片地,种乌青菜,经霜,菜叶边缘作紫红色,味道苦中泛甜。乌青菜与"蟹油"同煮,滋味难比。"蟹油"是以大螃蟹煮熟剔肉,加猪油"炼"成的,放在大海碗里,凝成蟹冻,久贮不坏,可吃一冬。豆腐冻后,不知道为什么是蜂窝状。化开,切小块,与鲜肉、咸肉、牛肉、海米或咸菜同煮,无不佳。冻豆腐宜放辣椒、青蒜。我们那里过去没有北方的大白菜,只有"青菜"。大白菜是从山东运来的,美其名曰"黄芽菜",很贵。"青菜"似油菜而大,高二尺,是一年四季都有的,家家都吃的菜。咸菜即是用青菜腌的。阴天下雪,喝咸菜汤。

冬天的游戏:踢毽子,抓子儿,下"逍遥"。"逍遥"是在一张正方的白纸上,木版印出螺旋的双道,两道之间印出八仙,马、兔子、鲤鱼、虾……;每样都是两个,错落排列,不依次序。玩的时候各执铜钱或象棋子为子儿,掷骰子,如果骰子是五点,自"起马"处数起,向前走五步,是兔子,则可向内圈寻找另一个兔子,以子儿押在上面。下一轮开始,自里圈兔子处数起,如是六点,进六步,也许是铁拐李,就寻另一个铁拐李,把子儿押在那个铁拐李上。如果数数至里圈的什么图上,则到外圈去找,退回来。点数够了,子儿能进点终点(终点是一座宫殿式的房子,不知是月宫还是龙门),就算赢了。次后进入的为"二家""三家"。"逍遥"两个人玩也可以,三个四个人玩也可以。不知道为什么叫作"逍遥"。

早起一睁眼,窗户纸上亮晃晃的,下雪了!雪天,到后园去折腊梅花、天竺果。明黄色的腊梅、鲜红的天竺果,白雪,生意盎然。腊梅开得很长,天竺果尤为耐久,插在胆瓶里,可经半个月。

春粉子。有一家邻居,有一架碓。这架碓平常不大有人用,只在冬天由附近的一二十家轮流借用。碓屋很小,除了一架碓,只有一些筛子、箩。踩碓很好玩,用脚一踏,吱扭一声,碓嘴扬了起来;嘭的一声,落在碓窝里。粉子舂好了,可以蒸糕,做"年烧饼"(糯米粉为蒂,包豆沙白糖,作为饼,在锅里烙熟),搓圆子(即汤团)。舂粉子,就快过年了。

一九八八年十二月二十二日

(原载《中国作家》1998年第一期)

大淖记事

一

这地方的地名很奇怪,叫作大淖。全县没有几个人认得这个淖字。县境之内,也再没有别的叫作什么淖的地方。据说这是蒙古话。那么这地名大概是元朝留下的。元朝以前这地方有没有,叫作什么,就无从查考了。

淖,是一片大水。说是湖泊,似还不够,比一个池塘可要大得多,春夏水盛时,是颇为浩淼的。这是两条水道的河源。淖中央有一条狭长的沙洲。沙洲上长满茅草和芦荻。春初水暖,沙洲上冒出很多紫红色的芦芽和灰绿色的蒌蒿[①],很快就是一片翠绿

[①] 蒌蒿是生于水边的野草,粗如笔管,有节,生狭长的小叶,初生二寸来高,叫作"蒌蒿薹子",加肉炒食极清香。苏东坡诗:"竹外桃花三两枝,春江水暖鸭先知,蒌蒿满地芦芽短,正是河豚欲上时。"蒌蒿见之于诗,这大概是第一次。他很能写出节令风物之美。

了。夏天,茅草、芦荻都吐出雪白的丝穗,在微风中不住地点头。秋天,全都枯黄了,就被人割去,加到自己的屋顶上去了。冬天,下雪,这里总比别处先白。化雪的时候,也比别处化得慢。河水解冻了,发绿了,沙洲上的残雪还亮晶晶地堆积着。这条沙洲是两条河水的分界处。从淖里坐船沿沙洲西面北行,可以看到高阜上的几家炕房。绿柳丛中,露出雪白的粉墙,黑漆大书四个字:"鸡鸭炕房",非常显眼。炕房门外,照例都有一块小小土坪,有几个人坐在树桩上负曝闲谈。不时有人从门里挑出一副很大的扁圆的竹笼,笼口络着绳网,里面是松花黄色的,毛茸茸,挨挨挤挤,啾啾乱叫的小鸡小鸭。由沙洲往东,要经过一座浆坊。浆是浆衣服用的。这里的人,衣服被里洗过后,都要浆一浆。浆过的衣服,穿在身上沙沙响。浆是芡实水磨,加一点明矾,澄去水分,晒干而成。这东西是不值什么钱的。一大盆衣被,只要到杂货店花两三个铜板,买一小块,用热水冲开,就足够用了。但是全县浆粉都由这家供应(这东西是家家用得着的),所以规模也不算小。浆坊有四五个师傅忙碌着。喂着两头毛驴,轮流上磨。浆坊门外,有一片平场,太阳好的时候,每天晒着浆块,白得叫人眼睛都睁不开。炕房、浆坊附近还有几家买卖荸荠、茨菇、菱角、鲜藕的鲜货行,集散鱼蟹的鱼行和收购青草的草行。过了炕房和浆坊,就都是田畴麦垅,牛棚水车,人家的墙上贴着黑黄色的牛屎粑粑,——牛粪和水,拍成饼状,直径半尺,整齐地贴在墙上晾干,作燃料,已经完全是农村的景色了。由大淖北去,可至北乡各村。东去可至一沟、二沟、三垛,直达邻县兴化。

大淖的南岸,有一座漆成绿色的木板房,房顶、地面,都是木板的。这原是一个轮船公司。靠外手是候船的休息室。往里去,临水,就是码头。原来曾有一只小轮船,往来本城和兴化,隔日一班,单日开走,双日返回。小轮船漆得花花绿绿的,飘着万国旗,机器突突地响,烟筒冒着黑烟,装货、卸货、上客、下客,也有卖牛肉、高粱酒、花生瓜子、芝麻灌香糖的小贩,吆吆喝喝,是热闹过一阵的。后来因为公司赔了本,股东无意继续经营,就卖船停业了。这间木板房子倒没有拆去。现在里面空荡荡、冷清清,只有附近的野孩子到候船室来唱戏玩,棍棍棒棒,乱打一气,或到码头上比赛撒尿。七八个小家伙,齐齐地站成一排,把一泡泡骚尿哗哗地撒到水里,看谁尿得最远。

大淖指的是这片水,也指水边的陆地。这里是城区和乡下的交界处。从轮船公司往南,穿过一条深巷,就是北门外东大街了。坐在大淖的水边,可以听到远远地一阵一阵朦朦胧胧的市声,但是这里的一切和街里不一样。这里没有一家店铺。这里的颜色、声音、气味和街里不一样。这里的人也不一样。他们的生活,他们的风俗,他们的是非标准、伦理道德观念和街里的穿长衣念过

"子曰"的人完全不同。

二

由轮船公司往东往西,各距一箭之遥,有两丛住户人家。这两丛人家,也是互不相同的,各是各乡风。

西边是几排错错落落的低矮的瓦屋。这里住的是做小生意的。他们大都不是本地人,是从下河一带,兴化、泰州、东台等处来的客户。卖紫萝卜的(紫萝卜是比荸荠略大的扁圆形的萝卜,外皮染成深蓝紫色,极甜脆),卖风菱的(风菱是很大的两角的菱角,壳极硬),卖山里红的,卖熟藕(藕孔里塞了糯米煮熟)的。还有一个从宝应来的卖眼镜的,一个从杭州来的卖天竺筷的。他们像一些候鸟,来去都有定时。来时,向相熟的人家租一间半间屋子,住上一阵,有的住得长一些,有的短一些,到生意做完,就走了。他们都是日出而作,日入而息。吃罢早饭,各自背着、扛着、挎着、举着自己的货色,用不同的乡音,不同的腔调,吟唱吆唤着上街了。到太阳落山,又都像鸟似的回到自己的窝里。于是从这些低矮的屋檐下就都飘出带点甜味而又呛人的炊烟(所烧的柴草都是半干不湿的)。他们做的都是小本生意,赚钱不大。因为是在客边,对人很和气,凡事忍让,所以这一带平常总是安安静静的,很少有吵嘴打架的事情发生。

这里还住着二十来个锡匠，都是兴化帮。这地方兴用锡器，家家都有几件锡制的家伙。香炉、蜡台、痰盂、茶叶罐、水壶、茶壶、酒壶，甚至尿壶，都是锡的。嫁闺女时都要陪送一套锡器。最少也要有两个能容四五升米的大锡罐，摆在柜顶上，否则就不成其为嫁妆。出阁的闺女生了孩子，娘家要送两大罐糯米粥（另外还要有两只老母鸡，一百鸡蛋），装粥用的就是娘柜顶上的这两个锡罐。因此，二十来个锡匠并不显多。

锡匠的手艺不算费事，所用的家什也较简单。一副锡匠担子，一头是风箱，绳系里夹着几块锡板；一头是炭炉和两块二尺见方，一面裱着好几层表芯纸的方砖。锡器是打出来的，不是铸出来的。人家叫锡匠来打锡器，一般都是自己备料，——把几件残旧的锡器回炉重打。锡匠在人家门道里或是街边空地上，支起担子，拉动风箱，在锅里把旧锡化成锡水，——锡的熔点很低，不大一会就化了；然后把两块方砖对合着（裱纸的一面朝里），在两砖之间压一条绳子，绳子按照要打的锡器圈成近似的形状，绳头留在砖外，把锡水由绳口倾倒过去，两砖一压，就成了锡片；然后，用一个大剪子剪剪，焊好接口，用一个木槌在铁砧上敲敲打打，大约一两顿饭工夫就成型了。锡是软的，打锡器不像打铜器那样费劲，也不那样吵人。粗使的锡器，就这样就能交活。若是细巧的，就还要用刮刀刮一遍，用砂纸打一打，用竹节草（这种草中药店有卖的)磨得锃亮。

这一帮锡匠很讲义气。他们扶持疾病,互通有无,从不抢生意。若是合伙做活,工钱也分得很公道。这帮锡匠有一个头领,是个老锡匠,他说话没有人不听。老锡匠人很耿直,对其余的锡匠(不是他的晚辈就是他的徒弟)管教得很紧。他不许他们赌钱喝酒;嘱咐他们出外做活,要童叟无欺,手脚要干净;不许和妇道嬉皮笑脸。他教他们不要怕事,也绝不要惹事。除了上市应活,平常不让到处闲游乱窜。

老锡匠会打拳,别的锡匠也跟着练武。他屋里有好些白蜡杆,三节棍,没事便搬到外面场地上打对儿。老锡匠说:这是消遣,也可以防身,出门在外,会几手拳脚不吃亏。除此之外,锡匠们的娱乐便是唱唱戏。他们唱的这种戏叫作"小开口",是一种地方小戏,唱腔本是萨满教的香火(巫师)请神唱的调子,所以又叫"香火戏"。这些锡匠并不信萨满教,但大都会唱香火戏。戏的曲调虽简单,内容却是成本大套,李三娘挑水推磨,生下咬脐郎;白娘子水漫金山;刘金定招亲;方卿唱道情……可以坐唱,也可以化了装彩唱。遇到阴天下雨,不能出街,他们能吹打弹唱一整天。附近的姑娘媳妇都挤过来看,——听。

老锡匠有个徒弟,也是他的侄儿,在家大排行第十一,小名就叫个十一子,外人都叫他小锡匠。这十一子是老锡匠的一件心事。因为他太聪明,长得又太好看了。他长得挺拔厮称,肩宽腰细,唇红齿白,浓眉大眼,头戴遮阳草帽,青鞋净袜,全身衣服整齐合体。天热的时候,敞开衣扣,露出扇面也似的胸脯,五寸宽的雪白的板带煞得很紧。走起路来,高抬脚,轻着地,麻溜利索。锡匠里出了这样一个一表人才,真是鸡窝里飞出了金凤凰。老锡匠心里明白:唱"小开口"的时候,那些挤过来的姑娘媳妇,其实都是来看这位十一郎的。

老锡匠经常告诫十一子,不要和此地的姑娘媳妇拉拉扯扯,尤其不要和东头的姑娘媳妇有什么勾搭:"她们和我们不是一样的人!"

三

轮船公司东头都是草房,茅草盖顶,黄土打墙,房顶两头多盖着半片破缸破瓮。防止大风时把茅草刮走。这里的人,世代相传,都是挑夫。男人、女人、大人、孩子,都靠肩膀吃饭。

挑得最多的是稻子。东乡、北乡的稻船,都在大淖靠岸。满船的稻子,都由这些挑夫挑走。或送到米店,或送进哪家大户的廒仓,或挑到南门外琵琶闸的大船上,沿运河外运。有时还会一直挑到车逻、马棚湾这样很远的码头上。单程一趟,或五六里,或七八里、十多里不等。一二十人走成一串,步子走得很匀,很快。

一担稻子一百五十斤,中途不歇肩。一路不停地打着号子。换肩时一齐换肩。打头的一个,手往扁担上一搭,一二十副担子就同时由右肩转到左肩上来了。每挑一担,领一根"筹子",——尺半长,一寸宽的竹牌,上涂白漆,一头是红的。到傍晚凭筹领钱。

稻谷之外,什么都挑。砖瓦、石灰、竹子(挑竹子一头拖在地上,在砖铺的街面上擦得刷刷地响),桐油(桐油很重,使扁担不行,得用木杠,两人抬一桶)……因此,一年三百六十天,天天有活干,饿不着。

十三四岁的孩子就开始挑了。起初挑半担,用两个柳条笆斗。练上一二年,人长高了,力气也够了,就挑整担,像大人一样的挣钱了。

挑夫们的生活很简单:卖力气,吃饭。一天三顿,都是干饭。这些人家都不盘灶,烧的是"锅腔子"——黄泥烧成的矮瓮,一面开口烧火。烧柴是不花钱的。淖边常有草船,乡下人挑芦柴入街去卖,一路总要撒下一些。凡是尚未挑担挣钱的孩子,就一人一把竹筢,到处去搂。因此,这些顽童得到一个稍带侮辱性的称呼,叫作"笆草鬼子"。有时懒得费事,就从乡下人的草担上猛力拽出一把,拔腿就溜。等乡下人撂下担子叫骂时,他们早就没影儿了。锅腔子无处出烟,烟子就横溢出来,飘到大淖水面上,平铺开来,停留不散。这些人家无隔宿之粮,都是当天买,当天吃。吃的都是脱壳的糙米。一到饭时,就看见这些茅草房子的门口蹲着一些男子汉,捧着一个蓝花大海碗,碗里是骨堆堆的一碗紫红紫红的米饭,一边堆着青菜小鱼、臭豆腐、腌辣椒,大口大口地在吞食。他们吃饭不怎么嚼,只在嘴里打一个滚,咕咚一声就咽下去了。看他们吃得那样香,你会觉得世界上再没有比这个饭更好吃的饭了。

他们也有年,也有节。逢年过节,除了换一件干净衣裳,吃得好一些,就是聚在一起赌钱。赌具,也是钱。打钱,滚钱。打钱:各人拿出一二十铜元,迭成很高的一摞。参与者远远地用一个钱向这摞铜钱砸去,砸倒多少取多少。滚钱又叫"滚五七寸"。在一片空场上,各人放一摞钱;一块整砖支起一个斜坡,用一个铜元由砖面落下,向钱注密处滚去,钱停住后,用事前备好的两根草棍量一量,如距钱注五寸,滚钱者即可吃掉这一注;距离七寸,反赔出与此注相同之数。这种古老的博法使挑夫们得到极大的快乐。旁观的闲人也不时大声喝彩,为他们助兴。

这里的姑娘媳妇也都能挑。她们挑得不比男人少,走得不比男人慢。挑鲜货是她们的专业。大概是觉得这种水淋淋的东西对女人更相宜,男人们是不屑于去挑的。这些"女将"都生得颀长俊俏,浓黑的头发上涂了很多梳头油,梳得油光水滑(照当地说法是:苍蝇站上去都会闪了腿)。脑后的发髻都极大。发髻的大红头绳的发根长到二寸,老远就看到通红的一截。她们的发髻的一侧总要插一点什么东西。清明插一个柳球(杨柳的嫩枝,一头拿牙咬着,把柳枝的外皮连同鹅黄的柳叶使劲往下一抹,成一个小小球形),端午插一丛艾叶,有鲜花时插一朵栀子,一朵夹竹桃,无鲜花时插一朵大红剪绒花。因为常年挑担,衣服的肩膀处易破,她们的托肩多半是换过的。旧衣服,新托肩,颜色不一样,这几乎成了大淖妇女的特有的服饰。一二十个姑娘媳妇,挑着一担担紫红的荸荠、碧绿的菱角、雪白的连枝藕,走成一长串,风摆柳似的嚓嚓地走过,好看得很!

她们像男人一样的挣钱,走相、坐相也像男人。走起来一阵风,坐下来两条腿叉得很开。她们像男人一样赤脚穿草鞋(脚指甲却用凤仙花染红)。她们嘴里不忌生冷,男人怎么说话她们怎么说话,她们也用男人骂人的话骂人。打起号子来也是"好大娘个歪歪子咧!"——"歪歪子咧……"

没出门子的姑娘还文雅一点,一做了媳妇就简直是"姜太公在此百无禁忌",要多野有多野。有一个老光棍黄海龙,年轻时也是挑夫,后来腿脚有了点毛病,就在码头上看看稻船,收收筹子。这老头老没正经,一把胡子了,还喜欢在媳妇们的胸前屁股上摸一把,拧一下。按辈分,他应当被这些媳妇称呼一声叔公,可是谁都管他叫"老骚胡子"。有一天,他又动手动脚的,几个媳妇一咬耳朵,一二三,一齐上手,眨眼之间叔公的裤子就挂在大树顶上了。有一回,叔公听见卖饺面①的挑着担子,敲着竹梆走来,他又来劲了:"你们敢不敢到淖里洗个澡?——敢,我一个人输你们两碗饺面!"——"真的?"——"真的!"——"好!"几个媳妇脱了衣服跳到淖里扑通扑通洗了一会。爬上岸就大声喊叫:

"下面!"

这里人家的婚嫁极少明媒正娶,花轿吹鼓手是挣不着他们的钱的。媳妇,多是自己跑来的;姑娘,一般是自己找人。她们在男女关系上是比较随便的,姑娘在家生私孩子;一个媳妇,在丈夫之外,再"靠"一个,不是稀奇事。这里的女人和男人好,还是恼,只有一个标准:情愿。有的姑娘、媳妇相与了一个男人,自然也跟他要钱买花戴,但是有的不但不要他们的钱,反而把钱给他花,叫作"倒贴"。

因此,街里的人说这里"风气不好"。

到底是哪里的风气更好一些呢?难说。

四

大淖东头有一户人家。这一家只有两口人,父亲和女儿。父

---

① 一半馄饨一半面下在一起,当地叫作饺面。

亲名叫黄海蛟,是黄海龙的堂弟(挑夫里姓黄的多)。原来是挑夫里的一把好手。他专能上高跳。这地方大粮行的"窝积"(长条芦席围成的粮囤),高到三四丈,只支一只单跳,很陡。上高跳要提着气一口气窜上去,中途不能停留。遇到上了一点岁数的或者"女将",抬头看看高跳,有点含糊,他就走过去接过一百五十斤的担子,一支箭似地上到跳顶,两手一提,把两箩稻子倒在"窝积"里,随即三五步就下到平地。因为为人忠诚老实,二十五岁了,还没成亲。那年在车逻挑粮食,遇到一个姑娘向他问路。这姑娘留着长长的刘海,梳了一个"苏州俏"的发髻,还抹了一点胭脂,眼色张皇,神情焦急,她问路,可是连一个准地名都说不清,一看就知道是大户人家逃出来的使女。黄海蛟和她攀谈了一会,这姑娘就表示愿意跟着他过。她叫莲子。——这地方丫头、使女多叫莲子。莲子和黄海蛟过了一年,给他生了个女儿。七月生的,生下的时候满天都是五色云彩,就取名叫作巧云。

莲子的手很巧、也勤快,只是爱穿件华丝葛的裤子,爱吃点瓜子零食,还爱唱"打牙牌"之类的小调:"凉月子一出照楼梢,打个呵欠伸懒腰,瞌睡子又上来了。哎哟,哎哟,瞌睡子又上来了……"这和大淖的乡风不大一样。

巧云三岁那年,她的妈莲子,终于和一个过路戏班子的一个唱小生的跑了。那天,黄海蛟正在马棚湾。莲子把黄海蛟的衣裳都浆洗了一遍,巧云的小衣裳也收拾在一边,焖了一锅饭,还给老黄打了半斤酒,把孩子托给邻居,说是她出门有点事,锁了门,从此就不知去向了。

巧云的妈跑了,黄海蛟倒没有怎么伤心难过。这种事情在大淖这个地方也值不得大惊小怪。养熟的鸟还有飞走的时候呢,何况是一个人!只是她留下的这块肉,黄海蛟实在是疼得不行。他不愿巧云在后娘的眼皮底下委委屈屈地生活,因此发心不再续娶。他就又当爹又当妈,和女儿巧云在一起过了十几年。他不愿巧云去挑扁担,巧云从十四岁就学会结鱼网和打芦席。

巧云十五岁,长成了一朵花。身材、脸盘都像妈。瓜子脸,一边有个很深的酒窝。眉毛黑如鸦翅。长入鬓角。眼角有点吊,是一双凤眼。睫毛很长,因此显得眼睛经常是眯睎着;忽然回头,睁得大大的,带点吃惊而专注的神情,好像听到远处有人叫她似的。她在门外的两棵树杈之间结网,在淖边平地上织席,就有一些少年人装着有事的样子来来去去。她上街买东西,甭管是买肉、买菜,打油、打酒,撕布、量头绳,买梳头油、雪花膏,买石碱、浆块,同样的钱,她买回来,分量都比别人多,东西都比别人的好。这个奥秘早被大娘,大婶们发现,她们都托她买东西。只要巧云一上街,都挎了好几个竹篮,回来时压得两个胳臂酸疼酸疼。泰山庙唱戏,人家都自己扛了板凳去。巧云散着手就去了。一去了,总有人给她找一个得看的好座。台上的戏唱得正热闹,但是没有多少人叫好。因为好些人不是在看戏,是看她。

巧云十六了,该张罗着自己的事了。谁家会把这朵花迎走呢?炕房的老大?浆坊的老二?鲜货行的老三?他们都有这意思。这点意思黄海蛟知道了,巧云也知道。不然他们老到淖东头来回晃摇是干什么呢?但是巧云没怎么往心里去。

巧云十七岁,命运发生了一个急转直下的变化。她的父亲黄海蛟在一次挑重担上高跳时,一脚踏空,从三丈高的跳板上摔下来,摔断了腰。起初以为不要紧,养养就好了。不想喝了好多药酒,贴了好多膏药,还不见效。她爹半瘫了,他的腰再也直不起来了。他有时下床,扶着一个剃头担子上用的高板凳,格凳格凳地走一截,平常就只好半躺下靠在一摞被窝上。他不能用自己的肩膀为女儿挣几件新衣裳,买两枝花,却只能由女儿用一双手养活自己了。还不到五十岁的男子汉,只能做一点老太婆做的事:绩了一捆又一捆的供女儿结网用的麻线。事情很清楚:巧云不会撇下她这个老实可怜的残废爹。谁要愿意,只能上这家来当一个倒插门的养老女婿。谁愿意呢?这家的全部家产只有三间草屋(巧云和爹各住一间,当中是一个小小的堂屋)。老大、老二、老三时不时走来走去,拿眼睛瞟着隔着一层鱼网或者坐在雪白的芦席上的一个苗条的身子。他们的眼睛依然不缺乏爱慕,但是减少了几分急切。

　　老锡匠告诫十一子不要老往淖东头跑,但是小锡匠还短不了要来。大娘、大婶、姑娘、媳妇有旧壶翻新,总喜欢叫小锡匠来;从大淖过深巷上大街也要经过这里,巧云家门前的柳荫是一个等待雇主的好地方。巧云织席,十一子化锡,正好做伴。有时巧云停下活计,帮小锡匠拉风箱。有时巧云要回家看看她的残废爹,问他想不想吃烟喝水,小锡匠就压住炉里的火,帮她织一气席。巧云的手指破了(织席很容易划破手,压扁的芦苇薄片,刀一样的锋快),十一子就帮她吮吸指头肚子上的血。巧云从十一子口里知道他家里的事:他是个独子,没有兄弟姐妹。他有一个老娘,守寡多年了。他娘在家给人家做针线,眼睛越来越不好,他很担心她有一天会瞎……

　　好心的大人路过时会想:这倒真是两只鸳鸯,可是配不成对。一家要招一个养老女婿,一家要接一个当家媳妇,弄不到一起。他们俩呢,只是很愿意在一处谈谈坐坐。都到岁数了,心里不是没有。只是像一片薄薄的去,飘过来,飘过去,下不成雨。

　　有一天晚上,好月亮,巧云到淖边一只空船上去洗衣裳(这里的船泊定后,把桨拖到岸上,寄放在熟人家,船就拴在那里,无人看管,谁都可以上去)。她正在船头把身子往前倾着,用力涮着一件大衣裳,一个不知轻重的顽皮野孩子轻轻走到她身后,伸出两手咯吱她的腰。她冷不防,一头栽进了水里。她本会一点水,但是一下子懵了。这几天水又大,流很急。她挣扎了两下,喊救人,接连喝了几口水。她被水冲走了!正赶上十一子在炕房门外土坪上打拳,看见一个人冲了过来,头发在水上漂着。他褪下鞋子,一猛子扎到水底,从水里把她托了起来。

十一子把她肚子里的水控了出来,巧云还是昏迷不醒。十一子只好把她横抱着,像抱一个婴儿似的,把她送回去。她浑身是湿的,软绵绵,热乎乎的。十一子觉得巧云紧紧挨着他,越挨越紧。十一子的心怦怦地跳。

到了家,巧云醒来了。(她早就醒来了!)十一子把她放在床上。巧云换了湿衣裳(月光照出她的美丽的少女的身体)。十一子抓一把草,给她熬了半锦子姜糖水,让她喝下去,就走了。

巧云起来关了门,躺下。她好像看见自己躺在床上的样子。月亮真好。

巧云在心里说:"你是个呆子!"

她说出声来了。

不大一会,她也就睡死了。

就在这一天夜里,另外一个人,拨开了巧云家的门。

五

　　由轮船公司对面的巷子转东大街,往西不远,有一个道士观,叫作炼阳观。现在没有道士了,里面住了不到一营水上保安队。这水上保安队是地方武装。他们名义上归县政府管辖,饷银却由县商会开销,水上保安队的任务是下乡剿土匪。这一带土匪很多,他们抢了人,绑了票,大都藏匿在芦荡湖泊中的船上(这地方到处是水),如遇追捕,便于脱逃。因此,地方绅商觉得很需要成立一个特殊的武装力量来对付这些成帮结伙的土匪。水上保安队装备是很好的。他们乘的船是"铁板划子"——船的三面都有半人高、三四分厚的铁板,子弹是打不透的。铁板划子就停在大淖岸边,样子很高傲。一有任务,就看见大兵们扛着两挺水机关,用箩筐抬着多半筐子弹(子弹不用箱装,却使箩抬,颇奇怪),上了船,开走了。

　　或七八天,或十天半月,他们得胜回来了(他们有铁板划子,又有水机关,对土匪有压倒优势,很少有伤亡)。铁板划子靠了岸,上岸列队,由深巷,上大街,直奔县政府。这队伍是四列纵队。前面是号队。这不到一营的人,却有十二支号。一上大街,就"打打打滴打大打滴大打",齐齐整整地吹起来。后面是全队弟兄,一律荷枪实弹。号队之后,大队之前的正中,是捉来的土匪。有时三个五个,有时只有一个,都是五花大绑。这队伍是很神气的。最妙的是被绑着的土匪也一律都和着号音,步伐整齐,雄赳赳气昂昂地走着。甚至值日官喊"一、二、三、四",他们也随着大声地喊。大队上街之前,要由地保事先通知沿街店铺,凡有鸟笼的(有的店铺是养八哥、画眉的),都要收起来,因为土匪大哥看见不高兴,这是他们忌讳的(他们到县政府,都下在大狱里,看见笼中鸟,就无出狱希望了)。看看这样的铜号放光,刺刀雪亮,还夹着几个带有传奇色彩的土匪英雄的威武雄壮的队伍,是这条街上的民众的一件快乐事情。其快乐程度不下于看狮子、龙灯、高跷、抬阁、和僧道齐全、六十四杠的大出丧。

除了下乡办差,保安队的弟兄们没有什么事。他们除了把两挺水机关扛到大淖边突突地打两梭(把淖岸上的泥土打得簌簌地往下掉),平常是难得出操、打野外的。使人们感觉到这营把人的存在的,是这十二个号兵早晚练号。早晨八九点钟,下午四五点钟,他们就到大淖边来了。先是拔长音,然后各自吹几段,最后是合吹进行曲、三环号,(他们吹三环号只是吹着玩,因为从来没有接受检阅的时候)。吹完号,就解散,想干什么干什么。有的,就轻手轻脚,走进一家的门外,咳嗽一声,随着,走了进去,门就关起来了。

这些号兵大都衣着整齐,干净爱俏。他们除了吹吹号,整天无事干，有的是闲空。他们的钱来得容易，——饷钱倒不多，但每次下乡，总有犒赏；有时与土匪遭遇，双方谈条件，也常从对方手中得到一笔钱。手面很大方，花钱不在乎。他们是保护地方绅商的军人，身后有靠山，即或出一点什么事，谁也无奈他何。因此，这些大爷就觉得不风流风流，实在对不起自己，也辜负了别人。十二个号兵，有一个号长，姓刘，大家都叫他刘号长。这刘号长前后跟大淖几家的媳妇都很熟。拨开巧云家的门的，就是这个号长！号长走的时候留下十块钱。这种事在大淖不是第一次发生。巧云的残废爹当时就知道了。

他拿着这十块钱，只是长长地叹了一口气。邻居们知道了，姑娘、媳妇并未多议论，只骂了一句："这个该死的！"

巧云破了身子，她没有淌眼泪，更没有想到跳到淖里淹死。人生在世，总有这么一遭！只是为什么是这个人？真不该是这个人！怎么办？拿把菜刀杀了他？放火烧了炼阳观？不行！她还有个残废爹。她怔怔地坐在床上，心里乱糟糟的。她想起该起来烧早饭了。她还得结网，织席，还得上街。她想起小时候上人家看新娘子，新娘子穿了一双粉红的缎子花鞋。她想起她的远在天边的妈。她记不得妈的样子，只记得妈用一个筷子头蘸了胭脂给她点了一点眉心红。她拿起镜子照照，她好像第一次看清楚自己的模样。她想起十一子给她吮手指上的血，这血一定是咸的。她觉得对不起十一子,好像自己做错了什么事。她非常失悔:没有把自己给了十一子!

她的这个念头越来越强烈。这个号长来一次,她的念头就更强烈一分。水上保安队又下乡了。一天,巧云找到十一子,说:"晚上你到大淖东边来,我有话跟你说。"

十一子到了淖边。巧云踏在一只"鸭撇子"上(放鸭子用的小船,极小,仅容一人。这是一只公船,平常就拴在淖边。大淖人谁都可以撑着它到沙洲上挑蒌蒿,割茅草,拣野鸭蛋),把篙子一点,撑向淖中央的沙洲,对十一子说:"你来!"

过了一会,十一子泅水到了沙洲上。

他们在沙洲的茅草丛里一直呆到月到中天。

月亮真好啊!

六

十一子和巧云的事,师兄们都知道,只瞒着老锡匠一个人。他们偷偷地给他留着门,在门窝子里倒了水(这样推门进来没有声音)。十一子常常到天快亮的时候才回来。有一天,又是这时候才推开门。刚刚要钻被窝,听见老锡匠说:

"你不要命啦!"

这种事情怎么瞒得住人呢?终于,传到刘号长的耳朵里。其实没有人跟他嚼舌头,刘号长自己还不知道?巧云看见他都讨厌,她的全身都是冷淡的。刘号长咽不下这口气。本来,他跟巧云又没有拜过堂,完过花烛,闲花野草,断了就断了。可是一个小锡匠,夺走了他的人,这丢了当兵的脸。太岁头上动土,这还行!这种事从来没有发生过。连保安队的弟兄也都觉得面上无光,在人前矬了一截。他是只许自己在别人头上拉屎撒尿,不许别人在他脸上溅一星唾沫的。若是闭着眼过去,往后,保安队的人还混不混了?

有一天,天还没亮,刘号长带了几个弟兄,踢开巧云家的门,从被窝里拉起了小锡匠,把他捆了起来。把黄海蛟、巧云的手脚也都捆了,怕他们去叫人。

他们把小锡匠弄到泰山庙后面的坟地里,一人一根棍子,搂头盖脸地打他。他们要小锡匠卷铺盖走人,回他的兴化,不许再留在大淖。小锡匠不说话。他们要小锡匠答应不再走进黄家的门,不挨巧云的身子。小锡匠还是不说话。他们要小锡匠告一声饶,认一个错。小锡匠的牙咬得紧紧的。小锡匠的硬铮把这些向来是横着膀子走路的家伙惹怒了,"你这样硬!打不死你!"——"打",七八根棍子风一样,雨一样打在小锡匠的身上。小锡匠被他们打死了。锡匠们听说十一子被保安队的人绑走了,他们四处找,找到了泰山庙。

老锡匠用手一探,十一子还有一丝悠悠气。老锡匠叫人赶紧去找陈年的尿桶。他经验过这种事,打死的人,只有喝了从桶里刮出来的尿碱,才有救。

十一子的牙关咬得很紧,灌不进去。巧云捧了一碗尿碱汤,在十一子的耳边说:"十一子,十一子,你喝了!"十一子微微听见一点声音,他睁了睁眼。巧云把一碗尿碱汤灌进了十一子的喉咙。不知道为什么,她自己也尝了一口。锡匠们摘了一块门板,把十一子放在门板上,往家里抬。他们抬着十一子,到了大淖东头,还要往西走。巧云拦住了:

"不要。抬到我家里。"

老锡匠点点头。

巧云把屋里存着的鱼网和芦席都拿到街上卖了,买了七厘散,医治十一子身子里的瘀血。东头的几家大娘、大婶杀了下蛋的老母鸡,给巧云送来了。锡匠们凑了钱,买了人参,熬了参汤。挑夫,锡匠,姑娘,媳妇,川流不息地来看望十一子。他们把平时在辛苦而单调的生活中不常表现的热情和好心都拿出来了。他们觉得十一子和巧云做的事都很应该,很对。大淖出了这样一对年轻人,使他们觉得骄傲。大家的心喜洋洋,热乎乎的,好像在过年。

刘号长打了人,不敢再露面。他那几个弟兄也都躲在保安队的队部里不出来。保安队的门口加了双岗。这些好汉原来都是一窝"草鸡"!

锡匠们开了会。他们向县政府递了呈子,要求保安队把姓刘的交出来。县政府没有答复。锡匠们上街游行。这个游行队伍是很多人从未见过的。没有旗子,没有标语,就是二十来个锡匠挑着二十来副锡匠担子,在全城的大街上慢慢地走。这是个沉默的队伍,但是非常严肃。他们表现出不可侵犯的威严和不可动摇的决心。这个带有中世纪行帮色彩的游行队伍十分动人。

游行继续了三天。第三天,他们举行了"顶香请愿"。二十来个锡匠,在县政府照壁前坐着,每人头上用木盘顶着一炉炽旺的香。这是一个古老的风俗:民有沉冤,官不受理,被逼急了的百姓可以用香火把县大堂烧了,据说这不算犯法。

这条规矩不载于《六法全书》,现在不是大清国,县政府可以不理会这种"陋习"。但是这些锡匠是横了心的,他们当真干起来,后果是严重的。县长邀请县里的绅商商议,一致认为这件事不能再不管。于是由商会会长出面,约请了有关的人:一个承审——作为县长代表,保安队的副官,老锡匠和另外两个年长的锡匠,还有代表挑夫的黄海龙,四邻见证,——卖眼镜的宝应人,卖天竺筷的杭州人,在一家大茶馆里举行会谈,来"了"这件事。

会谈的结果是:小锡匠养伤的药钱由保安队负担(实际是商

会拿钱),刘号长驱逐出境。由刘号长画押具结。老锡匠觉得这样就给锡匠和挑夫都挣了面子。可以见好就收了。只是要求在刘某人的甘结上写上一条:如果他再踏进县城一步,任凭老锡匠一个人把他收拾了!

过了两天,刘号长就由两个弟兄持枪护送,悄悄地走了。他被调到三垛去当了税警。

十一子能进一点饮食,能说话了。巧云问他:

"他们打你,你只要说不再进我家的门,就不打你了,你就不会吃这样大的苦了。你为什么不说?"

"你要我说么?"

"不要。"

"我知道你不要。"

"你值么?"

"我值。"

"十一子,你真好!我喜欢你!你快点好。"

"你亲我一下,我就好得快。"

"好,亲你!"

巧云一家有了三张嘴。两个男的不能挣钱,但要吃饭。大淖东头的人家都没有积蓄,也没有什么东西变卖典押。结鱼网,打芦席,都不能当时见钱。十一子的伤一时半会不会好,日子长了,怎么过呢？巧云没有经过太多考虑，把爹用过的箩筐找出来，磕磕盖尘土，就去挑担挣"活钱"去了。姑娘媳妇都很佩服她。起初她们怕她挑不惯，后来看她脚下很快，很匀，也就放心了。从此，巧云就和邻居的姑娘媳妇在一起，挑着紫红的荸荠、碧绿的菱角、雪白的连枝藕，风摆柳似地穿街过市，发髻的一侧插着大红花。她的眼睛还是那么亮，长睫毛忽扇忽扇的。但是眼神显得更深沉，更坚定了。她从一个姑娘变成了一个很能干的小媳妇。

十一子的伤会好么？

会。

当然会！

一九八一年二月四日，旧历大年三十

（原载《北京文学》1981年第四期）

第二辑 口腹乡情

故乡的元宵

故乡的元宵是并不热闹的。

没有狮子、龙灯,没有高跷,没有跑旱船,没有"大头和尚戏柳翠",没有花担子、茶担子。这些都在七月十五"迎会"——赛城隍时才有,元宵是没有的。很多地方兴"闹元宵",我们那里的元宵却是静静的。

有几年,有送麒麟的。上午,三个乡下的汉子,一个举着麒麟,——一张长板凳,外面糊纸扎的麒麟,一个敲小锣,一个打镲,咚咚当当敲一气,齐声唱一些吉利的歌。每段开头都是"格炸炸":

　　格炸炸,格炸炸,
　　麒麟送子到你家……

我对这"格炸炸"印象很深。这是什么意思呢？这是状声词？状的什么声呢？送麒麟的没有表演，没有动作，曲调也很简单，送麒麟的来了，一点也不叫人兴奋，只听得一连串的"格炸炸"。"格炸炸"完了，祖母就给他们一点钱。

街上掷骰子"赶老羊"的赌钱的摊子上没有人。六颗骰子静静地在大碗底卧着。摆赌摊的坐在小板凳抱着膝盖发呆。年快过完了，准备过年输的钱也输得差不多了，明天还有事，大家都没有赌兴。草巷口有个吹糖人的，孙猴子舞大刀、老鼠偷油。北市口有捏面人的。青蛇、白蛇、老渔翁。老渔翁的蓑衣是从药店里买来的夏枯草做的。到天地坛看人拉"天嗡子"——即抖空竹，拉得很响，天嗡子蛮牛似的叫。到泰山庙看老妈妈烧香。一个老妈妈鞋底有牛屎，干了。一天快过去了。不过元宵要等到晚上，上了灯，才算。元宵元宵嘛。我们那里一般不叫元宵，叫灯节。灯节要过几天，十三上灯，十七落灯。"正日子"是十五。

各屋里的灯都点起来了，大妈（大伯母）屋里是四盏玻璃方灯。二妈屋里是画了红寿字的白明角琉璃灯，还有一张珠子灯。我的继母屋里点的是红琉璃泡子。一屋子灯光，明亮而温柔，显得很吉祥。

上街去看走马灯，连万顺家的走马灯很大。"乡下人不识走马灯，——又来了。"走马灯不过是来回转动的车、马、人（兵）的影子,但也能看它转几圈。后来我自己也动手做了一个,点了蜡烛,看着里面的纸轮一样转了起来,外面的纸屏上一样映出了影子,很欣喜。乾隆和的走马灯并不"走",只是一个长方的纸箱子,正面白纸上有一些彩色的小人,小人连着一根头发丝,烛火烘热了发丝,小人的手脚会上下动。它虽然不"走",我们还是叫它走马灯。要不,叫它什么灯呢?这外面的小人是唐僧、孙悟空、猪八戒、沙和尚。整个画面表现的是《西游记》唐僧取经。

孩子有自己的灯。兔子灯、绣球灯、马灯……兔子灯大都是自己动手做的。下面安四个轱辘,可以拉着走。兔子灯其实不大像兔子,脸是圆的,眼睛是弯弯的,像人的眼睛,还有两道弯弯的眉毛!绣球灯、马灯都是买的。绣球灯是一个多面的纸扎的球,有一个篾制的架子,架子上有一根竹竿,架子下有两个轱辘,手执竹竿,向前推移,球即不停滚动。马灯是两段,一个马头,一个马屁股,用带子系在身上。西瓜灯、虾蟆灯、鱼灯,这些手提的灯的架子,是小孩玩的。

有一个习俗可能是外地所没有的:看围屏。硬木长方框,约三尺高,尺半宽,镶绢,上画一笔演义小说人物故事,灯节前装好,一堂围屏约三十幅,屏后点蜡烛。这实际上是照得透亮的连环画。看围屏有两处,一处在炼阳观的偏殿,一处在附设在城隍庙里的火神庙。炼阳观画的是《封神榜》,火神庙画的是《三国》,围屏看了多少年,但还是年年看,好像不看围屏就不算过灯节似的。

街上有人放花。有人放高升(起火),不多的几枝。起火升到天上,嗤——灭了。

天上有一盏红灯笼。竹篾为骨,外糊红纸,一个长方的筒,里面点了蜡烛,放到天上,灯笼是很好放的,连脑线都不用,在一个角上系上线,就能飞上去。灯笼在天上微微飘动,不知道为什么,看了使人有一点薄薄的凄凉。

年过完了,明天十六,所有店铺就"大开门"了。我们那里,初一到初五,店铺都不开门。初六打开两扇排门,卖一点市民必需的东西,叫作"小开门"。十六把全部排门卸掉,放一挂鞭,几个炮仗,叫作"大开门",开始正常营业。年,就这样过去了。

一九九三年二月十二日

(原载《武汉晚报》1993年3月18日)

故乡的食物

炒米和焦屑

小时读《板桥家书》："天寒冰冻时暮，穷亲戚朋友到门，先泡一大碗炒米送手中，佐以酱姜一小碟，最是暖老温贫之具"，觉得很亲切。郑板桥是兴化人，我的家乡是高邮，风气相似。这样的感情，是外地人们不易领会的。炒米是各地都有的。但是很多地方都做成了炒米糖。这是很便宜的食品。孩子买了，咯咯地嚼着。四川有"炒米糖开水"，车站码头都有得卖，那是泡着吃的。但四川的炒米糖似也是专业的作坊做的，不像我们那里。我们那里也有炒米糖，像别处一样，切成长方形的一块一块。也有搓成圆球的，叫作"欢喜团"。那也是作坊里做的。但通常所说的炒米，是不加糖粘结的，是"散装"的；而且不是作坊里做出来，是自己家里炒的。

　　说是自己家里炒,其实是请了人来炒的。炒炒米也要点手艺,并不是人人都会的。入了冬,大概是过了冬至吧,有人背了一面大筛子,手持长柄的铁铲,大街小巷地走,这就是炒炒米的。有时带一个助手,多半是个半大孩子,是帮他烧火的。请到家里来,管一顿饭,给几个钱,炒一天。或二斗,或半石;像我们家人口多,一次得炒一石糯米。炒炒米都是把一年所需一次炒齐,没有零零碎碎炒的。过了这个季节,再找炒炒米的也找不着。一炒炒米,就让人觉得,快要过年了。

　　装炒米的坛子是固定的,这个坛子就叫"炒米坛子",不作别的用途。舀炒米的东西也是固定的,一般人家大都是用一个香烟罐头。我的祖母用的是一个"柚子壳"。柚子,——我们那里柚子不多见,从顶上开一个洞,把里面的瓤掏出来,再塞上米糠,风干,就成了一个硬壳的钵状的东西。她用这个柚子壳用了一辈子。

　　我父亲有一个很怪的朋友,叫张仲陶。他很有学问,曾教我读过《项羽本纪》。他薄有田产,不治生业,整天在家研究易经,算卦。他算卦用蓍草。全城只有他一个人用蓍草算卦。据说他有几卦算得极灵。有一家,丢了一只金戒指,怀疑是女佣人偷了。这女佣人蒙了冤枉,来求张先生算一卦。张先生算了,说戒指没有丢,在你们家炒米坛盖子上。一找,果然。我小时就不大相信,算卦怎么能算得这样准,怎么能算得出在炒米坛盖子上呢?不过他的这一卦说明了一件事,即我们那里炒米坛子是几乎家家都有的。

炒米这东西实在说不上有什么好吃。家常预备,不过取其方便。用开水一泡,马上就可吃。在没有什么东西好吃的时候,泡一碗,可代早晚茶。来了平常的客人,泡一碗,也算是点心。郑板桥说"穷亲戚朋友到门,先泡一大碗炒米送手中",也是说其省事,比下一碗挂面还要简单。炒米是吃不饱人的。一大碗,其实没有多少东西。我们那里吃泡炒米,一般是抓上一把白糖,如板桥所说"佐以酱姜一小碟",也有,少。我现在岁数大了,如有人请我吃泡炒米,我倒宁愿来一小碟酱生姜,——最好滴几滴香油,那倒是还有点意思。另外还有一种吃法,用猪油煎两个嫩荷包蛋——我们那里叫作"蛋瘪子",抓一把炒米和在一起吃。这种食品是只有"惯宝宝"才能吃得到的。谁家要是老给孩子吃这种东西,街坊就会有议论的。

我们那里还有一种可以急就的食品,叫作"焦屑"。糊锅巴磨成碎末,就是焦屑。我们那里,餐餐吃米饭,顿顿有锅巴。把饭铲出来,锅巴用小火烘焦,起出来,卷成一卷,存着。锅巴是不会坏的,不发馊,不长霉。攒够一定的数量,就用一具小石磨磨碎,放起来。焦屑也像炒米一样。用开水冲冲,就能吃了。焦屑调匀后成糊状,有点像北方的炒面,但比炒面爽口。

我们那里的人家预备炒米和焦屑,除了方便,原来还有一层意思,是应急。在不能正常煮饭时,可以用来充饥。这很有点像古代行军用的"糒"。有一年,记不得是哪一年,总之是我还小,还在上小学,党军(国民革命军)和联军(孙传芳的军队)在我们县境内开了仗,很多人都躲进了红十字会。不知道出于一种什么信念,大家都以为红十字会是哪一方的军队都不能打进去的,进了红十字会就安全了。红十字会设在炼阳观,这是一个道士观。我们一家带了一点行李进了炼阳观。祖母指挥着,特别关照,把一坛炒米和一坛焦屑带了去。我对这种打破常规的生活极感兴趣。晚上,爬到吕祖楼上去,看双方军队枪炮的火光在东北面不知什么地方一阵一阵地亮着,觉得有点紧张,也很好玩。很多人家住在一起,不能煮饭,这一晚上,我们是冲炒米,泡焦屑度过的。没有床铺,我把几个道士诵经用的蒲团拼起来,在上面睡了一夜。这实在是我小时候度过的一个浪漫主义的夜晚。

第二天,没事了,大家就都回家了。

炒米和焦屑和我家乡的贫穷和长期的动乱是有关系的。

端午的鸭蛋

家乡的端午,很多风俗和外地一样。系百索子。五色的丝线拧成小绳,系在手腕上。丝线是掉色的,洗脸时沾了水,手腕上就印得红一道绿一道的。做香角子。丝线缠成小粽子,里头装了香面,一个一个串起来,挂在帐钩上。贴五毒。红纸剪成五毒,贴在门坎上。贴符。这符是城隍庙送来的。城隍庙的老道士还是我的寄名干爹,他每年端午节前就派小道士送符来,还有两把小纸扇。符送来了,就贴在堂屋的门楣上。一尺来长的黄色、蓝色的纸条,上面用朱笔画些莫明其妙的道道,这就能辟邪么?喝雄黄酒。用酒和的雄黄在孩子的额头上画一个王字,这是很多地方都有的。有一个风俗不知别处有不:放黄烟子。黄烟子是大小如北方的麻雷子的炮仗,只是里面灌的不是硝药,而是雄黄。点着后不响,只是冒出一股黄烟,能冒好一会,把点着的黄烟子丢在橱柜下面,说是可以熏五毒。小孩子点了黄烟子,常把它的一头抵在板壁上写虎字。写黄烟虎字笔画不能断,所以我们那里的孩子都会写草书的"一笔虎"。还有一个风俗,是端午节的午饭要吃"十二红",就是十二道红颜色的菜。十二红里我只记得有炒红苋菜、油爆虾、咸鸭蛋,其余的都记不清,数不出了。也许十二红只是一个名目,不一定真凑足十二样。不过午饭的菜都是红的,这一点是我没有记错的,而且,苋菜、虾、鸭蛋,一定是有的。这三样,在我的家乡都不贵,多数人家是吃得起的。

我的家乡是水乡。出鸭。高邮大麻鸭是著名的鸭种。鸭多,鸭蛋也多。高邮人也善于腌鸭蛋。高邮咸鸭蛋于是出了名。我在苏南、浙江，每逢有人问起我的籍贯，回答之后，对方就会肃然起敬："哦！你们那里出咸鸭蛋！"上海的卖腌腊的店铺里也卖咸鸭蛋，必用纸条特别标明"高邮咸蛋"。高邮还出双黄鸭蛋。别处鸭蛋也偶有双黄的，但不如高邮的多，可以成批输出。双黄鸭蛋味道其实无特别处。还不就是个鸭蛋！只是切开之后，里面的圆圆的两个黄，使人惊奇不已。我对异乡人称道高邮鸭蛋，是不大高兴的，好像我们那穷地方就出鸭蛋似的！不过高邮的咸鸭蛋，确实是好，我走的地方不少，所食鸭蛋多矣，但和我家乡的完全不能相比！曾经沧海难为水，他乡咸鸭蛋，我实在瞧不起。袁枚的《随园食单·小菜单》有"腌蛋"一条。袁子才这个人我不喜欢，他的《食单》好些菜的做法是听来的，他自己并不会做菜。但是《腌蛋》这一条我看后却觉得很亲切，而且"与有荣焉"。文不长，录如下：

腌蛋以高邮为佳，颜色细而油多，高文端公最喜食之。席间，先夹取以敬客，放盘中。总宜切开带壳，黄白兼用；不可存黄去白，使味不全，油亦走散。

高邮咸蛋的特点是质细而油多。蛋白柔嫩，不似别处的发干、发粉，入口如嚼石灰。油多尤为别处所不及。鸭蛋的吃法，如袁子才所说,带壳切开,是一种,那是席间待客的办法。平常食用,一般都是敲破"空头"用筷子挖着吃。筷子头一扎下去,吱——红油就冒出来了。高邮咸蛋的黄是通红的。苏北有一道名菜,叫作"朱砂豆腐",就是用高邮鸭蛋黄炒的豆腐。我在北京吃的咸鸭蛋,蛋黄是浅黄色的,这叫什么咸鸭蛋呢!

端午节,我们那里的孩子兴挂"鸭蛋络子"。头一天,就由姑姑或姐姐用彩色丝线打好了络子。端午一早,鸭蛋煮熟了,由孩子自己去挑一个,鸭蛋有什么可挑的呢!有!一要挑淡青壳的。鸭蛋壳有白的和淡青的两种。二要挑形状好看的。别说鸭蛋都是一样的,细看却不同。有的样子蠢,有的秀气。挑好了,装在络子里,挂在大襟的纽扣上。这有什么好看呢?然而它是孩子心爱的饰物。鸭蛋络子挂了多半天,什么时候孩子一高兴,就把络子里的鸭蛋掏出来,吃了。端午的鸭蛋,新腌不久,只有一点点淡淡的咸味,白嘴吃也可以。

孩子吃鸭蛋是很小心的,除了敲去空头,不把蛋壳碰破。蛋黄蛋白吃光了,用清水把鸭蛋里面洗净,晚上捉了萤火虫来,装在蛋壳里,空头的地方糊一层薄罗。萤火虫在鸭蛋壳里一闪一闪地亮,好看极了。

小时读囊萤映雪故事,觉得东晋的车胤用练囊盛了几十只萤火虫,照了读书,还不如用鸭蛋壳来装萤火虫。不过用萤火虫照亮来读书,而且一夜读到天亮,这能行么?车胤读的是手写的卷子,字大,若是读现在的新五号字,大概是不行的。

咸菜茨菇汤

一到下雪天,我们家就喝咸菜汤,不知是什么道理。是因为雪天买不到青菜?那也不见得。除非大雪三日,卖菜的出不了门,否则他们总还会上市卖菜的。这大概只是一种习惯。一早起来,看见飘雪花了,我就知道:今天中午是咸菜汤!

咸菜是青菜腌的。我们那里过去不种白菜,偶有卖的,叫作"黄芽菜",是外地运去的,很名贵。一盘黄芽菜炒肉丝,是上等菜。平常吃的,都是青菜,青菜似油菜,但高大得多。入冬,腌菜,这时青菜正肥。把青菜成担的买来,洗净,晾去水气,下缸。一层菜,一层盐,码实,即成。随吃随取,可以一直吃到第二年春天。

腌了四五天的新咸菜很好吃,不咸,细、嫩、脆、甜,难可比拟。

咸菜汤是咸菜切碎了煮成的。到了下雪的天气,咸菜已经腌得很咸了,而且已经发酸。咸菜汤的颜色是暗绿的。没有吃惯的人,是不容易引起食欲的。

咸菜汤里有时加了茨菇片,那就是咸菜茨菇汤。或者叫茨菇咸菜汤,都可以。

我小时候对茨菇实在没有好感。这东西有一种苦味。民国二十年,我们家乡闹大水,各种作物减产,只有茨菇却丰收。那一年我吃了很多茨菇,而且是不去茨菇的嘴子的,真难吃。

我十九岁离乡,辗转漂流,三四十年没有吃到茨菇,并不想。

前好几年,春节后数日,我到沈从文老师家去拜年,他留我吃饭,师母张兆和炒了一盘茨菇肉片。沈先生吃了两片茨菇,说:"这个好!格比土豆高。"我承认他这话。吃菜讲究"格"的高低,这种语言正是沈老师的语言。他是对什么事情都讲"格"的,包括对于茨菇、土豆。

因为久违,我对茨菇有了感情。前几年,北京的菜市场在春节前后有卖茨菇的。我见到,必要买一点回来加肉炒了。家里人都不怎么爱吃。所有的茨菇,都由我一个人"包圆儿"了。

北方人不识茨菇。我买茨菇,总要有人问我:"这是什么?"——"茨菇"——"茨菇是什么?"这可不好回答。

北京的茨菇卖得很贵,价钱和"洞子货"(温室所产)的西红柿、野鸡脖韭菜差不多。

我很想喝一碗咸菜茨菇汤。

我想念家乡的雪。

虎头鲨·昂嗤鱼·砗螯·螺蛳·蚬子

苏州人特重塘鳢鱼。上海人也是,一提起塘鳢鱼,眉飞色舞。

口腹乡情

塘鳢鱼是什么鱼？我向往之久矣。到苏州，曾想尝尝塘鳢鱼，未能如愿。后来我知道：塘鳢鱼就是虎头鲨，嘿！

塘鳢鱼亦称土步鱼。《随园食单》："杭州以土步鱼为上品，而金陵人贱之，目为虎头蛇，可发一笑。"虎头蛇即虎头鲨。这种鱼样子不好看，而且有点凶恶。浑身紫褐色，有细碎黑斑，头大而多骨，鳍如蝶翅。这种鱼在我们那里也是贱鱼，是不能上席的。苏州人做塘鳢鱼有清炒、椒盐多法。我们家乡通常的吃法是氽汤，加醋、胡椒。虎头鲨氽汤，鱼肉极细嫩，松而不散，汤味极鲜，开胃。

昂嗤鱼的样子也很怪，头扁嘴阔，有点像鲇鱼，无鳞，皮色黄，有浅黑色的不规整的大斑。无背鳍。而背上有一根很硬的尖锐的骨刺。用手捏起这根骨刺，它就发出昂嗤昂嗤小小的声音。这声音是怎么发出来的，我一直没弄明白。这种鱼是由这种声音得名的。它的学名是什么，只有去问鱼类学专家了。这种鱼没有很大的，七八寸长的，就算难得的了。这种鱼也很贱，连乡下人也看不起。我的一个亲戚在农村插队，见到昂嗤鱼，买了一些，农民都笑他："买这种鱼干什么！"昂嗤鱼其实是很好吃的。昂嗤鱼通常也是氽汤。虎头鲨是醋汤，昂嗤鱼不加醋，汤白如牛乳，是所谓"奶汤"。昂嗤鱼也极细嫩，鳃边的两块蒜瓣肉有大拇指大，堪称至味。有一年，北京一家鱼店不知从哪里运来一些昂嗤鱼，无人问津。顾客都不识这是啥鱼。有一位卖鱼的老师傅倒知道："这是昂嗤。"我看到，高兴极了，买了十来条。回家一做，满不是那么一回事！昂嗤要吃活的（虎头鲨也是活杀）。长途转运，又在冷库里冰了一些日子，肉质变硬，鲜味全失，一点意思都没有！

砗螯我的家乡叫馋螯，砗螯是扬州人的叫法。我在大连见到花蛤，我以为就是砗螯。不是。形状很相似，入口全不同。花蛤肉粗而硬，咬不动。砗螯极柔软细嫩。砗螯好像是淡水里产的，但味道却似海鲜。有点像蛎黄，但比蛎黄味道清爽。比青蛤、蚶子味厚。砗螯可清炒，烧豆腐，或与咸肉同煮。砗螯烧乌青菜（江南人叫塌苦菜），风味绝佳。乌青菜如是经霜而现拔的，尤美。我不食砗螯四十五年矣。

砗螯壳稍呈三角形，质坚，白如细瓷，而有各种颜色的弧形花斑，有浅紫的，有暗红的，有赭石，墨蓝的，很好看。家里买了砗螯，挖出砗螯肉，我们就从一堆砗螯壳里去挑选，挑到好的，洗净了留起来玩。砗螯壳的铰合部有两个突出的尖嘴子，把尖嘴子在糙石上磨磨，不一会就磨出两个小圆洞，含在嘴里吹，呜呜地响，且有细细颤音，如风吹窗纸。

螺蛳处处有之。我们家乡清明吃螺蛳，谓可以明目，用五香煮熟螺蛳，分给孩子，一人半碗，由他们自己用竹签挑着吃。孩子吃了螺蛳，用小竹弓把螺蛳壳射到屋顶上，喀拉喀拉地响，夏天

"检漏",瓦匠总要扫下好些螺蛳壳。这种小弓不作别的用处,就叫作螺蛳弓,我在小说《戴车匠》里对螺蛳弓有较详细的描写。

蚬子是我所见过的贝类里最小的了,只有一粒瓜子大。蚬子是剥了壳卖的。剥蚬子的人家附近堆了好多蚬子壳,像一个坟头。蚬子炒韭菜,很下饭。这种东西非常便宜,为小户人家的恩物。

有一年修运河堤。按工程规定,有一段堤面应铺碎石,包工的贪污了款子,在堤面铺了一层蚬子壳。前来验收的委员,坐在汽车里,向外一看,白花花的一片,还抽着雪茄烟,连说:"很好!很好!"

我的家乡富水产。鱼中之名贵的是鳊鱼、白鱼(尤重翘嘴白)、鲈花鱼(即鳜鱼),谓之"鳊、白、鲈"。虾有青虾、白虾。蟹极肥。以无特点,故不及。

野鸭·鹌鹑·斑鸠·鵽

过去我们那里野鸭子很多。水乡,野鸭子自然多。秋冬之际,天上有时"过"野鸭子,黑乎乎的一大片,在地上可以听到它们鼓翅的声音,呼呼的,好像刮大风。野鸭子是枪打的(野鸭肉里常常有很细的铁砂子,吃时要小心),但打野鸭子的人自己不进城来卖,卖野鸭子有专门的摊子。有时卖鱼的也卖野鸭子,把一个养活鱼的木盆翻过来,野鸭一对一对地摆在盆底,卖野鸭子是不用秤约的,都是一对一对地卖。野鸭子是有一定分量的。依分量大小,有一定的名称,如"对鸭""八鸭"。哪一种有多大分量,我现在已经记不清了。卖野鸭子都是带毛的。卖野鸭子的可以代客当场去毛,拔野鸭毛是不能用开水烫的。野鸭子皮薄,一烫,皮就破了。干拔。卖野鸭子的把一只鸭子放在一个麻袋里,一手提鸭,一手拔毛,一会儿就拔净了。——放在麻袋里拔,是防止鸭毛飞散。代客拔毛,不另收费,卖野鸭子的只要那一点鸭毛。——野鸭毛是值钱的。

野鸭的吃法通常是切块红烧。清炖大概也可以吧,我没有吃过。野鸭子肉的特点是:细、酥,不像家鸭每每肉老。野鸭烧咸菜是我们那里的家常菜。里面的咸菜尤其是佐粥的妙品。

现在我们那里的野鸭子很少了。前几年我回乡一次,偶有,卖得很贵。原因据说是因为县里对各乡水利作了全面综合治理,过去的水荡子、荒滩少了,野鸭子无处栖息。而且,野鸭子过去是吃收割后遗撒在田里的谷粒的,现在收割得很干净,颗粒归仓,野鸭子没什么可吃的,不来了。

鹌鹑是网捕的。我们那里吃鹌鹑的人家少,因为这东西只有由乡下的亲戚送来,市面上没有卖的。鹌鹑大都是用五香卤了吃。也有用油炸了的。鹌鹑能斗,但我们那里无斗鹌鹑的风气。

我看见过猎人打斑鸠。我在读初中的时候。午饭后,我到学校后面的野地里去玩。野地里有小河,有野蔷薇,有金黄色的茼蒿花,有苍耳(苍耳子有小钩刺,能挂在衣裤上,我们管它叫"万把钩"),有才抽穗的芦荻。在一片树林里,我发现一个猎人。我们那里猎人很少,我从来没有见过猎人,但是我一看见他,就知道:他是一个猎人。这个猎人给我一个非常猛厉的印象。他穿了一身黑,下面却缠了鲜红的绑腿。他很瘦。他的眼睛黑,而冷。他握着枪。他在干什么?树林上面飞过一只斑鸠。他在追逐这只斑鸠。斑鸠分明已经发现猎人了。它想逃脱。斑鸠飞到北面,在树上落一落,猎人一步一步往北走。斑鸠连忙往南飞,猎人扬头看了一眼,斑鸠落定了,猎人又一步一步往南走,非常冷静。这是一场无声的,然而非常紧张的、坚持的较量。斑鸠来回飞,猎人来回走。我很奇怪,为什么斑鸠不往树林外面飞。这样几个来回,斑鸠慌了神了。它飞得不稳了,歪歪倒倒的,失去了原来均匀的节奏。忽然,砰——枪声一响,斑鸠应声而落。猎人走过去,拾起斑鸠,看了看,装在猎袋里。他眼睛很黑,很冷。

我在小说《异秉》里提到王二的熏烧摊子上,春天卖一种叫作"鵽"的野味。这种东西我在别处没看见过。"鵽"这个字很多人也不认得。多数字典里不收。《辞海》里倒有这个字,标音为 duo(又读 zhuɑ)。与我乡读音较近,但我们那里是读入声的,这只有用国际音标才标得出来。即使用国际音标标的,在不知道"短促急收藏"的北方人也是读不出来的。《辞海》"鹨"字条下注云:"见鹨鸠",似以为"鹨"即"鹨鸠"。而在"鸠"条下注云:"鸟名。雉属,即'沙鸡'。"这就不对了。沙鸡我是见过的,吃过的。内蒙、张家口多出沙鸡。《尔雅·释鸟》郭璞注:"出北方沙漠地",不错。北京冬季偶尔也有卖的。沙鸡嘴短而红,腿也短。我们那里的却是水鸟,嘴长,腿也长。的滋味和沙鸡有天渊之别。沙鸡肉较粗,略带酸味;鹨肉极细,非常香。我一辈子没有吃过比鹨更香的野味。

蒌蒿·枸杞·荠菜·马齿苋

小说《大淖记事》:"春初水暖,沙洲上冒出很多紫红色的芦芽和灰绿色的蒌蒿,很快就是一片翠绿了。"我在书页下方加了一条注:"蒌蒿是生于水边的野草,粗如笔管,有节,生狭长的小叶,初生二寸来高,叫作'蒌蒿薹子',加肉炒食极清香。……"蒌蒿的蒌字,我小时不知怎么写,后来偶然看了一本什么书,才知道的。这个字音"吕"。我小学有一个同班同学,姓吕,我们就给他起了个外号,叫"蒌蒿薹子"!(蒌蒿薹子家开了一爿糖坊,小学毕业后未升学,我们看见他坐在糖坊里当小老板,觉得很滑稽。)但我查了几本字典,"蒌"都音"楼",我有点恍惚了。"楼""吕"一声之转。许多从"娄"的字都读"吕",如"屡""缕""褛"……这本来无所谓,读"楼"读"吕",关系不大。但字典上都说蒌蒿是蒿之一种,即白蒿,我却有点不以为然了。我小说里写的蒌蒿和蒿其实不相干。读苏东坡《惠崇春江晚景》诗:"竹外桃花三两枝,春江水暖鸭先知。蒌蒿满地芦芽短,正是河豚欲上时。"此蒌蒿生于水边,与芦芽为伴,分明是我的家乡人所吃的蒌蒿,非白蒿。或者"即白蒿"的蒌蒿别是一种,未可知矣。深望懂诗、懂植物学、也懂吃的博雅君子有以教我。

我的小说注文中所说的"极清香",很不具体。嗅觉和味觉是很难比方,无法具体的。昔人以为荔枝味似软枣,实在是风马牛不相及。我所谓"清香",即食时如坐在河边闻到新涨的春水的气味。这是实话,并非故作玄言。

枸杞到处都有。开花后结长圆形的小浆果,即枸杞子。我们叫它"狗奶子",形状颇像。本地产的枸杞子没有入药的,大概不如宁夏产的好。枸杞是多年生植物。春天,冒出嫩叶,即枸杞头。枸杞头是容易采到的。偶尔也有近城的乡村的女孩子采了,放在竹篮里叫卖:"枸杞头来!……"枸杞头可下油盐炒食;或用开水焯了,切碎,加香油、酱油、醋,凉拌了吃。那滋味,也只能说"极清香"。春天吃枸杞头,云可以清火,如北方人吃苣荬菜一样。

"三月三,荠菜花赛牡丹"。俗谓是日以荠菜花置灶上,则蚂蚁不上锅台。

北京也偶有荠菜卖。菜市上卖的是园子里种的,茎白叶大,颜色较野生者浅淡,无香气。农贸市场间有南方的老太太挑了野生的来卖,则又过于细瘦,如一团乱发,制熟后强硬扎嘴。总不如南方野生的有味。

江南人惯用荠菜包春卷,包馄饨,甚佳。我们家乡有用来包春卷的,用来包馄饨的没有,——我们家乡没有"菜肉馄饨"。一般是凉拌。荠菜焯熟剁碎,界首茶干切细丁,入虾米,同拌。这道菜是可以上酒席作凉菜的。酒席上的凉拌荠菜都用手抟成一座尖塔,临吃推倒。

马齿苋现在很少有人吃。古代这是相当重要的菜蔬。苋分人苋、马苋。人苋即今苋菜,马苋即马齿苋。我们祖母每于夏天摘肥嫩的马齿苋晾干,过年时作馅包包子。她是吃长斋的,这种包子只有她一个人吃。我有时从她的盘子里拿一个,蘸了香油吃,挺香。马齿苋有点淡淡的酸味。

马齿苋开花,花瓣如一小囊。我们有时捉了一个哑巴知了,——知了是应该会叫的,捉住一个哑巴,多么扫兴!于是就摘了两个马齿苋的花瓣套住它的眼睛,——马齿苋花瓣套知了眼睛正合适,一撒手,这知了就拼命往高处飞,一直飞到看不见!

三年自然灾害,我在张家口沙岭子吃过不少马齿苋。那时候,这是宝物!

(原载《雨花》1986年第五期)

故乡的野菜

荠菜。荠菜是野菜,但在我的家乡却是可以上席的。我们那里,一般的酒席,开头都有八个凉碟,在客人入席前即已摆好。通常是火腿、变蛋(松花蛋)、风鸡、酱鸭、油爆虾(或呛虾)、蚶子(是从外面运来的,我们那里不产)、咸鸭蛋之类,若是春天,就会有两样应时凉拌小菜:杨花萝卜(即北京的小水萝卜)切细丝拌海蜇,和拌荠菜。荠菜焯过,碎切,和香干细丁同拌,加姜米,浇以麻酱油醋,或用虾米,或不用,均可。这道菜常抟成宝塔形,临吃推倒,拌匀。拌荠菜总是受欢迎的,吃个新鲜。凡野菜,都有一种园种的蔬菜所缺少的清香。

荠菜大都是凉拌,炒荠菜很少人吃。荠菜可包春卷,包圆子(汤团)。江南人用荠菜包馄饨,称为菜肉馄饨,亦称"大馄饨"。我们那里没有用荠菜包馄饨的。我们那里的面店中所卖的馄饨都是纯肉馅的馄饨,即江南所说的"小馄饨"。没有"大馄饨"。我在北京的一家有名的家庭餐馆吃过这一家的一道名菜：翡翠蛋羹。一个汤碗里一边是蛋羹，一边是荠菜，一边嫩黄，一边碧绿，绝不混淆。吃时搅在一起。这种讲究的吃法，我们家乡没有。

枸杞头。春天的早晨，尤其是下了一场小雨之后，就可听到叫卖枸杞头的声音。卖枸杞头的多是附郭近村的女孩子，声音很脆，极能传远："卖枸杞头来！"枸杞头放在一个竹篮子里，一种长圆形的竹篮，叫作元宝篮子。枸杞头带着雨水，女孩子的声音也带着雨水。枸杞头不值什么钱，也从不用秤约，给几个钱，她们就能把整篮子倒给你。女孩子也不把这当作正经买卖，卖一点钱，够打一瓶梳头油就行了。

自己去摘，也不费事。一会儿工夫，就能摘一堆。枸杞到处都是。我的小学的操场原是祭天地的空地，叫作"天地坛"。天地坛的四边围墙的墙根，长的都是这东西，枸杞夏天开小白花，秋天结很多小果子，即枸杞子，我们小时候叫它"狗奶子"，因为很像狗的奶子。

枸杞头也都是凉拌，清香似尤甚于荠菜。

蒌蒿。小说《大淖记事》："春初水暖，沙洲上冒出很多紫红色的芦芽和灰绿色的蒌蒿，很快就是一片翠绿了。"我在书页下面加了一条注："蒌蒿是生于水边的野草。粗如笔管，有节，生狭长的小叶，初生二寸来高，叫作'蒌蒿薹子'，加肉炒食极清香。……"

蒌蒿,字典上都注"蒌"音楼,蒿之一种,即白蒿。我以为蒌蒿不是蒿之一种,蒌蒿掐断,没有那种蒿子气,倒是有一种水草气。苏东坡诗:"蒌蒿满地芦芽短",以蒌蒿与芦芽并举,证明是水边的植物,就是我的家乡所说"蒌蒿薹子"。"蒌"字我的家乡不读楼,读吕。蒌蒿好像都是和瘦猪肉同炒,素炒好像没有。我小时候非常爱吃炒蒌蒿薹子。桌上有一盘炒蒌蒿薹子。我就非常兴奋,胃口大开。蒌蒿薹子除了清香,还有就是很脆,嚼之有声。

荠菜、枸杞我在外地偶尔吃过,蒌蒿薹子自十九岁离乡后从未吃过,非常想念。去年我的家乡人开了汽车到北京来办事,我的弟妹托他们带了一塑料袋蒌蒿薹子来,因为路上耽搁,到北京时已经焐坏了。我挑了一些还不太烂的,炒了一盘,还有那么一点意思。

马齿苋。中国古代吃马齿苋是很普遍的,马苋与人苋(即红白苋菜)并提。后来不知怎么吃的人少了。我的祖母每年夏天都要摘一些马齿苋,晾开了,过年包包子。我的家乡普通人家平常是不包包子的,只有过年才包,自己家里人吃,有客人来蒸一盘待客。不是家里人包的,一般的家庭妇女不会包,都是备了面、馅,请包子店里的师傅到家里做,做一上午,就够正月里吃了。我的祖母吃长斋,她的马齿苋包子只有她自己吃。我尝过一个,马齿苋有点酸酸的味道,不难吃,也不好吃。

马齿苋南北皆有。我在北京的甘家口住过，离玉渊潭很近，玉渊潭马齿苋极多。北京人叫作马苋儿菜，吃的人很少。养鸟的拔了喂画眉。据说画眉吃了能清火。画眉还会有"火"么？

莼菜。第一次喝莼菜汤是在杭州西湖的楼外楼，一九四八年四月。这以前我没有吃过莼菜，也没有见过。我的家乡人大都不知莼菜为何物。但是秦少游有《以莼姜法鱼糟蟹寄子瞻》诗，则高邮原来是有莼菜的。诗最后一句是"泽居备礼无麋鹿"，秦少游当时盖在高邮居住，送给苏东坡的是高邮的土产。高邮现在还有没有莼菜，什么时候回高邮，我得调查调查。

明朝的时候，我的家乡出过一个散曲作家王磐。王磐字鸿渐，号西楼，散曲作品有《西楼乐府》。王磐当时名声很大，与散曲大家陈大声并称为"南曲之冠"。王西楼还是画家。高邮现在还有一句歇后语："王西楼嫁女儿——画（话）多银子少"。王西楼有一本有点特别的著作：《野菜谱》。《野菜谱》收野菜五十二种。五十二种中有些我是认识的，如白鼓钉（蒲公英）、蒲儿根、马栏头、青蒿儿（即茵陈蒿）、枸杞头、野绿豆、蒌蒿、荠菜儿、马齿苋、灰条。江南人重马栏头。小时读周作人的《故乡的野菜》，提到儿歌"荠菜马栏头，姐姐嫁在后门头"，很是向往，但是我的家乡是不大有人吃的。灰条的"条"字正字应是"藋"，通称灰菜。这东西我的家乡不吃。我第一次吃灰菜是在一个山东同学的家里，蘸了稀面，蒸熟，就烂蒜，别具滋味。后来在昆明黄土坡一中学教书，学校发不出薪水，我们时常断炊，就掇了灰菜来炒了吃。在北京我也摘过灰菜炒食。有一次发现钓鱼台国宾馆的墙外长了很多灰菜，极肥嫩，就弯下腰来摘了好些，装在书包里。门卫发现，走过来问："你干什么？"他大概以为我在埋定时炸弹。我把书包里的灰菜抓出来给他看，他没有再说什么，走开了。灰菜有点咸味，我很喜欢这种味道。王西楼《野菜谱》中有一些，我不但没有吃过、见过，连听都没听说过，如"燕子不来香""油灼灼"……

《野菜谱》上图下文。图画的是这种野菜的样子，文则简单地说这种野菜的生长季节，吃法。文后皆系以一诗，一首近似谣曲的小乐府，都是借题发挥，以野菜名起兴，写人民疾苦。如：

眼子菜

眼子菜，如张目，年年盼春怀布谷，犹向秋来望时熟。何事频年倦不开，愁看四野波漂屋。

猫耳朵

猫耳朵，听我歌，今年水患伤田禾，仓廪空虚鼠弃窝，猫兮猫兮将奈何！

江荠

江荠青青江水绿,江边挑菜女儿哭。爷娘新死兄趁熟,止存我与妹看屋。

抱娘蒿

抱娘蒿,结根牢,解不散,如漆胶。君不见昨朝儿卖客船上,儿抱娘哭不肯放。

这些诗的感情都很真挚,读之令人酸鼻。我的家乡本是个穷地方,灾荒很多,主要是水灾,家破人亡,卖儿卖女的事是常有的。我小时就见过。现在水利大有改进,去年那样的特大洪水,也没死一个人,王西楼所写的悲惨景象不复存在了。想到这一点,我为我的家乡感到欣慰。过去,我的家乡人吃野菜主要是为了度荒,现在吃野菜则是为了尝新了。喔,我的家乡的野菜!

一九九二年四月十四日

(原载《钟山》1993年第三期)

夏天的昆虫

蝈蝈

蝈蝈我们那里叫作"叫蛐子"。因为它长得粗壮结实,样子也不大好看,还特别在前面加一个"侉"字,叫作"侉叫蛐子"。这东西就是会呱呱地叫。有时嫌它叫得太吵人了,在它的笼子上拍一下,它就大叫一声:"呱!——"停止了。它什么都吃。据说吃了辣椒更爱叫,我就挑顶辣的辣椒喂它。早晨,掐了南瓜花(谎花)喂它,只是取其好看而已。这东西是咬人的。有时捏住笼子,它会从竹篦的洞里咬你的指头肚子一口!

另有一种秋叫蛐子,较晚出,体小,通身碧绿如玻璃料,叫声轻脆。秋叫蛐子养在牛角做的圆盒中,顶面有一块玻璃。我能自己做这种牛角盒子,要紧的是弄出一块大小合适的圆玻璃。把玻璃放在水盆里,用剪子剪,则不碎裂。秋叫蛐子价钱比侉叫蛐子贵得多。养好了，可以越冬。

叫蛐子是可以吃的。得是三尾的，腹大多子。扔在枯树枝火中，一会就熟了。味极似虾。

蝉

蝉大别有三类。一种是"海溜"，最大，色黑，叫声洪亮。这是蝉里的楚霸王，生命力很强。我曾捉了一只，养在一个断了发条的旧座钟里，活了好多天。一种是"嘟溜"，体较小，绿色而有点银光，样子最好看，叫声也好听："嘟溜——嘟溜——嘟溜。"一种叫"叽溜"，最小，暗赭色，也是因其叫声而得名。

蝉喜欢栖息在柳树上。古人常画"高柳鸣蝉"，是有道理的。

北京的孩子捉蝉用粘竿，——竹竿头上涂了粘胶。我们小时候则用蜘蛛网。选一根结实的长芦苇，一头撅成三角形，用线缚住，看见有大蜘蛛网就一绞，三角里络满了蜘蛛网，很粘。瞅准了一只蝉，轻轻一摁，蝉的翅膀就被粘住了。

佝偻丈人承蜩，不知道用的是什么工具。

蜻蜓

家乡的蜻蜓有三种。

一种极大，头胸浓绿色，腹部有黑色的环纹，尾部两侧有革质的小圆片，叫作"绿豆钢"。这家伙厉害得很，飞时巨大的翅膀磨得嚓嚓地响。或捉之置室内，它会对着窗玻璃猛撞。

一种即常见的蜻蜓，有灰蓝色和绿色的。蜻蜓的眼睛很尖，但到黄昏后眼力就有点不济。它们栖息着不动，从后面轻轻伸手，一捏就能捏住。玩蜻蜓有一种恶作剧的玩法：掐一根狗尾巴草，把草茎插进蜻蜓的屁股，一撒手，蜻蜓就带着狗尾草的穗子飞了。

一种是红蜻蜓。不知道什么道理，说这是灶王爷的马。

另有一种纯黑的蜻蜓。身上，翅膀都是深黑色，我们叫它鬼蜻蜓，因为它有点鬼气。也叫"寡妇"。

刀螂

刀螂即螳螂。螳螂是很好看的。螳螂的头可以四面转动。螳螂翅膀嫩绿，颜色和脉纹都很美。昆虫翅膀好看的，为螳螂，为纺织娘。

或问：你写这些昆虫什么意思？答曰：我只是希望现在的孩子也能玩玩这些昆虫，对自然发生兴趣。现在的孩子大都只在电子玩具包围中长大，未必是好事。

（原载《北京文学》1987年第九期）

葡萄月令

一月,下大雪。

雪静静地下着。果园一片白。听不到一点声音。

葡萄睡在铺着白雪的窖里。

二月里刮春风。

立春后,要刮四十八天"摆条风"。风摆动树的枝条,树醒了,忙忙地把汁液送到全身。树枝软了。树绿了。雪化了,土地是黑的。

黑色的土地里,长出了茵陈蒿。碧绿。

葡萄出窖。

把葡萄窖一锹一锹挖开。挖下的土,堆在四面。葡萄藤露出来了,乌黑的。有的梢头已经绽开了芽苞,吐出指甲大的苍白的小叶。它已经等不及了。

把葡萄藤拉出来,放在松松的湿土上。

不大一会,小叶就变了颜色,叶边发红;——又不大一会,绿了。

三月,葡萄上架。

先得备料。把立柱、横梁、小棍,槐木的、柳木的、杨木的、桦木的,按照树棵大小,分别堆放在旁边。立柱有汤碗口粗的、饭碗口粗的、茶杯口粗的。一棵大葡萄得用八根、十根,乃至十二根立柱。中等的,六根、四根。

先刨坑,竖柱。然后搭横梁,用粗铁丝紧后搭小棍,用细铁丝缚住。

然后,请葡萄上架。把在土里趴了一冬的老藤扛起来,得费一点劲。大的,得四五个人一起来。"起!——起!"哎,它起来了。把它放在葡萄架上,把枝条向三面伸开,像五个指头一样的伸开,扇面似的伸开。然后,用麻筋在小棍上固定住。葡萄藤舒舒展展,凉凉快快地在上面呆着。

上了架,就施肥。在葡萄根的后面,距主干一尺,挖一道半月形的沟,把大粪倒在里面。葡萄上大粪,不用稀释,就这样把原汁大粪倒下去。大棵的,得三四桶。小葡萄,一桶也就够了。四月,浇水。

挖窖挖出的土,堆在四面,筑成垄,就成一个池子。池里放满了水。葡萄园里水气泱泱,沁人心肺。

葡萄喝起水来是惊人的。它真是在喝口哀！葡萄藤的组织跟别的果树不一样，它里面是一根一根细小的导管。这一点，中国的古人早就发现了。《图经》云："根苗中空相通。画人将货之，欲得厚利，暮溉其根，而晨朝水浸子中矣，故俗呼其苗为木通。""暮溉其根，而晨朝水浸子中矣"，是不对的。葡萄成熟了，就不能再浇水了。再浇，果粒就会涨破。"中空相通"却是很准确的。浇了水，不大一会，它就从根直吸到梢，简直是小孩嘬奶似的拼命往上嘬。浇过了水，你再回来看看吧：梢头切断过的破口，就嗒嗒地往下滴水了。

是一种什么力量使葡萄拼命地往上吸水呢？

施了肥，浇了水，葡萄就使劲抽条、长叶子。真快！原来是几根根枯藤，几天工夫，就变成青枝绿叶的一大片。五月，浇水，喷药，打梢，掐须。

葡萄一年不知道要喝多少水，别的果树都不这样。别的果树都是刨一个"树碗"，往里浇几担水就得了，没有像它这样的："漫灌"，整池子的喝。

喷波尔多液。从抽条长叶，一直到坐果成熟，不知道要喷多少次。喷了波尔多液，太阳一晒，葡萄叶子就都变成蓝的了。葡萄抽条，丝毫不知节制，它简直是瞎长！几天工夫，就抽出好长的一节的新条。这样长法还行呀，还结不结果呀？因此，过几天就得给它打一次条。葡萄打条,也用不着什么技巧,一个人就能干,拿起树剪,劈劈啦啦,把新抽出来的一截都给它铰了就得了。一铰,一地的长着新叶的条。

葡萄的卷须,在它还是野生的时候是有用的,好攀附在别的什么树木上。现在,已经有人给它好好地固定在架上了,就一点用也没有了。卷须这东西最耗养分,——凡是作物,都是优先把养分输送到顶端,因此,长出来就给它掐了,长出来就给它掐了。

葡萄的卷须有一点淡淡的甜味。这东西如果腌成咸菜,大概不难吃。

五月中下旬,果树开花了。果园,美极了。梨树开花了,苹果树开花了,葡萄也开花了。

都说梨花像雪,其实苹果花才像雪。雪是厚重的,不是透明的。梨花像什么呢?——梨花的瓣子是月亮做的。

有人说葡萄不开花,哪能呢!只是葡萄花很小,颜色淡黄微绿,不钻进葡萄架是看不出的。而且它开花期很短。很快,就结出了绿豆大的葡萄粒。

六月,浇水、喷药、打条、掐须。

葡萄粒长了一点了,一颗一颗,像绿玻璃料做的纽子。硬的。

葡萄不招虫。葡萄会生病,所以要经常喷波尔多液。但是它不像桃,桃有桃食心虫;梨,梨有梨食心虫。葡萄不用疏虫果。——果园每年疏虫果是要费很多工的。虫果没有用,黑黑的一个半干的球,可是它耗养分呀!所以,要把它"疏"掉。七月,葡萄"膨大"了。

掐须、打条、喷药,大大地浇一次水。

追一次肥。追硫铵。在原来施粪肥的沟里撒上硫铵。然后,就把沟填平了,把硫铵封在里面。

汉朝是不会追这次肥的,汉朝没有硫铵。

八月,葡萄"著色"。

你别以为我这里是把画家的术语借用来了。不是的。这是果农的语言,他们就叫"著色"。

下过大雨,你来看看葡萄园吧,那叫好看!白的像白玛瑙,红的像红宝石,紫的像紫水晶,黑的像黑玉。一串一串,饱满、磁棒、挺括,璀璨琳琅。你就把《说文解字》里的玉字偏旁的字都搬了来吧,那也不够用呀!

可是你得快来!明天,对不起,你全看不到了。我们要喷波尔多液了。一喷波尔多液,它们的晶莹鲜艳全都没有了,它们蒙上一层蓝兮兮、白糊糊地的东西,成了磨砂玻璃。我们不得不这样干。葡萄是吃的,不是看的。我们得保护它。过不两天,就下葡萄了。

一串一串剪下来,把病果、瘪果去掉,妥妥地放在果筐里。果筐满了,盖上盖,要一个棒小伙子跳上去蹦两下,用麻筋缝的筐盖。——新下的果子,不怕压,它很结实,压不坏。倒怕是装不紧,逛里逛当的。那,来回一晃悠,全得烂!葡萄装上车,走了。

去吧,葡萄,让人们吃去吧!

九月的果园像一个生过孩子的少妇,宁静、幸福,而慵懒。我们还给葡萄喷一次波尔多液。哦,下了果子,就不管了?人,总不能这样无情无义吧。

十月,我们有别的农活。我们要去割稻子。葡萄,你愿意怎么长,就怎么长着吧。

十一月,葡萄下架。

把葡萄架拆下来。检查一下,还能再用的,搁在一边。糟朽了的,只好烧火。立柱、横梁、小棍,分别堆垛起来。

剪葡萄条。干脆得很,除了老条,一概剪光。葡萄又成了一个大秃子。

剪下的葡萄条,挑有三个芽眼的,剪成二尺多长的一截,捆起来,放在屋里,准备明春插条。

其余的,连枝带叶,都用竹召帚扫成一堆,装走了。葡萄园光秃秃。

十一月下旬,十二月上旬,葡萄入窖。

这是个重活。把老本放倒,挖土把它埋起来。要埋得很厚实。外面要用铁锹拍平。这个活不能马虎。都要经过验收,才给记工。

葡萄窖,一个一个长方形的土墩墩。一行一行,整整齐齐的排列着。风一吹,土色发了白。

这真是一年的冬景了。热热闹闹的果园,现在什么颜色都没有了。眼界空阔,一览无余,只剩下发白的黄土。

下雪了。我们踏着碎玻璃碴似的雪,检查葡萄窖,扛着铁锹。

一到冬天,要检查几次。不是怕别的,怕老鼠打了洞。葡萄窖里很暖和,老鼠爱往这里面钻。它倒是暖和了,咱们的葡萄可就受了冷啦!

豆芽

朱小山去点豆子。地埂上都点了，还剩一把，他懒得带回去，就搬起一块石头，把剩下的豆子都塞到石头下面。过了些日子，朱小山发现：石头离开地面了。豆子发了芽，豆芽把石头顶起来了。朱小山非常惊奇。

朱小山为这件事惊奇了好多年。他跟好些人讲起过这件事。有人问朱小山："你老说这件事是什么意思？是要说明一种什么哲学吗？"朱小山说："不，我只是想说说我的惊奇。"过了好些年，朱小山成了一个知名的学者，他回他的家乡去看看。他想找到那块石头。他没有找到。

（选自《草木虫鱼鸟兽》，原载《大家》1998 年第二期）

豆腐

豆腐点得比较老的,为北豆腐。听说张家口地区有一个堡里的豆腐能用秤钩钩起来,扛着秤杆走几十里路。这是豆腐么?点的较嫩的是南豆腐。再嫩即为豆腐脑。比豆腐脑稍老一点的,有北京的"老豆腐"和四川的豆花。比豆腐脑更嫩的是湖南的水豆腐。

豆腐压紧成型,是豆腐干。

卷在白布层中压成大张的薄片,是豆腐片。东北叫干豆腐。压得紧而且更薄的,南方叫百叶或千张。

豆浆锅的表面凝结的一层薄皮撩起晾干,叫豆腐皮,或叫油皮。我的家乡则简单地叫作皮子。

豆腐最简便的吃法是拌。买回来就能拌。或入开水锅略烫,去豆腥气。不可久烫,久烫则豆腐收缩发硬。香椿拌豆腐是拌豆腐里的上上品。嫩香椿头,芽叶未舒,颜色紫赤,嗅之香气扑鼻,入开水稍烫，梗叶转为碧绿，捞出，糁以细盐，候冷，切为碎末，与豆腐同拌（以南豆腐为佳），下香油数滴。一箸入口，三春不忘。香椿头只卖得数日，过此则叶绿梗硬，香气大减。其次是小葱拌豆腐。北京有歇后语："小葱拌豆腐——一青二白"，可见这是北京人家家都吃的小菜。拌豆腐特宜小葱，小葱嫩、香。葱粗如指，以拌豆腐，滋味即减。我和林斤澜在武夷山，住一招待所。斤澜爱吃拌豆腐，招待所每餐皆上拌豆腐一大盘，但与豆腐同拌的是青蒜。青蒜炒回锅肉甚佳，以拌豆腐，配搭不当。北京人有用韭菜花、青椒糊拌豆腐的，这是侉吃法，南方人不敢领教。而南方人吃的松花蛋拌豆腐，北方人也觉得岂有此理。这是一道上海菜，我第一次吃到却是在香港的一家上海饭馆里，是吃阳澄湖大闸蟹之前的一道凉菜。北豆腐、松花蛋切成小骰子块，同拌，无姜汁蒜泥，只少放一点盐而已。好吃么？用上海话说：蛮崭格！用北方话说：旱香瓜——另一个味儿。咸鸭蛋拌豆腐也是南方菜，但必须用敝乡所产"高邮咸蛋"。高邮咸蛋蛋黄色如朱砂，多油，和豆腐拌在一起，红白相间，只是颜色即可使人胃口大开。别处的咸鸭蛋，尤其是北方的，蛋黄色浅，又无油，却不中吃。

烧豆腐大体可分为两大类：用油煎过再加料烧的；不过油煎的。

北豆腐切成厚二分的长方块，热锅温油两面煎。油不必多，因豆腐不吃油。最好用平底锅煎。不要煎得太老，稍结薄壳，表面发皱，即可铲出，是名"虎皮"。用已备好的肥瘦各半熟猪肉，切大片，下锅略煸，如葱、姜、蒜、酱油、绵白糖，兑入原猪肉汤，将豆腐推入，加盖猛火煮二三开，即放小火咕嘟。约十五分钟，收汤，即可装盘。这就是"虎皮豆腐"。如加冬菇、虾米、辣椒及豆豉即是"家乡豆腐"。或加菌油，即是湖南有名的"菌油豆腐"——菌油豆腐也有不用油煎的。

"文思和尚豆腐"是清代扬州有名的素菜，好几本菜谱著录，但我在扬州一带的寺庙和素菜馆的菜单上都没有见到过。不知道文思和尚豆腐是过油煎了的，还是不过油煎的。我无端地觉得是油煎了的，而且无端地觉得是用黄豆芽吊汤，加了上好的口蘑或香蕈、竹笋，用极好秋油，文火熬成。什么时候材料凑手，我将根据想象，试做一次文思和尚豆腐。我的文思和尚豆腐将是素菜荤做，放猪油，放虾籽。

虎皮豆腐切大片，不过油煎的烧豆腐则宜切块，六七分见方。北方小饭铺里肉末烧豆腐，是常备菜。肉末烧豆腐亦称家常豆腐。烧豆腐里的翘楚，是麻婆豆腐。相传有陈婆婆，脸上有几粒麻子，在乡场上摆一个饭摊，挑油的脚夫路过，常到她的饭摊上吃饭，陈婆婆把油桶底下剩的油刮下来，给他们烧豆腐。后来大人先生也特意来吃她烧的豆腐。于是麻婆豆腐名闻遐迩。陈麻婆是个值得纪念的人物，中国烹饪史上应为她大书一笔，因为麻婆豆腐确实很好吃。做麻婆豆腐的要领是：一要油多。二要用牛肉末。我曾做过多次麻婆豆腐，都不是那个味儿，后来才知道我用的是瘦猪肉末。牛肉末不能用猪肉末代替。三是要用郫县豆瓣。豆瓣须剁碎。四是要用文火，俟汤汁渐渐收入豆腐，才起锅。五是起锅时要撒一层川花椒末。一定得用川花椒，即名为"大红袍"者。用山西、河北花椒，味道即差。六是盛出就吃。如果正在喝酒说话，应该把说话的嘴腾出来。麻婆豆腐必须是：麻、辣、烫。

昆明最便宜的小饭铺里有小炒豆腐。猪肉末，肥瘦，豆腐捏碎，同炒，加酱油，起锅时下葱花。这道菜便宜，实惠，好吃。不加酱油而用盐，与番茄同炒，即为番茄炒豆腐。番茄须烫过，撕去皮，炒至成酱，番茄汁渗入豆腐，乃佳。

砂锅豆腐须有好汤，骨头汤或肉汤，小火炖，至豆腐起蜂窝，方好。砂锅鱼头豆腐，用花鲢（即胖头鱼）头，劈为两半，下冬茹、扁尖（腌青笋）、海米，汤清而味厚，非海参鱼翅可及。

"汪豆腐"好像是我的家乡菜。豆腐切成指甲盖大的小薄片，推入虾子酱油汤中，滚几开，勾薄芡，盛大碗中，浇一勺熟猪油，即得。叫作"汪豆腐"，大概因为上面泛着一层油。用勺舀了吃。吃时要小心，不能性急，因为很烫。滚开的豆腐，上面又是滚开的油，吃急了会烫坏舌头。我的家乡人喜欢吃烫的东西，语云："一烫抵三鲜。"乡下人家来了客,大都做一个汪豆腐应急。周巷汪豆腐很有名。我没有到过周巷,周巷汪豆腐好,我想无非是虾子多,油多。近年高邮新出一道名菜:雪花豆腐,用盐,不用酱油。我想给家乡的厨师出个主意:加入蟹白(雄蟹白的油即蟹的精子),这样雪花豆腐就更名贵了。

不知道为什么,北京的老豆腐现在见不着了,过去卖老豆腐的摊子是很多的。老豆腐其实并不老,老,也许是和豆腐脑相对而言。老豆腐的佐料很简单:芝麻酱、腌韭菜末。爱吃辣的浇一勺青椒糊。坐在街边摊头的矮脚长凳上,要一碗老豆腐,就半斤旋烙的大饼,夹一个薄脆,是一顿好饭。

四川的豆花是很妙的东西,我和几个作家到四川旅游,在乐山吃饭。几位作家都去了大馆子,我和林斤澜钻进一家只有穿草鞋的乡下人光顾的小店,一人要了一碗豆花。豆花只是一碗白汤,啥都没有。豆花用筷子夹出来,蘸"味碟"里的作料吃。味碟里主要是总瓣。我和斤澜各吃了一碗热腾腾的白米饭,很美。豆花汤里或加切碎的青菜,则为"菜豆花"。北京的豆花庄的豆花乃以鸡汤煨成,过于讲究,不如乡坝头的豆花存其本味。

北京的豆腐脑过去浇羊肉口蘑渣熬成的卤。羊肉是好羊肉,口蘑渣是碎黑片蘑,还要加一勺蒜泥水。现在的卤,羊肉极少,不放口蘑,只是一锅稠糊糊的酱油黏汁而已。即便是过去浇卤的豆腐脑,我觉得也不如我们家乡的豆腐脑。我们那里的豆腐脑温在紫铜扁钵的锅里,用紫铜平勺盛在碗里,加秋油、滴醋、一点点麻油,小虾米、榨菜末、芹菜(药芹即水芹菜)末。清清爽爽,而多滋味。

中国豆腐的做法多矣,不胜记载。四川作家高缨请我们在乐山的山上吃过一次豆腐宴,豆腐十好几样,风味各别,不相雷同。特别是豆腐的质量极好。掌勺的老师傅从磨豆腐到烹制,都是亲自为之,绝不假手旁人。这一顿豆腐宴可称寰中一绝!

豆腐干南北皆有。北京的豆腐干比较有特点的是熏干。熏干切长片拌芹菜,很好。熏干的烟熏味和芹菜的芹菜香相得益彰。花干、苏州干是从南边传过来的,北京原先没有。北京的苏州干只是用味精取鲜,苏州的小豆腐干是用酱油、糖、冬菇汤煮出后晾得半干的,味长而耐嚼。从苏州上车,买两包小豆腐干,可以一直嚼到郑州。香干亦称茶干。我在小说《茶干》中有较细的描述:

……豆腐出净渣,装在一个小蒲包里,包口扎紧,入锅,码好,投料,加上好香油,上面用石头压实,文火煨煮,要煮很长时间。煮得了,再一块一块从蒲包里倒出来,这种茶干是圆形的,周围较厚、中间较薄,周身有蒲包压出来的细纹,……这种茶干外皮是深紫色的,掰了,里面是浅褐色的。很结实,嚼起来很有咬劲,越嚼越香,是佐茶的妙品,所以,叫作"茶干"。

　　茶干原出界首镇,故称"界首茶干"。据说乾隆南巡,过界首,曾经品尝过。干丝是淮扬名菜。大方豆腐干,快刀横披为片,刀工好的师傅一块豆腐干能片十六片;再立刀切为细丝。这种豆腐干是特制的,极坚致,切丝不断,又绵软,易吸汤汁。旧本只有拌干丝。干丝入开水略煮,捞出后装高足浅碗,浇麻油酱醋。青蒜切寸段,略焯,五香花生米搓去皮,同拌,尤妙。煮干丝的兴起也就是五六十年的事。干丝母鸡汤煮,加开洋(大虾米),火腿丝。我很留恋拌干丝,因为味道清爽,现在只能吃到煮干丝了。干丝本不是"菜",只是吃包子烧麦的茶馆里,在上点心之前喝茶时的闲食。现在则是全国各地淮扬菜系的饭馆里都预备了。我在北京常做煮干丝,成了我们家的保留节目。北京很少遇到大白豆腐干,只能用豆腐片或百叶切丝代替。口感稍差,味道却不逊色,因为我的煮干丝里下了干贝。煮干丝没有什么诀窍,什么鲜东西都可往里搁。干丝上桌前要放细切的姜丝,要嫩姜。

　　臭豆腐是中国人的一大发明。我在上海、武汉都吃过。长沙火宫殿的臭豆腐毛泽东年轻时常去吃。后来回长沙,又特意去吃了一次,说了一句话:"火宫殿的臭豆腐还是好吃。"这就成了"最高指示",写在照壁上。火宫殿的臭豆腐遂成全国第一。油炸臭豆腐干,宜放辣椒酱、青蒜。南京夫子庙的臭豆腐干是小方块,用竹签像冰糖葫芦似的串起来卖,一串八块。昆明的臭豆腐不用油炸,在炭火盆上搁一个铁篦子,臭豆腐干放在上面烤焦,别有风味。

在安徽屯溪吃过霉豆腐,长条豆腐,长了二寸长的白色的绒毛,在平底锅中煎熟,蘸酱油辣椒青蒜吃。凡到屯溪者,都要去尝尝。

豆腐乳各地都有。我在江西进贤参加土改,那里的农民家家都做腐乳。进贤原来很穷,没有什么菜吃,顿顿都用豆腐乳下饭。做豆腐乳,放大量辣椒面,还放柚子皮,味道非常强烈,广西桂林、四川忠县、云南路南所出豆腐乳都很有名,各有特点。腐乳肉是苏州松鹤楼的名菜,肉味极醇,入口即化。广东点心很多都放豆腐乳,叫作"南乳××饼"。

南方人爱吃百叶。百叶结烧肉是宁波、上海人家常吃的菜。上海老城隍庙的小吃店里卖百叶结:百叶包一点肉馅,打成结,煮在汤里,要吃,随时盛一碗。一碗也就是四五只百叶结。北方的百叶缺韧性,打不成结,一打结就断。百叶可入臭卤中腌臭,谓之"臭千张"。

杭州知味观有一道名菜:炸响铃。豆腐皮(如过干,要少润一点水),瘦肉剁成细馅,加葱花细姜末,入盐,把肉馅包在豆腐皮内,成一卷,用刀剁成寸许长的小段,下油锅炸得馅熟皮酥,即可捞出。油温不可太高,太高豆皮易糊。这菜嚼起来发脆响,形略似铃,故名响铃。做法其实并不复杂。肉剁极碎,成泥状(最好用刀背剁),平摊在豆腐皮上,折叠起来,如小钱包大,入油炸,亦佳。不入油炸,而以酱油冬菇汤煮,豆皮层中有汁,甚美。北京东安市场拐角处解放前有一家肉店宝华春,兼卖南味熟肉,卖一种酒菜:豆腐皮切细条,在酱肉汤中煮透,捞出,晾至微干,很好吃,不贵。现在宝华春已经没有了。豆腐皮可做汤。炖酥腰(猪腰炖汤)里放一点豆腐皮,则汤色雪白。

一九九二年六月二十五日

(原载《小说林》1992年第五期)

干丝

南京、镇江、扬州、高邮、淮安都有干丝。发源地我想是扬州。这是淮扬菜系的代表作之一,很多菜谱都著录。但其实这不是"菜"。干丝不是下饭的,是佐茶的。

扬州一带人有吃早茶的习惯。人说扬州人"早上皮包水,晚上水包皮"。"水包皮"是洗澡,"皮包水"是喝茶。"扬八属"各县都有许多茶馆。上茶馆不只是喝茶,是要吃包子点心的。这有点像广东的"饮茶"。不过广东的茶楼是由服务员(过去叫"伙计")推着小车,内置包点,由茶客手指索要;扬州的茶馆是由客人一次点齐,陆续搬上。包点是现做现蒸,总得等一些时候,一般上茶馆的人都要一个干丝,一边喝茶,吃干丝,既消磨时间,也调动胃口。

一种特制的豆腐干,较大而方,用薄刃快刀片成薄片。再切为细丝,这便是干丝。讲究一块豆腐干要片十六片,切丝细如马尾,一根不断。

最初似只有烫干丝。干丝在开水锅中烫后,滗去水,在碗里堆成宝塔状,浇以麻油、好酱油醋,即可下箸。过去盛干丝的碗是特制的,白边青花,碗足稍高,碗腹较深,敞口,这样拌起干丝来好拌。现在则是一只普通的大碗了。我父亲常带了一包五香花生米,搓去外皮,携青蒜一把,嘱堂倌切寸段,稍烫一烫,与干丝同拌,别有滋味。这大概是他的发明。干丝喷香,茶泡两开正好,吃一箸干丝,喝半杯茶,很美!扬州人喝茶爱喝"双拼",倾龙井、香片各一包,入壶同泡,殊不足取。总算还好,没有把乌龙茶和龙井掺和在一起。

煮干丝不知起于何时。用小虾米吊汤,投干丝入锅,下火腿丝、鸡丝,煮至入味,即可上桌。不嫌夺味,亦可加冬菇丝。有冬笋的季节,可加冬笋丝。总之烫干丝味要清纯,煮干丝则不妨浓厚。但也不能搁螃蟹、蛤蜊、海蛎子、蛏,那样就是喧宾夺主,吃不出干丝的味了。

北京没有适于切干丝的豆腐干。偶有"大白干",质地松泡,切丝易断。不得已,以高碑店豆腐片代之,细切下扬州方干一菜,但要选片薄而有韧性者。这道菜已经成了我偶设家宴的保留节目。

美籍华人女作者聂华苓和她的丈夫保罗·安格尔来北京,指名要在我家吃一顿饭,由我亲自做。我给她掂配了几个菜。几个什么菜,我已经忘了,只记得有一大碗煮干丝。华苓吃得淋漓尽致,最后端起碗来把剩余的汤汁都喝了。华苓是湖北人,年轻时是吃过煮干丝的,但是美国不易吃到。美国有广东馆子、四川馆子、湖南馆子,但淮扬馆子似很少。我做这个菜是有意逗引她的故国乡情!我那道煮干丝自己也感觉不错。是用干贝吊的汤。前已说过,煮干丝不厌浓厚。

一九九二年九月七日

(原载《家庭》1993年第三期)

萝卜

杨花萝卜即北京的小水萝卜。因为是杨花飞舞时上市卖的,我的家乡名之曰:"杨花萝卜"。这个名称很富于季节感。我家不远的街口一家茶食店的屋下有一个岁数大的女人摆一个小摊子,卖供孩子食用的便宜的零吃。杨花萝卜下来的时候,卖萝卜。萝卜一把一把地码着。她不时用炊帚洒一点水,萝卜总是鲜红的。给她一个铜板,她就用小刀切下三四根萝卜。萝卜极脆嫩,有甜味,富水分。自离家乡后,我没有吃过这样好吃的萝卜。或者不如说自我长大后没有吃过这样好吃的萝卜。小时候吃的东西都是最好的。

除了生嚼,杨花萝卜也能拌萝卜丝。萝卜斜切的薄片,再切为细丝,加酱油、醋、香油略拌,撒一点青蒜,极开胃。小孩子的顺口溜唱道:

> 人之初,
> 鼻涕拖,
> 油炒饭,
> 拌萝菠。①

油炒饭加一点葱花,在农村算是美食,佐以拌萝卜丝一碟,吃起来是很香的。

萝卜丝与细切的海蜇皮同拌,在我家乡是上酒席的,与香干拌荠菜、盐水虾、松花蛋同为凉碟。

北京的拍水萝卜也不错,但宜少入白糖。

北京人用水萝卜切片,氽羊肉汤,味鲜而清淡。

烧小萝卜,来北京前我没有吃过(我的家乡杨花萝卜没有熟吃的),很好。有一位台湾女作家来北京,要我亲自做一顿饭请她吃。我给她做了几个菜,其中一个是烧小萝卜。她吃了赞不绝口。那当然是不难吃的;那两天正是小萝卜最好的时候,都长足了,但还很嫩,不糠;而且我是用干贝烧的。她说台湾没有这种水萝卜。

我的家乡有一种穿心红萝卜,粗如黄酒盏,长可三四寸,外皮

---

① 我的家乡称萝卜为萝菠。

深紫红色,里面的肉有放射形的紫红纹,紫白相间,若是横切开来,正如中药里的槟榔片(卖时都是直切),当中一线贯通,色极深,故名穿心红。卖穿心红萝卜的挑担,与山芋(红薯)同卖,山芋切厚片。都是生吃。

紫萝卜不大,大的如一个大衣扣子,扁圆形,皮色乌紫。据说这是五倍子染的。看来不是本色,因为掉色,吃了,嘴唇牙肉也是乌紫乌紫的。里面的肉却是嫩白的。这种萝卜非本地所产,产在泰州。每年秋末,就有泰州人来卖紫萝卜,都是女的,挎一个柳条篮子,沿街吆喝:"紫萝——卜!"

我在淮安第一回吃到青萝卜。曾在淮安中学借读过一个学期,一到星期日,就买了七八个青萝卜,一堆花生,几个同学,尽情吃一顿。后来我到天津吃过青萝卜,觉得淮安青萝卜比天津的好。大抵一种东西第一回吃,总是最好的。

天津吃萝卜是一种风气。五十年代初,我到天津,一个同学的父亲请我们到天华景听曲艺。座位之前有一溜长案,摆得满满的,除了茶壶茶碗,瓜子花生米碟子,还有几大盘切成薄片的青萝卜。听"玩艺儿"吃萝卜,此风为别处所无。天津谚云:"吃了萝卜喝热茶,气得大夫满街爬。"吃萝卜喝茶,此风亦为别处所无。

心里美萝卜是北京特色。一九四八年冬天,我到了北京,街头巷尾,每听到吆喝:"哎——萝卜,赛梨来——辣来换……"声音高亮打远。看来在北京做小买卖的,都得有条好嗓子。卖"萝卜赛梨"的,萝卜都是一个一个挑选过的,用手指头一弹,当当的;一刀切下去,咔嚓嚓地响。

我在张家口沙岭子劳动,曾参加过收心里美萝卜。张家口土质于萝卜相宜,心里美皆甚大。收萝卜时是可以随便吃的。和我一起收萝卜的农业工人起出一个萝卜,看一看,不怎么样的,随手就扔进了大堆。一看,这个不错,往地下一扔,叭嚓,裂成了几瓣,"行!"于是各拿一块啃起来,甜,脆,多汁,难可名状。他们说:"吃萝卜,讲究吃'棒打萝卜'。"

张家口的白萝卜也很大。我参加过张家口地区农业展览会的布置工作,送展的白萝卜都特大。白萝卜有象牙白和露八分。露八分即八分露出土面,露出土面部分外皮淡绿色。

我的家乡无此大白萝卜,只是粗如小儿臂而已。家乡吃萝卜只是红烧,或素烧,或与豚肩肉同烧。

江南人特重白萝卜炖汤,常与排骨或猪肉同炖。白萝卜耐久炖,久则出味。或入淡菜,味尤厚。沙汀《淘金记》写幺吵吵每天用牙巴骨炖白萝卜,吃得一家脸上都是油光光的。天天吃是不行的,隔几天吃一次,想亦不恶。

四川人用白萝卜炖牛肉,甚佳。

扬州人、广东人制萝卜丝饼,极妙。北京东华门大街曾有外地人制萝卜丝饼,生意极好。此人后来不见了。

北京人炒萝卜条,是家常下饭菜。或入酱炒,则为南方人所不喜。

白萝卜最能消食通气。我们在湖南体验生活,有位领导同志,接连五天大便不通,吃了各种药都不见效,憋得他难受得不行。后来生吃了几个大白萝卜,一下子畅通了。奇效如此,若非亲见,很难相信。

萝卜是腌制咸菜的重要原料。我们那里,几乎家家都要腌萝卜干。腌萝卜干的都是红皮圆萝卜。切萝卜时全家大小一齐动手。孩子切萝卜,觉得这个一定很甜,尝一瓣,甜,就放在一边,自己吃。切一天萝卜,每个孩子肚子里装了不少。萝卜干盐渍后须在芦席上摊晒,水气干后,入缸、压紧、封实,一两月后取食。我们那里说在商店学徒(学生意)要"吃三年萝卜干饭",谓油水少也。学徒不到三年零一节,不满师,吃饭须自觉,筷子不能往荤菜盘里伸。

扬州一带酱园里卖萝卜头,乃甜面酱所腌,口感甚佳。孩子们爱吃,一半也因为它的形状很好玩,圆圆的,比一个鸽子蛋大。此北地所无,天源、六必居都没有。

北京有小酱萝卜,佐粥甚佳。大腌萝卜咸得发苦,不好吃。

四川泡菜什么萝卜都可以泡,红萝卜、白萝卜。

湖南桑植卖泡萝卜。走几步，就有个卖泡萝卜的摊子。萝卜切成大片，泡在广口玻璃瓶里，给毛把钱即可得一片，边走边吃。峨嵋山道边也有卖泡萝卜的，一面涂了一层稀酱。

　　萝卜原产中国，所以中国的为最好。有春萝卜、夏萝卜、秋萝卜、四季萝卜，一年到头都有。可生食、煮食、腌制。萝卜所惠于中国人者亦大矣。美国有小红萝卜，大如元宵，皮色鲜红可爱，吃起来则淡而无味。异域得此，聊胜于无。爱伦堡小说写几个艺术家吃奶油蘸萝卜，喝伏特加，不知是不是这种红萝卜。我在爱荷华南朝鲜人开的菜铺的仓库里看到一堆心里美，大喜。买回来一吃，味道蛮不对，形似而已。日本人爱吃萝卜，好像是煮熟蘸酱吃的。

（原载《十月》1990年第三期）

珠花

北门口有一家穿珠花的。我小时候,妇女出家都还兴戴珠花。每次放学路过,我总愿意到这家穿珠花的作坊去看看。铺面很小,只有一个老师傅带两个徒弟做活。老师傅手艺非常熟练。穿珠花一般都是小珠子——米珠。偶尔有定珠花的人家从自己家里拿来大珠子,比如听说有一个叫汪炳为的,他娶亲时新娘子鞋尖的四颗珍珠有豌豆大!一般都没有用这样大的珠子穿珠花的,那得做别的用处,比如钉在"帽勒子"上。老师傅用小镊子拈起一颗一颗米珠,用细铜丝一穿,这种细铜丝叫作"花丝"。看也不看,就穿成了一串,放在一边(我到现在还不明白那么小的珠子怎样打的孔)。珠串做齐,把花丝扭在一起,左一别,右一别,加上铜托,一朵珠花就做成了。珠花有几种式样,以"凤穿牡丹""凤朝阳"最多。

现在戴珠花的几乎没有了,只有戏曲旦角演员的"头面"上还用。但大都是玻璃料珠。用真的"珍珠头面"的恐怕很少了。

(原载《大家》1994 年第 6 期)

黄油烙饼

萧胜跟着爸爸到口外去。

萧胜满七岁,进八岁了。他这些年一直跟着奶奶过。他爸爸的工作一直不固定。一会儿修水库啦,一会儿大炼钢铁啦。他妈也是调来调去。奶奶一个人在家乡,说是冷清得很。他三岁那年,就被送回老家来了。他在家乡吃了好些萝卜白菜,小米面饼子,玉米面饼子,长高了。

奶奶不怎么管他。奶奶有事。她老是找出一些零碎料子给他接衣裳,接褂子,接裤子,接棉袄,接棉裤。他的衣服都是接成一道一道的,一道青,一道蓝。倒是挺干净的。奶奶还给他做鞋。自己打袼褙,剪样子,纳底子,自己绱。奶奶老是说:"你的脚上有牙,有嘴?""你的脚是铁打的!"再就是给他做吃的。小米面饼子,玉米面饼子,萝卜白菜——炒鸡蛋,熬小鱼。他整天在外面玩。奶奶把饭做得了,就在门口嚷:"胜儿!回来吃饭咧——!"

后来办了食堂。奶奶把家里的两口锅交上去,从食堂里打饭回来吃。真不赖!白面馒头,大烙饼,卤虾酱炒豆腐、闷茄子,猪头肉!食堂的大师傅穿着白衣服,戴着白帽子,在蒸笼的白蒙蒙的热气中晃来晃去,拿铲子敲着锅边,还大声嚷叫。人也胖了,猪也肥了。真不赖!

后来就不行了。还是小米面饼子,玉米面饼子。

后来小米面饼子里有糠,玉米面饼子里有玉米核磨出的碴子,拉嗓子。人也瘦了,猪也瘦了。往年,撵个猪可费劲哪。今年,一伸手就把猪后腿攥住了。挺大一个克郎,一挤它,咕咚就倒了。掺假的饼子不好吃,可是萧胜还是吃得挺香。他饿。

奶奶吃得不香。她从食堂打回饭来,掰半块饼子,嚼半天。其余的,都归了萧胜。

奶奶的身体原来就不好。她有个气喘的病。每年冬天都犯。白天还好,晚上难熬。萧胜躺在坑上,听奶奶喝喽喝喽地喘。睡醒了,还听她喝喽喝喽。他想,奶奶喝喽了一夜。可是奶奶还是喝喽着起来了,喝喽着给他到食堂去打早饭,打掺了假的小米饼子,玉米饼子。

爸爸冬天回来看过奶奶。他每年回来,都是冬天。爸爸带回来半麻袋土豆,一串口蘑,还有两瓶黄油。爸爸说,土豆是他分的;口蘑是他自己采,自己晾的;黄油是"走后门"搞来的。爸爸说,黄油是牛奶炼的,很"营养",叫奶奶抹饼子吃。土豆,奶奶借锅来蒸了,煮了,放在灶火里烤了,给萧胜吃了。口蘑过年时打了一次卤。黄油,奶奶叫爸爸拿回去:"你们吃吧。这么贵重的东西!"爸爸一定要给奶奶留下。奶奶把黄油留下了,可是一直没有吃。奶奶把两瓶黄油放在躺柜上,时不时地拿抹布擦擦。黄油是个啥东西?牛奶炼的?隔着玻璃,看得见它的颜色是嫩黄嫩黄的。小三家生了小四,他看见小三他妈给小四用松花粉扑痱子。黄油的颜色就像松花粉。油汪汪的,很好看。奶奶,这是能吃的。萧胜不想吃。他没有吃过,不馋。

奶奶的身体越来越不好。她从前从食堂打回饼子,能一气走到家。不行了,走到歪脖柳树那儿就得歇一会。奶奶跟上了年纪的爷爷、奶奶们说:"只怕是过得了冬,过不得春呀。"萧胜知道这不是好话。这是一句骂牲口的话。"嗳!看你这乏样儿!过得了冬过不得春!"果然,春天不好过。村里的老头老太太接二连三地死了。镇上有个木业生产合作社,原来打家具、修犁耙,都停了,改了打棺材。村外添了好些新坟,好些白幡。奶奶不行了,她浑身都肿。用手指按一按,老大一个坑,半天不起来。她求人写信叫儿子回来。

爸爸赶回来,奶奶已经咽了气了。

爸爸求木业社把奶奶屋里的躺柜改成一口棺材,把奶奶埋了。晚上,坐在奶奶的炕上流了一夜眼泪。

萧胜一生第一次经验什么是"死"。他知道"死"就是"没有"了。他没有奶奶了。他躺在枕头上,枕头上还有奶奶的头发的气味。他哭了。

奶奶给他做了两双鞋。做得了,说:"来试试!"——"等会儿!"吱溜,他跑了。萧胜醒来,光着脚把两双鞋都试了试。一双正合脚,一双大一些。他的赤脚接触了搪底布,感觉到奶奶纳的底线,他叫了一声"奶奶!"又哭了一气。

爸爸拜望了村里的长辈,把家里的东西收拾收拾,把一些能应用的锅碗瓢盆都装在一个大网篮里。把奶奶给萧胜做的两双鞋也装在网篮里。把两瓶动都没有动过的黄油也装在网篮里。锁了门,就带着萧胜上路了。

萧胜跟爸爸不熟。他跟奶奶过惯了。他起先不说话。他想家,想奶奶,想那棵歪脖柳树,想小三家的一对大白鹅,想蜻蜓,想蝈蝈,想挂大扁飞起来格格地响,露出绿色硬翅膀低下的桃红色的翅膜……后来跟爸爸熟了。他是爸爸呀!他们坐了汽车,坐火车,后来又坐汽车。爸爸很好。爸爸老是引他说话,告诉他许多口外的事。他的话越来越多,问这问那。他对"口外"产生了很浓厚的兴趣。

他问爸爸啥叫"口外"。爸爸说"口外"就是张家口以外,又叫

"坝上"。"为啥叫坝上?"他以为"坝"是一个水坝。爸爸说到了就知道了。

敢情"坝"是一溜大山。山顶齐齐的,倒像个坝。可是真大!汽车一个劲地往上爬。汽车爬得很累,好像气都喘不过来,不停地哼哼。上了大山,嘿,一片大平地!真是平呀!又平又大。像是擀过的一样。怎么可以这样平呢!汽车一上坝,就撒开欢了。它不哼哼了,"刷——"一直往前开。一上了坝,气候忽然变了。坝下是夏天,一上坝就像秋天。忽然,就凉了。坝上坝下,刀切的一样。真平呀!远远有几个小山包,圆圆的。一棵树也没有。他的家乡有很多树。榆树,柳树,槐树。这是个什么地方!不长一棵树!就是一大片大平地,碧绿的,长满了草。有地。这地块真大。从这个小山包一匹布似的一直扯到了那个小山包。地块究竟有多大?爸爸告诉他:有一个农民牵了一头母牛去犁地,犁了一趟,回来时候母牛带回来一个新下的小牛犊,已经三岁了!

汽车到了一个叫沽源的县城,这是他们的最后一站。一辆牛车来接他们。这车的样子真可笑,车轱辘是两个木头饼子,还不怎么圆,骨碌碌,骨碌碌,往前滚。他仰面躺在牛车上,上面是一个很大的蓝天。牛车真慢,还没有他走得快。他有时下来掐两朵野花,走一截,又爬上车。

这地方的庄稼跟口里也不一样。没有高粱,也没有老玉米,种莜麦、胡麻。莜麦干净得很,好像用水洗过,梳过。胡麻打着把小蓝伞,秀秀气气,不像是庄稼,倒像是种着看的花。

喝,这一大片马兰!马兰他们家乡也有,可没有这里的高大。长齐大人的腰那么高,开着巴掌大的蓝蝴蝶一样的花。一眼望不到边。这一大片马兰!他这辈子也忘不了。他像是在一个梦里。

牛车走着走着。爸爸说:到了!他坐起来一看,一大片马铃薯,都开着花,粉的、浅紫蓝的、白的,一眼望不到边,像是下了一场大雪。花雪随风摇摆着,他有点晕。不远有一排房子,土墙、玻璃窗。这就是爸爸工作的"马铃薯研究站"。土豆——山药蛋——马铃薯。马铃薯是学名,爸说的。

从房子里跑出来一个人。"妈妈——!"他一眼就认出来了!妈妈跑上来,把他一把抱了起来。

萧胜就要住在这里了,跟他的爸爸、妈妈住在一起了。

奶奶要是一起来,多好。

萧胜的爸爸是学农业的,这几年老是干别的。奶奶问他:"为什么总是把你调来调去的?"爸说:"我好欺负。"马铃薯研究站别人都不愿来,嫌远。爸愿意。妈是学画画的,前几年老画两个娃娃拉不动的大萝卜啦,上面张个帆可以当做小船的豆荚啦。她也愿意跟爸爸一起来,画"马铃薯图谱"。

妈给他们端来饭。真正的玉米面饼子,两大碗粥。妈说这粥是草籽熬的。有点像小米,比小米小。绿盈盈的,挺稠,挺香。还有一大盘鲫鱼,好大。爸说别处的鲫鱼很少有过一斤的,这儿"淖"里的鲫鱼有一斤二两的,鲫鱼吃草籽,长得肥。草籽熟了,风把草籽刮到淖里,鱼就吃草籽。萧胜吃得很饱。

爸说把萧胜接来有三个原因。一是奶奶死了,老家没有人了。二是萧胜该上学了,暑假后就到不远的一个完小去报名。三是这里吃得好一些。口外地广人稀,总好办一些。这里的自留地一个人有五亩!随便刨一块地就能种点东西。爸爸和妈妈就在"研究站"旁边开了一块地,种了山药,南瓜。山药开花了,南瓜长了骨朵了。用不了多久,就能吃了。

马铃薯研究站很清静,一共没有几个人。就是爸爸、妈妈,还有几个工人。工人都有家。站里就是萧胜一家。这地方,真安静。成天听不到声音,除了风吹莜麦穗子,沙沙地像下小雨;有时有小燕吱喳地叫。

爸爸每天戴个草帽下地跟工人一起去干活,锄山药。有时查资料,看书。妈一早起来到地里掐一大把山药花,一大把叶子,回来插在瓶子里,聚精会神地对着它看,一笔一笔地画。画的花和真的花一样!萧胜每天跟妈一同下地去,回来鞋和裤脚沾得都是露水。奶奶做的两双新鞋还没有上脚,妈把鞋和两瓶黄油都锁在柜子里。

白天没有事,他就到处去玩,去瞎跑。这地方大得很,没遮没挡,跑多远,一回头还能看到研究站的那排房子,迷不了路。他到草地里去看牛、看马、看羊。

他有时也去莳弄莳弄他家的南瓜、山药地。锄一锄,从机井里打半桶水浇浇。这不是为了玩。萧胜是等着要吃它们。他们家不起火,在大队食堂打饭,食堂里的饭越来越不好。草籽粥没有了,玉米面饼子也没有了。吃红高粱饼子,喝甜菜叶子做的汤。再下去大概还要坏。萧胜有点饿怕了。

他学会了采蘑菇。起先是妈妈带着他采了两回,后来,他自己也会了。下了雨,太阳一晒,空气潮乎乎的,闷闷的,蘑菇就出来了。蘑菇这玩意很怪,都长在"蘑菇圈"里。你低下头,侧着眼睛一看,草地上远远的有一圈草,颜色特别深,黑绿黑绿的,隐隐约约看到几个白点,那就是蘑菇圈。的溜圆。蘑菇就长在这一圈深颜色的草里。圈里面没有,圈外面也没有。蘑菇圈是固定的。长还长。哪里有蘑菇圈,老乡们都知道。

有一个蘑菇圈发了疯。它不停地长蘑菇,呼呼地长,三天三夜一个劲地长,好像是有鬼,看着都怕人。附近七八家都来采,用线穿起来,挂在房檐底下。家家都挂了三四串,挺老长的三四串。老乡们说,这个圈就不会再长蘑菇了,它死了。萧胜也采了好些。他兴奋极了,心里直跳。"好家伙!好家伙!这么多!这么多!"

他发了财了。

他为什么这样兴奋?蘑菇是可以吃的呀!

他一边用线穿蘑菇,一边流出了眼泪。他想起奶奶,他要给奶奶送两串蘑菇去。他知道,奶奶是饿死的。人不是一下饿死的,是慢慢地饿死的。

食堂的红高粱饼子越来越不好吃,因为掺了糠。甜菜叶子汤也越来越不好喝,因为一点油也不放了。他恨这种掺糠的红高粱饼子,恨这种不放油的甜菜叶子汤!

他还是到处去玩,去瞎跑。

大队食堂外面忽然热闹起来。起先是拉了一牛车的羊砖来。他问爸爸这是什么,爸爸说:"羊砖。"——"羊砖是啥?"——"羊粪压紧了,切成一块一块。"——"干啥用?"——"烧。"——"这能烧吗?"——"好烧着呢!火顶旺。"后来盘了个大灶。后来杀了十来只羊。萧胜站在旁边看杀羊。他还没有见过杀羊。嘿,一点血都流不到外面,完完整整就把一张羊皮剥下来了!

这是要干啥呢?

爸爸说,要开三级干部会。

"啥叫三级干部会?"

"等你长大了就知道了!"

三级干部会就是三级干部吃饭。

大队原来有两个食堂,南食堂,北食堂,当中隔一个院子,院子里还搭了个小棚,下雨天也可以两个食堂来回串。原来"社员"们分在两个食堂吃饭。开三级干部会,就都挤到北食堂来。南食堂空出来给开会干部用。

三级干部会开了三天,吃了三天饭。头一天中午,羊肉口蘑臊子蘸莜面。第二天炖肉大米饭。第三天,黄油烙饼。晚饭倒是马马虎虎的。

"社员"和"干部"同时开饭。社员在北食堂,干部在南食堂。北食堂还是红高粱饼子,甜菜叶子汤。北食堂的人闻到南食堂里飘过来的香味,就说:"羊肉口蘑臊子蘸莜面,好香好香!""炖肉大米饭,好香好香!""黄油烙饼,好香好香!"

萧胜每天去打饭,也闻到南食堂的香味。羊肉、米饭,他倒不稀罕;他见过,也吃过。黄油烙饼他连闻都没闻过。是香,闻着这种香味,真想吃一口。

回家,吃着红高粱饼子,他问爸爸:"他们为什么吃黄油烙饼?"

"他们开会。"

"开会干吗吃黄油烙饼?"

"他们是干部。"

"干部为啥吃黄油烙饼?"

"哎呀！你问得太多了！吃你的红高粱饼子吧！"

正在咽着红饼子的萧胜的妈忽然站起来，把缸里的一点白面倒出来，又从柜子里取出一瓶奶奶没有动过的黄油，启开瓶盖，挖了一大块，抓了一把白糖，兑点起子，擀了两张黄油发面饼。抓了一把莜麦秸塞进灶火，烙熟了。黄油烙饼发出香味，和南食堂里的一样。妈把黄油烙饼放在萧胜面前，说：

"吃吧，儿子，别问了。"

萧胜吃了两口，真好吃。他忽然咧开嘴痛哭起来，高叫了一声："奶奶！"

妈妈的眼睛里都是泪。

爸爸说："别哭了，吃吧。"

萧胜一边流着一串一串的眼泪，一边吃黄油烙饼。他的眼泪流进了嘴里。黄油烙饼是甜的，眼泪是咸的。

第三辑 同行同路

我的祖父祖母

我的祖父名嘉勋,字铭甫。他的本名我只在名帖上见过。我们那里有个风俗,大年初一,多数店铺要把东家的名帖投到常有来往的别家店铺。初一,店铺是不开门的,都是在天不亮由门缝里插进去。名帖是前两天由店铺的"相公"(学徒)在一张一张八寸长、五寸宽的大红纸上用一个木头戳子蘸了墨汁盖上去的,楷书,字有核桃大。我有时也愿意盖几张。盖名帖使人感到年就到了。我盖一张,总要端详一下那三个乌黑的欧体正字:汪嘉勋,好像对这三个字很有感情。

祖父中过拔贡,是前清末科,从那以后就废科举改学堂了。他没有能考取更高的功名,大概是终身遗憾的。拔贡是要文章写得好的。听父亲说,祖父的那份墨卷是出名的,那种章法叫作"夹凤股"。我不知道是该叫"夹凤"还是"夹缝",当然更不知道是如何一种"夹"法。拔贡是做不了官的。功名道断,他就在家经营自己的产业。他是个创业的人。

我们家原是徽州人（据说全国姓汪的原来都是徽州人）迁居高邮，从我祖父往上数，才七代。祠堂里的祖宗牌位没有多少块。高邮汪家上几代功名似都不过举人，所做的官也只是"教谕""训导"之类的"学官"，因此，在邑中不算望族。我的曾祖父曾在外地坐过馆，后来做"盐票"亏了本。"盐票"亦称"盐引"，是包给商人销售官盐的执照，大概是近似股票之类的东西，我也弄不清做盐票怎么就会亏了，甚至把家产都赔尽了。听我父亲说，我们后来的家业是祖父几乎是赤手空拳地创出来的。

创业不外两途：置田地，开店铺。

祖父手里有多少田，我一直不清楚。印象中大概在两千多亩，这是个不小的数目。但他的田好田不多。一部分在北乡。北乡田瘦，有的只能长草，谓之"草田"。年轻时他是亲自管田的，常常下乡。后来请人代管，田地上的事就不再过问。我们那里有一种人，专替大户人家管田产，叫作"田禾先生"。看青（估产）、收租、完粮、丈地……这也是一套学问。田禾先生大都是世代相传的。我们家的田禾先生姓龙，我们叫他龙先生。他给我留下颇深的印象，是因为他骑驴。我们那里的驴一般都是牵磨用，极少用来乘骑。龙先生的家不在城里，在五里坝。他每逢进城办事或到别的乡下去，都是骑驴。他的驴拴在檐下，我爱喂它吃粽子叶。

龙先生总是关照我把包粽子的麻筋拣干净,说是驴吃了会把肠子缠住。

祖父所开的店铺主要是两家药店,一家万全堂,在北市口,一家保全堂,在东大街。这两家药店过年贴的春联是祖父自撰的。万全堂是"万花仙掌露,全树上林春",保全堂是"保我黎民,全登寿域"。祖父的药店信誉很好,他坚持必须卖"地道药材"。药店一般倒都不卖假药,但是常常不很地道。尤其是丸散,常言"神仙难识丸散",连做药店的内行都不能分辨这里该用的贵重药料,麝香、珍珠、冰片之类是不是上色足量。万全堂的制药的过道上挂着一副金字对联:"修合虽无人见,存心自有天知",并非虚语。

我们县里有几个门面辉煌的大药店,店里的店员生了病,配方抓药,都不在本店,叫家里人到万全堂抓。祖父并不到店问事,一切都交给"管事"(经理)。只到每年腊月二十四,由两位管事挟了总账,到家里来,向祖父报告一年营业的情况。因为信誉好,盈利是有保证的。我常到两处药店去玩,尤其是保全堂,几乎每天都去。我熟悉一些中药的加工过程,熟悉药材的形状、颜色、气味。有时也参加搓"梧桐子大"的蜜丸、碾药、摊膏药。保全堂的"管事"、"同事"(配药的店员)、"相公"(学生意未满师的)跟我关系很好。他们对我有一个很亲切的称呼,不叫我的名字,叫"黑少"——我小名叫黑子。我这辈子没有人这样称呼过我。我的小说《异秉》写的就是保全堂的生活。

祖父是有名的眼科医生。汪家世代都是看眼科的。他有一球眼药,有一个柚子大,黑咕隆咚的。祖父给人看了眼,开了方子,祖母就用一把大剪子从黑柚子的窟窿抠出耳屎大一小块,用纸包了交给病人,嘱咐病人用清水化开,用灯草点在眼里。这球眼药不知道有多少年头了,据说很灵。祖父为人看眼病是不收钱也不受礼的。

中年以后,家道渐丰,但是祖父生活俭朴,自奉甚薄。他爱喝一点好茶,西湖龙井。饭食很简单。他总是一个人吃,在堂屋一侧放一张"马杌"——较大的方凳,便是他的餐桌。坐小板凳。他爱吃长鱼(鳝鱼)汤下面。面下在白汤里,汤里的长鱼捞出来便是酒菜。——他每顿用一个五彩釉画公鸡的茶盅喝一盅酒。没有长鱼,就用咸鸭蛋下酒。一个咸鸭蛋吃两顿。上顿吃一半,把蛋壳上掏蛋黄蛋白的小口用一块小纸封起来,下顿再吃。他的马杌上从来没有第二样菜。喝了酒,常在房里大声背唐诗:"李白斗酒诗百篇,长安市上酒家眠。天子呼来不上船,自称臣是酒……中……仙……"

汪铭甫的俭省,在我们县是有名的。

但是他曾有一个时期舍得花钱买古董字画。他有一套商代的彝鼎,是祭器。不大,但都有铭文。难得的五件能配成一套。

我们县里有钱人家办丧事,六七开吊,常来借去在供桌上摆一天。有一个大霁红花瓶,高可四尺,是明代物。一九八六年我回乡时,我的妹婿问我说:"人家都说汪家有个大霁红花瓶,是有过么?"我说:"有过!"我小时天天看见,放在"老爷柜"(神案)上,不过我们并不觉得它有什么名贵,和老爷柜上的锡香炉烛台同等看待之。他有一个奇怪古董:浑天仪。不是陈列在南京紫金山天文台和北京观象台的那种大家伙,只是一个直径约四寸的铜的滴溜圆的圆球,上面有许多星星,下面有一个把,安在紫檀木座上。就放在他床前的小条桌上。我曾趴在桌上细细地看过,没有什么好看。是明代御造的。其珍贵处在一次一共只造了几个。祖父不知是从哪里买来的。他还为此起了一个斋名"浑天仪室",让我父亲刻了一块长方形的图章。他有几张好画。有四幅马远的小屏条。他曾为这四张画亲自到苏州去,请有名的细木匠做了檀木框,把画嵌在里面。对这四幅画的真伪,我有点怀疑,画的构图颇满,不像"马一角"。但"年份"是很旧的。有一个高约八尺的绢地大中堂,画的是"报喜图"。一棵很大的柏树,树上有十多只喜鹊,下面卧着一头豹子。作者是吕纪。我小时候不知吕纪是何许人,只觉得画得像,豹子的毛是一根一根都画出来的,真亏他有那么多功夫!这几幅画平常是不让人见的,只在他六十大寿时拿出来挂过。同时挂出来的字画,我记得有郑板桥的六尺大横幅,纸本,画的是兰花;陈曼生的隶书对联;汪琬的楷书对联。我对汪琬的对子很有兴趣,字很端秀,尤其是对子的纸,真好看,豆绿色的蜡笺。他有很多字帖,是一次从夏家买下来的。夏家是百年以上的大家,号"十八鹤来堂夏家"(据说堂建成时有十八只鹤飞来)。夏家的房屋极多而大,花园里有合抱的大桂花,有曲沼流泉,人称"夏家花园"。后来败落了,就出卖藏书字画。祖父把几箱字帖都卖了。我小时候写的《圭峰碑》《闲邪公家传》,以及后来奖励给我的虞世南的《夫子庙堂碑》、褚遂良的《圣教序》、小字《麻姑仙坛》,都是初拓本,原是夏家的东西。祖父有两件宝。一是一块蕉叶白大端砚。据我父亲说,颜色正如芭蕉叶的背面。是夏之蓉的旧物。一是《云麾将军碑》,据说是个很早的拓本,海内无二,这两样东西祖父视为性命,每遇"兵荒",就叫我父亲首先用油布包了埋起来。这两件宝物,我都没有看见过。解放后还在,现在不知下落。

我弄不清祖父的"思想"是怎么回事。他是幼读孔孟之书的,思想的基础当然是儒家。他是学佛的,在教我读《论语》的桌上有一函《南无妙法莲华经》。他是印光法师的弟子。他屋里的桌上放着两部书,一部是顾炎武的《日知录》,另一部是《红楼梦》!更不可理解的是,他订了一份杂志:邹韬奋编的《生活周刊》。

我的祖父本来是有点浪漫主义气质,诗人气质的,只是因为所处的环境,使他的个性不可能得到发展。有一年,为了避乱,他和父亲这一房住在乡下一个小庙里,即我的小说《受戒》所写的菩提庵里,就住在小说所写"一花一世界"那间小屋里。这样他就常常让我陪他说说闲话。有一天,他喝了酒,忽然说起年轻时的一段风流韵事,说得老泪纵横。我没怎么听明白,又不敢问个究竟。后来我问父亲:"是有那么一回事吗?"父亲说:"有!是一个什么大官的姨太太。"老人家不知为什么要跟他的孩子说起他的艳遇,大概他的尘封的感情也需要宣泄宣泄吧。因此我觉得我的祖父是个人。

我的祖母是谈人格的女儿。谈人格是同光间本县最有名的诗人,一县人都叫他"谈四太爷"。我的小说《徙》里所写的谈甓渔就是参照一些关于他的传说写的。他的诗我在小说《故里杂记·李三》的附注里引用过一首《警火》。后来又读了友人从旧县志里抄出寄来的几首。他的诗明白晓畅,是"元和体",所写多与治水、修坝、筑堤有关,是"为事而发",属闲适一类者较少。看来他是一个关心世务的明白人,县人所传关于他的糊涂放诞的故事不怎么可靠。

祖母是个很勤劳的人,一年四季不闲着。做酱。我们家吃的酱油都不到外面去买。把酱豆瓣加水熬透,用一个牛腿似的布兜子"吊"起来,酱油就不断由布兜的末端一滴一滴滴在盆里。这

"酱油兜子"就挂在祖母所住房外的廊檐上。逢年过节,有客人,都是她亲自下厨。她做的鱼圆非常嫩。上坟祭祖的祭菜都是她做的。端午,包粽子。中秋洗"连枝藕"——藕得有五节,极肥白,是供月亮用的。做糟鱼。糟鱼烧肉,我小时候不爱吃那种味儿,现在想起来是很好吃的东西。腌咸蛋。入冬,腌菜。腌"大咸菜",用一个能容五担水的水缸腌"青菜"。我的家乡原来没有大白菜,只有青菜,似油菜而大得多。腌芥菜。腌"辣菜"——小白菜晾去水分,入芥末同腌,过年时开坛,色如淡金,辣味冲鼻,极香美。自离家乡,我从来没吃过这么好吃的咸菜。风鸡——大公鸡不去毛,揉入粗盐,外包荷叶,悬于通风处,约二十日即得,久则愈佳。除夕,要吃一顿"团圆饭",祖父与儿孙同桌。团圆饭必有一道鸭羹汤,鸭丁与山药丁、茨菇丁同煮。这是徽州菜。大年初一,祖母头一个起来,包"大圆子",即汤团。我们家的大圆子特别"油"。圆子馅前十天就以洗沙猪油拌好,每天放在饭锅头蒸一次,油都"吃"进洗沙里去了,煮出,咬破,满嘴油。这样的圆子我最多能吃四个。

祖母的针线很好。祖父的衣裳鞋袜都是她缝制的。祖父六十岁时,祖母给它做了几双"挖云子"的鞋——黑呢鞋面上挖出"云子",内衬大红薄呢里子。这种鞋我只在戏台上和古画上见过。老太爷穿上,高兴得像个孩子。祖母还会剪花样。我的小说

《受戒》写小英子的妈赵大娘会剪花样,这细节是从我祖母身上借去的。

祖母对祖父照料得非常周到。每天晚上用一个"五更鸡"(一种点油的极小的炉子)给他炖大枣。祖父想吃点甜的,又没有牙,祖母就给他做花生酥——花生用饼槌碾细,掺绵白糖,在一个针箍子(即顶针)里压成一个小小圆糖饼。

祖母是吃长斋的。有一年祖父生了一场大病,她在佛前许愿,从此吃了长斋。她吃的菜离不了豆腐、面筋、皮子(豆腐皮)……她的素菜里最好吃的是香蕈饺子。香蕈(即冬菇)熬汤,荠菜馅包小饺子,油炸后倾入滚汤中,哧啦一声。这道菜她一生中也没有吃过几次。

她没有休息的时候。没事时也总在捻麻线。一个牛拐骨,上面有个小铁钩,续入麻丝后,用手一转牛拐,就捻成了麻线。我不知道她捻那么多麻线干什么,肯定是用不完的。小时候读归有光的《先妣事略》:"孺人不忧米盐,乃劳苦若不谋夕",觉得我的祖母就是这样的人。

祖母很喜欢我。夏天晚上,我们在天井里乘凉,她有时会摸着黑走过来,躺在竹床上给我"说古话"(讲故事)。有时她唱"偈",声音哑哑的:"观音老母站桥头……"这是我听她唱过的唯一的"歌"。

一九九一年十月,我回了一趟家乡,我的妹妹、弟弟说我长得像祖母。他们拿出一张祖母的六寸相片,我一看,是像,尤其是鼻子以下,两腮,嘴,都像。我年轻时没人说过我像祖母。大概年轻时不像,现在,我老了,像了。

一九九二年一月二十二日

(原载《作家》1992 年第四期)

彩云聚散

蕉叶白

我的祖父有几件心爱的宝贝,一到"闹兵荒",就叫我的父亲用油布包好,埋在我母亲病逝前住的一个小院的地下,把小院的门用砖砌死。一是《云麾将军碑》;一是一块蕉叶白大端砚。还有一件是什么东西我不记得了。《云麾将军碑》是初拓本。流传的《云麾将军碑》都有残、缺,此帖一字不残,当是宋拓,为海内孤本,故极珍贵。"蕉叶白"我没有见过,据父亲说是浅绿色的,难得的是叶脉纹理都是自然生成的,放在桌上,和一片芭蕉叶一模一样。这几件东西都是祖父从十八鹤来堂夏家的后人手里买下的。十八鹤来堂是夏之蓉的堂。夏之蓉是本县名臣,他做过多大的官我不甚了然,只知道他是桐城派古文大家,我小时曾背过他的两篇文章。据说他建造厅堂时飞来十八只仙鹤,遂以"鹤来"作为堂名。夏之蓉死后,夏家逐渐衰败,后人只得靠变卖祖产为生。蕉叶白、《云麾将军碑》就是一次卖给我的祖父的。同时买进的还有几大箱碑帖。有些碑帖其实是很珍贵的,夏家后人都不当一回事!我小时临过褚河南的《圣教序》,就是祖父从大箱子里挑选出来给我的。我到现在写的字还有点褚河南的笔意,真是令人感慨……

《云麾将军碑》一直在我父亲那里。我曾写信给父亲让他把《云麾将军碑》寄到北京来由我保存,父亲说他要捐献给政府,那还有什么说的呢。"蕉叶白"本在我的一个异母弟弟手里,后来不知道被他弄到哪里去了。

田黄

我父亲有三块田黄图章,都不大。一块是方的,一块是长方的,一块将就石料,不成形,都恬润似鸡油。数那块不成形的值钱,因为有文三樵刻的边款——印文叫一个不识货的无知的人磨去了,很可惜。我父亲对这三块图章极为珍视,他自己用玻璃条做了一个盒子,把三块图章嵌在底座上,置之案头,随时观赏。后来屡经变乱,无法重问这三块田黄的下落了。

我们那里特重鸡血石,一般索价比田黄还高,然亦视石地与"血"的颜色而大有高低。凡品并不难得。兴化有两方名闻远近的鸡血章,地子是藕粉地,极纯净,"血"不散乱,映着日光,从近乎透明的底子外面,可以清楚地看到两石各有鲜血似的一滴血,正在往下滴。我父亲曾专到兴化,去看过这两块鸡血章,终因价钱过高,没有买,事后觉得非常可惜。

珍珠

我有一个堂叔在本家中是比较有钱的,他结婚时新娘子的鞋尖上缀的两颗珍珠有指头顶大。他的家产都被他从鸦片烟枪里抽掉了。他抽鸦片谱很大,穷得什么都没有了,到鸦片烟馆里,只能在地下铺一张席子,枕一块砖头,就是这样,他还不自己烧烟,得有人烧了烟泡,给他装在斗上。

"人老珠黄",珠子老了,就失去容光,不值钱了。但老珠子有老珠子的用处,入药。我父亲合眼药,要用珍珠,而且还是要用人戴过的。父亲跟我祖母要去她的帽子上的珍珠。我们家几代家传看眼科,父亲熬眼药极虔诚,三天前就沐浴。熬制时把自己关在小花园内,不跟人接触。他的眼药里还有熊胆之类的名贵药材。

(原载《中国珠宝首饰》1996年第三期)

琥珀

我在祖母的首饰盒子里找到一个琥珀扇坠。一滴琥珀里有一只小黄蜂。琥珀是透明的,从外面可以清清楚楚地看到黄蜂。触须、翅膀、腿脚,清清楚楚,形态如生,好像它还活着。祖母说,黄蜂正在飞动,一滴松脂滴下来,恰巧把它裹住。松脂埋在地下好多年,就成了琥珀。祖母告诉我,这样的琥珀并非罕见,值不了多少钱。

后来我在一个宾馆的小卖部看到好些人造琥珀的首饰。各种形状的都有,都琢治得很规整,里面也都压着一个昆虫。有一个项链上的淡黄色的琥珀片里竟压着一只蜻蜓。这些昆虫都很完整,不缺腿脚,不缺翅膀,但都是僵直的,缺少生气。显然这些昆虫是弄死了以后,精心地、端端正正地压在里面的。

我不喜欢这种里面压着昆虫的人造琥珀。

我的祖母的那个琥珀扇坠之所以美,是因为它是偶然形成的。

美,多少要包含一点偶然。

(原载《大家》1998 年第二期)

我的父亲

我父亲行三。我的祖母有时叫他的小名"三子"。他是阴历九月初九重阳节那天生的,故名菊生(我父亲那一辈生字排行,大伯父名广生,二伯父名常生),字淡如。他作画时有时也题别号:亚痴、灌园生……他在南京读过旧制中学。所谓旧制中学大概是十年一贯制的学堂。我见过他在学堂时用过的教科书,英文是纳氏文法,代数几何是线装的有光纸印的,还有"修身"什么的。他为什么没有升学,我不知道。"旧制中学生"也算是功名。他的这个"功名"我在我的继母的"铭旌"上见过,写的扁宋体的泥金字,所以记得。什么是"铭旌",看《红楼梦》贾府办秦可卿丧事那回就知道,我就不噜苏了。

我父亲年轻时是运动员。他在足球校队踢后卫。他是撑竿跳选手,曾在江苏全省运动会上拿过第一。他又是单杠选手。我还见过他在天王寺外边驻军所设置的单杠上表演过空中大回环两周,这在当时是少见的。他练过武术,腿上带过铁砂袋。练过拳,练过刀、枪。我见他施展过一次武功。我初中毕业后,他陪我到外地去投考高中。在小轮船上,一个初来的侦缉队以检查为名勒索乘客的钱财。我父亲一掌,把他打得一溜跟头,从船上退过跳板,一屁股坐在码头上。我父亲平常温文尔雅,我还没见过他动手打人,而且,真有两下子!我父亲会骑马。南京马场有一匹烈马,咬人,没人敢碰它,平常都用一截粗竹筒套住他的嘴。我父亲偷偷解开缰绳,一骗腿骑了上去。一趟马道子跑下来,这马老实了。父亲还会游泳,水性很好。这些,我都不知道他是什么时候学的。

　　从南京回来后,他玩过一个时期乐器。他到苏州去了一趟,买回来好些乐器,笙箫管笛、琵琶、月琴、拉秦腔的胡胡、扬琴,甚至还有大小唢呐。唢呐我从未见他吹过。这东西吵人,除了吹鼓手、戏班子,一般玩乐器人都不在家里吹。一把大唢呐,一把小唢呐(海笛)一直放在他的画室柜橱的抽屉里。我们孩子们有时翻出来玩。没有哨子,吹不响,只好把铜嘴含在嘴里,自己呜呜作声,不好玩!他的一枝洞箫、一枝笛子,都是少见的上品。洞箫箫管很细,外皮作殷红色,很有年头了。笛子不是缠丝涂了一节一节黑漆的,是整个笛管擦了荸荠紫漆的,比常见笛子管粗。箫声幽远,笛声圆润。我这辈子吹过的箫笛无出其右者。这两枝箫笛不是从乐器店里买的,是花了大价钱从私人手里买的。他的琵琶是很好的,但是拿去和一个理发店里换了。他拿回的理发店那面琵琶又脏又旧,油里咕叽的。我问他为什么要换了这么一面脏琵琶回来,他说:"这面琵琶声音好!"理发店用一面旧琵琶换了他的几乎是全新的琵琶,当然乐意。不论什么乐器,他听听别人演奏,看看指法,就能学会。他弹过一阵古琴,说:都说古琴很难,其实没有什么。我的一个远房舅舅,有一把一个法国神父送他的小提琴,我父亲跟他借回来,鼓揪鼓揪,几天工夫,就能拉出曲子来。据我父亲说:乐器里最难,最要功夫的,是胡琴。别看它只有两根弦,很简单,越是简单的东西越不好弄。他拉的胡琴我拉不了,弓子硬,马尾多,滴的松香很厚,松香拉出一道很窄的深槽,我一拉,马尾就跑到深槽的外面来了。父亲不在家的时候我有时使劲拉一小段,我父亲一看松香就知道我动过他的胡琴了。他后来不大摆弄别的乐器了,只有胡琴一直拉着的。

摒挡丝竹以后,父亲大部分时间用于画画和刻图章。他画画并无真正的师承,只有几个画友。画友中过从较密的是铁桥,是一个和尚,善因寺的方丈。我写的小说《受戒》里的石桥,就是以他为原型的。铁桥曾在苏州邓尉山一个庙里住过,他作画有时下款题为"邓尉山僧"。我父亲第二次结婚,娶我的第一个继母,新房里就挂了铁桥的一个条幅,泥金纸,上角画了几枝桃花,两只燕子,款题"淡如仁兄嘉礼弟铁桥写贺"。在新房里挂一幅和尚的画,我的父亲可谓全无禁忌;这位和尚和俗人称兄道弟,也真是不拘礼法。我上小学的时候,就觉得他们有点"胡来"。这条画的两边还配了我的一个舅舅写的一幅虎皮宣的对子:"蝶欲试花犹护粉,莺初学啭尚羞簧"。我后来懂得对联的意思了,觉得实在很不像话!铁桥能画,也能写。他的字写石鼓,画法任伯年。根据我的印象,都是相当有功力的。我父亲和铁桥常来往。画风却没有怎么受他的影响。也画过一阵工笔花卉。我们那里的画家有一种理论,画画要从工笔入手,也许是有道理的。扬州有一位专画菊花的画家,这位画家画菊按朵论价,每朵大洋一元。父亲求他画了一套菊谱,二尺见方的大册页。我有个姑太爷,也是画画的,说:"像他那样的玩法,我们玩不起!"兴化有一位画家徐子兼,画猴子,也画工笔花卉。我父亲也请他画了一套册页。有一开画的是罂粟花,薄瓣透明,十分绚丽。一开是月季,题了两行字:"春水蜜波为花写照"。"春水""蜜波"是月季的两个品种,我觉得这名字起得很美,一直不忘。我见过父亲画工笔菊花,原来花头的颜色不是一次敷染,要"加"几道。扬州有菊花名种"晓色",父亲说这种颜色最不好画。"晓色",很空灵,不好捉摸。他画成了,我一看,是晓色!他后来改了画写意,用笔略似吴昌硕,照我看,我父亲的画是有功力的,但是"见"得少,没有行万里路,多识大家真迹,受了限制。他又不会做诗,题画多用前人陈句,故布局平稳,缺少创意。

父亲刻图章,初宗浙派,清秀规矩。他年轻时刻过一套《陋室铭》印谱,有几方刻得不错,但是过于着意,很拘谨。有"兰带""折钉",都是"做"出来的。有一方"草色入帘青"是双钩,我小时觉得很好看,稍大,即觉得纤巧小气。《陋室铭》印谱只是他初学刻印的成绩。三十多岁后,渐渐豪放,以治汉印为主。他有一套端方的《匋斋印存》,经常放在案头。有时也刻浙派少印。我记得他给一个朋友张仲陶刻过一块青田冻石小长方印,文曰"中匋",实在漂亮。"中匋"两字也很好安排。

刻印的人多喜藏石。父亲的石头是相当多的,他最心爱的是三块田黄。我在小说《岁寒三友》中写的靳彝甫的三块田黄,实际上写的是我父亲的三块图章。

他盖章用的印泥是自己做的。用的是"大劈砂",这是朱砂里最贵重的。大劈砂深紫色的,片状,制成印泥,鲜红夺目。他说见过一些明朝画,纸色已经灰暗,而印色鲜明不变。大劈砂盖的图章可以"隐指",即用手指摸摸,印文是鼓出的。他的画室的书橱里摆了一列装在玻璃瓶的大劈砂和陈年的蓖麻子油,蓖麻油是调印色用的。

我父亲手很巧,而且总是活得很有兴致。他会做各种玩意。

元宵节,他用通草(我们家开药店,可以选出很大片的通草)为瓣,用画牡丹的西洋红(西洋红很贵,齐白石作画,有一个时期,如用西洋红,是要加价的)染出深浅,做成一盏荷花灯,点了蜡烛,比真花还美。他用蝉翼笺染成浅绿,以铁丝为骨,做了一盏纺织娘灯,下安细竹棍。我和姐姐提了,举着这两盏灯上街,到邻居家串门,好多人围着看。清明节前,他糊风筝。有一年糊了一只蜈蚣(我们那里叫"百脚"),是绢糊的。他用药店里称麝香用的小戥子约蜈蚣两边的鸡毛——鸡毛必须一样重,否则上天就会打滚。他放这只蜈蚣不是用的一般线,是胡琴的老弦,我们那里用老弦放风筝的,家父实为第一人(用老弦放风筝,风筝可以笔直地飞上去,没有"肚子")。他带了几个孩子在傅公桥麦田里放风筝。这时麦子尚未"起身",是不怕踩的,越踩越旺。春服既成,惠风和畅,我父亲这个孩子头带着几个孩子,在碧绿的麦垄间奔跑呼叫,为乐如何?我想念我的父亲(我现在还常常梦见他),想念我的童年,虽然我现在是七十二岁,皤然一老了。夏天,他给我们糊养金铃子的盒子。他用钻石刀把玻璃裁成一小块一小块,再合拢,接缝处用皮纸浆糊固定,再加两道细蜡笺条,成了一只船、一座小亭子、一个八角玲珑玻璃球,里面养着金铃子。隔着玻璃,可以看到金铃子在里面爬,吃切成小块的梨,张开翅膀"叫"。秋天,买来拉秧的小西瓜,把瓜瓤掏空,在瓜皮上镂刻出很细致的图案,做成几盏西瓜灯。西瓜灯里点了蜡烛,撒下一片绿光。父亲鼓捣了半天,就为让孩子高兴一晚上。我的童年是很美的。

我母亲死后,父亲给她糊了几箱子衣裳,单夹皮棉,四时不缺。他不知从哪里搜罗来各种颜色,砑出各种花样的纸。听我的大姑妈说,他糊的皮衣跟真的一样,能分出滩羊、灰鼠。这些衣服我没看见过。但他用剩的色纸,我见过。我们用来折"手工"。有一种纸,银灰色,正像当时时兴的"慕本缎子"。

我父亲为人很随和,没架子。他时常周济穷人,参与一些有关公益的事情。因此在地方上人缘很好。民国二十年发大水,大街成了河。我每天看见他蹚着齐胸的水出去,手里横执了一根很粗的竹篙,穿一身直罗褂,他出去,主要是办赈济。我在小说《钓鱼的医生》里写王淡人有一次乘了船,在腰里系了铁链,让几个水性很好的船工也在腰里系了铁链,一头拴在王淡人的腰里,冒着生命危险,渡过激流,到一个被大水围困的孤村去为人治病。这写的实际是我父亲的事。不过他不是去为人治病,而是去送"华洋义赈会"发来的面饼(一种很厚的面饼,山东人叫"锅盔")。这件事写进了地方上人送给我祖父的六十寿序里,我记得很清楚。

父亲后来以为人医眼为职业。眼科是汪家祖传。我的祖父、大伯父都会看眼科。我不知道父亲懂眼科医道。我十九岁离开家乡,离乡之前,我没见过他给人看眼睛。去年回乡,我的妹婿给我看了一册父亲手抄的眼科医书,字很工整。是他年轻时抄的。那么,他是在眼科上下过功夫的。听说他的医术还挺不错。有一个邻居的孩子得了眼疾,双眼肿得像桃子,眼球红得像大红缎子。父亲看过,说不要紧。他叫孩子的父亲到阴城(一片乱葬坟场,很大,很野。据说韩世忠在这里打过仗)去捉两个大田螺来。父亲往田螺里倒进两管鹅翎眼药,两撮冰片,把田螺扣在孩子的眼睛上。过了一会田螺壳裂了。据那个孩子说,他睁开眼,看见天是绿的。孩子的眼好了,一生没有再犯过眼病。田螺治眼,我在任何医书上没看见过,也没听说过。这个"孩子"现在还在,已经五十几岁了。是个理发师傅。去年我回家乡,从他的理发店门前经过,那天,他又把我父亲给他治眼的经过,向我的妹婿详细地叙述了一次。这位理发师傅希望我给他的理发店写一块招牌。当时我很忙,没有来得及给他写。我会给他写的。一两天就写了托人带去。

我父亲配制过一次眼药。这配方现在还在,但是没有人配得起,要几十种贵重的药,包括冰片、麝香、熊胆、珍珠……珍珠要是人戴过的。父亲把祖母帽子上几颗大珠子要了去。听我的第二个继母说,他制药极其虔诚,三天前就洗了澡("斋戒沐浴"),一个人住在花园里,把三道门都关了,谁也不让去。

父亲很喜欢我。我母亲死后,他带着我睡。他说我半夜醒来就笑。那时我三岁（实年）。我到江阴去投考南菁中学，是他带着我去的。住在一个市庄的栈房里，臭虫很多。他就点了一支蜡烛，见有臭虫，就用蜡烛油滴在它身上。第二天我醒来，看见席子上好多好多蜡烛油点子。我美美地睡了一夜，父亲一夜未睡。我在昆明时，他还在信封里用玻璃纸包了一小包"虾松"寄给我过。我父亲很会做菜，而且能别出心裁。我的祖父春天忽然想吃螃蟹。这时候哪里去找螃蟹？父亲就用瓜鱼（即水仙鱼），给他伪造了一盘螃蟹，据说吃起来跟真螃蟹一样。"虾松"是河虾剁成米粒大小，掺以小酱瓜丁，入温油炸透。我也吃过别人做的"虾松"，都比不上我父亲的手艺。

　　我很想念我的父亲。现在还常常做梦梦见他。我的那些梦本和他不相干，我梦里的那些事，他不可能在场，不知道怎么会掺和进来了。

一九九二年五月二十八日

（原载《作家》1992年第八期）

我的母亲

我父亲结过三次婚。

我的生母姓杨。我不知道她的学名。杨家不论男女都是排行的。我母亲那一辈"遵"字排行。我母亲应该叫杨遵什么。前年我写信问我的姐姐，我们的母亲叫什么。姐姐回信说：叫"强四"。我觉得很奇怪，怎么叫这么个名字呢？是小名吗？也不大像。我知道我母亲不是行四。一个人怎么会连自己母亲的名字都不知道呢？因为我母亲活着的时候我太小了。

我三岁的时候，母亲就故去了。我对她一点印象都没有。她得的是肺病，病后即移住在一个叫"小房"的房间里，她也不让人把我抱去看她。我只记得我父亲用一个煤油箱自制了一个炉子，煤油箱横放着，有两个火口，可以同时为母亲熬粥，熬参汤、燕窝。另外还记得我父亲雇了一只船，陪她到淮城去就医，我是随船去的。我记得小船中途停泊时，父亲在船头钓鱼，还记得船舱里挂了好多大头菜。我一直记得大头菜的气味。

我只能从母亲的画像看看她。据我的大姑妈说,这张像画得很像。画像上的母亲很瘦,眉尖微蹙。样子和我的姐姐很相似。

我母亲是读过书的。她病倒之前每天还写一张大字。我曾在我父亲的画室里找出一摞母亲写的大字,字写得很清秀。

前年我回家乡,见着一个老邻居,她记得我母亲。看见过我母亲在花园看花。——这家邻居和我们家的花园只隔一堵短墙。我母亲叫她"小新娘子"。"小新娘子,过来过来,给你一朵花戴。"我于是好像看见母亲在花园里看花,并且觉得她对邻居很和善。这位"小新娘子"已经是八十多岁的老太太了!

我还记得我母亲爱吃京冬菜。这东西我们家乡是没有的,是托做京官的亲戚带回来的,装在陶制的罐子里。

我母亲死后,她养病的那间"小房"锁了起来,里面堆放着她生前用的东西,全部嫁妆,——"摞橱"、皮箱和铜火盆,朱漆的火盆架子……我的继母有时开锁进去,取一两样东西,我跟着进去看过。"小房"外面有一个小天井。靠南墙有一个秋叶形的小花台。花台上开了一些秋海棠。这些海棠自开自落,没人管它。花很伶仃,但是颜色很红。

我的第一个继母娘家姓张。她们家原来在张家庄住,是个乡下财主。后来在城里盖了房子,才搬进城来。房子是全新的,新砖,新瓦,油漆的颜色也都很新。没有什么花木,却有一片很大的桑园。我小时就觉得奇怪,又不养蚕,种那么多桑树做什么?桑树都长得很好,干粗叶大,是湖桑。

我的继母幼年丧母,她是跟姑妈长大的。姑妈家姓吴。继母的姑妈年轻守寡。她住的房子二梁上挂着一块匾,朱地金字:"松贞柏节",下款是"大总统题"。这大总统不知是谁,是袁世凯,还是黎元洪?吴家家境不富裕,住的房子是张家的三间偏房。老姑奶奶有两个儿子,一个叫大和子,一个叫小和子。两个儿子都没上学校,念了几年私塾,专学珠算。同年龄的少年学"鸡兔同笼",他们却每天打"归除""斤求两,两求斤"。他们是准备到钱庄去学生意的。

我的继母归宁,也到她的继母屋里坐坐,但大部分时间都在这三间偏房里和姑妈在一起。我父亲到老丈人那边应酬应酬,说些淡话,也都在"这边"陪姑妈闲聊。直到"那边"来请坐席了,才过去。

继母身体不好。她婚前咳嗽得很厉害,和我父亲拜堂时是服用了一种进口的杏仁露强压住的。

她是长女,但是我的外公显然并不钟爱她。她的陪嫁妆奁是不丰的。她有时准备出门做客,才戴一点首饰。比较好的首饰是一副翡翠耳环。有一次,她要带我们到外公家拜年,她打扮了一下,换了一件灰鼠的皮袄。我觉得她一定会冷。这样的天气,穿一件灰鼠皮袄怎么行呢?然而她只有一件皮袄。我忽然对我的继母产生一种说不出的感情。我可怜她,也爱她。

后娘不好当。我的继母进门就遇到一个局面,"前房"(我的生母)留下三个孩子:我姐姐,我,还有一个妹妹。这对于"后娘"当然会是沉重的负担。上有婆婆,中有大姑子、小姑子,还有一些亲戚邻居,她们都拿眼睛看着,拿耳朵听着。

也许我和娘(我们都叫继母为娘)有缘,娘很喜欢我。

她每次回娘家,都是吃了晚饭才回来。张家总是叫了两辆黄包车,姐姐和妹妹坐一辆,娘搂着我坐一辆。张家有个规矩(这规矩是很多人家都有的),姑娘回自己婆家,要给孩子手里拿两根点着了的安息香。我于是拿着两根安息香,偎在娘怀里。黄包车慢慢地走着,两旁人家、店铺的影子向后移动着,我有点迷糊。闻着安息香的香味,我觉得很幸福。

小学一年级时,冬天,有一天放学回家,我大便急了,憋不住,拉在裤子里了(我记得我拉的屎是热腾腾的)。我兜着一裤兜屎,一扭一扭地回了家。我的继母一闻,二话没说,赶紧烧水,给我洗了屁股。她把我擦干净了,让我围着棉被坐着。接着就给我洗衬裤,刷棉裤。她不但没有说我一句,连眉头都没有皱一下。

我妹妹长了头虱,娘煎了草药给她洗头,用箆子给她箆头发。

张氏娘认识字,念过《女儿经》。《女儿经》有几个版本,她念过的那本,她从娘家带了过来,我看过。里面有这样的句子:"张家长,李家短,别人的事情我不管。"她就是按照这一类道德规范做人的。她有时念经:《金刚经》《心经》《高王经》。她是为她的姑妈念的。

她做的饭菜有些是乡下做法,比如番瓜(南瓜)熬面疙瘩、煮百合先用油炒一下。我觉得这样的吃法很怪。

她死于肺病。

我的第二个继母姓任。任家是邵伯大地主,庄园有几座大门,庄园外有壕沟吊桥。

我父亲是到邵伯结的婚。那年我已经十七岁,读高二了。父亲写信给我和姐姐,叫我们去参加他的婚礼。任家派一个长工推了一辆独轮车到邵伯码头来接我们。我和姐姐一人坐一边。我第一次坐这种独轮车,觉得很有趣。

我已经很大了,任氏娘对我们很客气,称呼我是"大少爷"。我十九岁离开家乡到昆明读大学。一九八六年回乡,这时娘才改口叫我"曾祺"。——我这时已经六十六岁,也不是什么"少爷"了。

我对任氏娘很尊敬,因为她伴随我的父亲度过了漫长的很艰苦的沧桑岁月。

她今年八十六岁。

一九九二年七月十一日

(原载《作家》1993 年第二期)

大莲姐姐

大莲姐姐可以说是我的保姆。她是我母亲从娘家带过来的。她在杨家伺候大小姐——我母亲,到了我们家"带"我。我们那里把女佣人都叫作"莲子","大莲子""小莲子"。伺候我的二伯母的女佣人,有一个奇怪称呼,叫"高脚牌大莲子"。不知道怎么会这样称呼,可能是她的脚背特别高。全家都叫我的保姆为"大莲子",只有我叫她"大莲姐姐"。

我小时候是个"惯宝宝"。怕我长不大,于是认了好几个干妈。在和尚庙、道士观里都记了名。我的法名叫"海鳌"。我还记得在我父亲的卧室的一壁墙上贴着一张八寸高五寸宽的梅红纸,当中一行字"三宝弟子求取法名海鳌",两边各有一个字,一边是"皈",一边是"依"。我大概是从这张记名红纸上才认得这个"皈"字的。因为是"惯宝宝",才有一个保姆专门"看"我。大莲姐姐对我的姐姐和妹妹是不大管的,就管照看我一个人。

大莲姐姐对我母亲很有感情,对我的继母就有一种敌意。继母还没有过门,嫁妆先发了过来,新房布置好了。她拍拍一张小八仙桌,对我的姐姐说:"这是红木的,不是海梅的!""海梅"别处不知叫什么,在我们那里是最贵重的木料。我母亲的嫁妆就是海梅的。她还教我们唱:

"小白菜呀,

地里黄呀……"

我虽然很小,也觉得这不好。

大莲姐姐对我是很好。我小时不好好吃饭,老是围着桌子转,她就围着桌子追着喂我。不知要转多少圈,才能把半碗饭喂完。

晚上,她带着我睡。

我得了小肠疝气,有时发作,就在床上叫:"大莲姐姐,我疼!"她就熬了草药,倒在一个痰盂里,抱我坐在上面熏。熏一会,坠下来的小肠就能收缩回去。她不知从哪里学到一些偏方,都试过。煮了胡萝卜,让我吃。我天天吃胡萝卜,弄得我到现在还不喜欢胡萝卜的味儿。把鸡蛋打匀了,用一个秤锤烧红了,放在鸡蛋里,哧啦一声,鸡蛋熟了。不放盐,吃下去。真不好吃!

我上小学后,大莲姐姐辞了事,离开我们家。她好像在别的人家做了几年。后来,就不帮人了,住在臭河边一个白衣庵里。

她信佛,听我姐姐说,她受过戒。并未剃去头发,只在头顶上剃了一块,烧的戒疤也少,头发长长了,拢上去,看不出来。她成了个"道婆子"。我们那里有不少这种道婆子。她们每逢哪个庙的香期,就去"坐经"——席地坐着,一坐一天。不管什么庙,是庙就"坐"。东岳庙、城隍庙,本来都是道士住持,她们不管,一屁股坐下就念"南无阿弥陀佛"。我放学回家,路过白衣庵,她有时看着我走过,有时也叫我到她那里去玩。白衣庵实在没有什么好"玩"的。这是一个小庵,殿上塑着一尊白衣观音。天井东西各有一间小屋,大莲姐姐住东屋,西屋住的也是一个"带发修行"的道婆子。

她后来又和同善社、"理教劝诫烟酒会"的一些人混在一起。我们那里没有一贯道。如果有,她一定也会入一贯道的。她是什么都信的。

一九九二年七月十二日

(原载《作家》1993 年第四期)

师恩母爱

　　五小（县立第五小学）创立了我们县的第一所幼儿园（当时叫作"幼稚园"），我是幼稚园第一届的学生。幼稚园是新建的，什么都是新的。新的瓦顶，新的砖墙，新的大窗户，新的地板。地板是油漆过的，地板上用白漆漆了一个很大的圆圈。地板门窗发出很好闻的木料的香味。这是我们的教室。教室一边是放玩具的安了玻璃窗的柜橱，一边是一架风琴。教室门前是一片草坪。草坪一侧是滑梯、跷跷板（当时叫作"轩轾板"，这名称很文，我们都不知道为什么叫这样的名称）、沙坑，另一侧有一根粗大的木柱，木柱有顶，中有铁轴，可转动。柱顶垂下七八根粗麻绳，小朋友手握麻绳，快走几步，两脚用力蹬地，两腿蜷缩，人即腾起，围着木柱而转。这件体育器材叫作"巨人布"。我至今不明白这东西怎么会叫这样一个奇怪名字，而且我以后再也没有见过这样的奇怪东西。这就是我们的幼稚园，我们真正的乐园。

幼稚园也上下课。课业内容是唱歌、跳舞、游戏。教我们唱歌游戏的是王先生（那时没有"阿姨"这种称呼），名文英，最初学的是简单的短歌：

"拉锯，送锯，
你来我去。
拉一把，推一把，
哗啦哗啦起风啦，
小小狗，快快走，
小小猫，快快跑。"

后来学了带一点情节性的表演唱：
母亲要外出，嘱咐孩子关好门，有人叫门，不要开。
狼来了，唱唱：

"小孩子乖乖，
把门儿开开，
快点儿开开，
我要进来。"

"不开不开不能开,

母亲不回来,

谁也不能开!"

狼依次叫小兔子乖乖、小羊儿乖乖开门,他们都不开。最后叫小螃蟹:

"小螃蟹乖乖,

把门儿开开,

快点儿开开,

我要进来。"

小螃蟹答应:

"就开就开我就开——"

小螃蟹开了门,"啊呜!"狼一口把它吃掉了。合唱:

"可怜小螃蟹,

从此不回来!"

最后就能排演有歌有舞,有舞台动作的小歌剧《麻雀和小孩》了。开头是老麻雀教小麻雀学飞:

"飞飞,飞飞,慢慢飞。
要上去就要把头抬,
要下来尾巴摆一摆,
这个样子飞到这里来。"

老麻雀出去寻食,老不回来。小孩上,问小麻雀:

"小麻雀呀,
你的母亲哪里去了?"

小麻雀答:

"我的母亲打食去了,
还不回来,
饿得真难受。"

小孩把小麻雀接回去,给它喂食充饥。

老麻雀回来,发现女儿不见了,十分焦急,唱:

"啊呀不好了,
女儿不见了!
焦焦,
女儿,
年纪小,
不会高飞上树梢。
渺渺茫茫路远山遥……"

小孩把小麻雀送回来,老麻雀看见女儿,非常高兴,问它是不是饿坏了。女儿说小孩人很好,给它喂了食:

"小青虫,小青豆,
吃了一个饱,
我的妈妈呀!"

老麻雀感谢小孩。
全剧终。
剧情很简单,音乐曲调也很简单,但是感情却很丰富,麻雀母女之情,小孩的善良仁爱,都在小朋友的心灵中留下深刻长久的影响。所有的歌舞表演都是王文英先生一句一句教会的。我们在表演时,王先生踏风琴伴奏。我至今听到风琴声音还是很感动。

我在五小毕业,后来又读了初中、高中,人也大了,就很少到幼稚园去看看。十九岁离乡,四方漂泊,一直没有回去过。我一直没有再见过王先生。她和我的初中的教国文的张道仁先生结了婚,我是大了以后才知道的。

一九八一年秋,我应邀回阔别多年的家乡讲学,带了一点北京的果脯去看王先生和张先生,并给他们各送了一首在招待所急就的诗。给王先生的一首不文不白,毫无雕饰。第二天,张先生带了两瓶酒到招待所来看我,我说哪有老师来看学生的道理,还带了酒!张先生说,是王先生一定要他送来的。说王先生看了我的诗,哭了一晚上。这首诗全诗是:

"小孩子乖乖,把门儿开开,"
歌声犹在,耳边徘徊。
我今亦老矣,白髭盈腮,
念一生美育,从此培栽,
师恩母爱,岂能忘怀!

愿吾师康健,长寿无灾。

张先生说,王先生对他说:"我教过那么多学生,长大了,还没有一个来看过我的!"王先生指着"师恩母爱,岂能忘怀"对张先生说:"他进幼稚园的时候还戴着他妈妈的孝!"我这才知道王先生为什么对我特别关心,特别喜爱。张先生反复念了这两句,连说:"师恩母爱！师恩母爱！"

王先生已经去世几年了,我不知道她的准确的寿数,但总是八十以上了。

我觉得幼儿园的老师对小朋友都应该有这样的"师恩母爱"。

一九九六年八月

(原载《江苏教育报》1996 年 9 月 9 日)

我的小学

我读的小学是县立第五小学,简称五小,在城北承天寺的旁边。五小有一支校歌。我在小说《徙》的开头提到这支校歌。歌词如下:

西挹神山爽气,
东来邻寺疏钟,
看吾校巍巍峻宇,
连云栉比列其中。
半城半郭尘嚣远,
无女无男教育同。
桃红李白,芬芳馥郁,
一堂济济坐春风。
愿少年,乘风破浪,

他日毋忘化雨功!

"神山爽气"是秦邮八景之一。"神山"即"神居山"。在高邮湖西,我没有去过,"爽气"也不知道是一种什么样子的气。

"东来邻寺疏钟"的"邻寺"即承天寺。这倒是每天必须经过的。这是一座古寺,张士诚就是在承天寺称王的。张士诚攻下高邮在元至正十三年(公元一三五三年),称王在次年。那时就有这座寺了。以后也没听说重修过(我没见过重修碑记)。这也就是一个一般的寺庙。一个大雄宝殿,三世佛;殿后是站在鳌鱼头上的南海观音;西侧是罗汉堂,罗汉堂有一口大钟,我写的《幽冥钟》就是写的这口钟;东边是僧众的宿舍和膳堂,廊子上挂了一条很大的木头鱼,画出蓝色的鱼鳞;一口像倒挂的如意云头的铁磬,木鱼、铁磬从来没听见敲响过。寺古房旧僧白头,佛像髹漆都暗淡了。看不出一点张士诚即位称王的痕迹。他在什么地方坐朝的呢?总不能在大雄宝殿上,也不会在罗汉堂里。

学校的对面,也就是承天寺的对面,是"天地坛"。原来大概是祭天地的地方,但我从小就没有见过祭过天地。这是一片很大的空地,安下一个足球场还有富余。天地坛四边有砖砌的围墙,但是除了五小的学生来踢球、跑步,可以说毫无用处。坛的四面长满了荒草,草丛中有枸杞,秋天结了很多红果子,我们叫它"狗奶子"。

"巍巍峻宇""连云栉比",实在过于夸张了。一个只有六个班的小学,怎么能有这样高大,这样多的房子呢?

学校门外的地势比校内高,进大门,要下一个慢坡,慢坡是"站砖"铺的。不是笔直的,而是有点弯。不知道为什么,我们对这道弯弯的慢坡很有感情。如果它是笔直的,就没有意思了。

慢坡的东端是门房,同时也是斋夫(校工)詹大胖子的宿舍。詹大胖子墙上挂着一架时钟,桌上有一把铜铃,一个玻璃匣子放着花生糖、芝麻糖,是卖给学生吃的。学校不许他卖,他还是偷偷地卖。

詹大胖子的房子的对面,隔着慢坡,是大礼堂。大礼堂的用处是做"纪念周",开"同乐会"。平常日子,是音乐教室,唱歌。

大礼堂的北面是校园。校园里花木不多,比较突出的是一架很大的"十姊妹"。我对这个校园留下很深的印象是:有一年我们县境闹蝗虫,蝗虫一过,遮天蔽日,学校里遍地都是蝗虫,我们就见蝗虫就捉,到校园里用两块砖头当磨子,把蝗虫磨得稀烂。蝗虫太可恶了!

校园之北,是教务处。一个很大的房间,两边靠墙摆了几张三屉桌,供教员备课,批改学生作业。当中有一张相当大的会议桌。这张会议桌平常不开会,有一个名叫夏普天的教员在桌上画炭画像。这夏普天(不知道为什么,学生背后都不称他为"夏先生",径称之为"夏普天",有轻视之意)在教员中有其特别处。一是他穿西服(小学教员穿西服者甚少);二是他在教小学之外还有一个副业:画像。用一个刻有方格的有四只脚的放大镜,放在一张照片上,在大张的画纸上画了经纬方格,看着放大镜,勾出铅笔细线条,然后用剪秃了的羊毫笔,蘸炭粉,涂出深浅浓淡。说是"涂"不大准确,应该说是"蹭"。我在小学时就知道这不叫艺术,但是有人家请他画,给钱。夏普天的画像真正只是谋生之术。夏家原是大族,后来败落了。夏普天画像,实非得已。过了好多年,我才知道夏普天是我们县的最早的共产党员之一！夏普天给我的印象是:一个非常聪明的人。

教务处的北面是幼稚园。现在一般都叫幼儿园,我入园时叫幼稚园。五小设幼稚园是创举。这个幼稚园是全县第一个幼稚园。

幼稚园的房子是新盖的。一切都是新的。新砖,新瓦,新门,新窗。这座房子有点特别,是六角形的。进门,是一个宽敞明亮的大厅。铺着漆成枣红色的地板,用白漆画出一个很大的圆圈。这圆圈是为了让"小朋友"沿着唱歌跳舞而画出的。"小朋友"每天除了吃点心,大部分时间是唱歌跳舞。规定:上幼稚园的"小朋友"的家里都要预备一双"软底鞋"——普通的布鞋,但是鞋底是几层布"绗"出来的软底。

幼稚园的老师是王文英,她是我们县里头一个从"幼稚师范"毕业的专业老师。整个幼稚园只有一个老师,教唱歌、跳舞都是她。我在幼稚园学过很多歌,有一些是"表演唱"。我至今记得的是《小羊儿乖乖》,母亲出去了,狼来了:

狼:小羊儿乖乖,
把门儿开开,
快点儿开开,
我要进来。
小羊:不开不开不能开,
母亲不回来,
谁也不能开。

狼:小兔子乖乖,
把门儿开开,
快点儿开开,
我要进来。

小兔:不开不开不能开,

母亲不回来,

谁也不能开。

狼:小螃蟹乖乖,

把门儿开开,

快点儿开开,

我要进来。

螃蟹:就开就开我就开——(开门)

狼:啊呜!(把小螃蟹吃了)

小羊、小兔:

可怜小螃蟹,

从此不回来!

另外还有:

拉锯,送锯,

你来,我去。

拉一把,推一把,

哗啦哗啦起风啦。

小小狗,快快走;

小小猫,快快跑!

(王老师除了教唱,领着小朋友唱,还用一架风琴伴奏。)

幼稚园门外是一个游戏场,有一个沙坑,一架秋千,还有一个"巨人布"。一根粗大柱,半截埋在土里,柱顶着一个火炬形的顶子,顶与柱之间是铁的轴辊,柱顶牵出八条粗麻绳,小朋友各攥住一根麻绳,连跑几步,拳起腿一悠,柱顶即转动,小朋友能悠好多圈。我到现在还不知道这个游戏器械为什么叫"巨人布"。也许应该写成"巨人步"。这种游戏大概是从外国传进来的。

在全班小朋友中我是最受王老师宠爱的。我们那一班临毕业前曾在游戏场上照了一张合影。我骑在一匹木马上。这是我第一次留了一回马上英姿(另外还有一个同学骑在一只灰色的木鸭子上,其他小朋友都蹲着,坐着)。

我离开五小后很少和王老师见面。我十九岁离开家乡,和王老师不通音问,她和我的初中国文老师张道仁先生结了婚,我也不知道。

一九八六年[1]我回了一次故乡,带了两盒北京的果脯,去看张老师和王老师。我给张老师和王老师都写了一张字。给王老

---

[1] 编者注:应为1981年。

师写的是一首不文不白的韵文：

"小羊儿乖乖，

把门儿开开"，

歌声犹在，耳畔徘徊。

念平生美育，

从此培栽。

我今亦老矣，

白髭盈腮。

但师恩母爱，

岂能忘怀。

愿吾师康健，

长寿无灾。

这首"诗"使王老师哭了一个晚上。她对张先生说："我教了那么多学生，还没有一个来看看我的。"张先生非常感慨地再三说："师恩母爱！师恩母爱！……"他说王老师告诉他，我上幼稚园的时候还戴着我妈妈的孝。王老师不说，我还真不记得。

教务处和幼稚园的东面，是一、二、三、四年级教室。两排。两排教室之前是一片空地。空地的路边有几棵很大的梧桐。到了秋天,落了一地很大的梧桐叶。我很小的时候就知道"一叶落而天下惊秋",而且不胜感慨。我们捡梧桐子。梧桐子炒熟了,是可以吃的,很香。

往后走,是五年级、六年级教室,这是另外一个区域,不仅因为隔着一个院子,有几棵桂花,而且因为五、六年级是"高年级"(一、二年级是初年级,三、四年级是中年级),到了这里俨然是"大人"了,不再是毛孩子了。

五年级教室在西边的平地上。教室外面是一口塘。塘里有鱼。常常看到有打鱼的来摸鱼,有时摸上很大的一条。从五年级的北窗伸出钓竿,就可以钓鱼。我有一次在窗里看着一条大黑鱼咬了钩,心里怦怦跳。不料这条大黑鱼使劲一挣,把钩线挣断了,它就带着很长的一截钓线游走了!

六年级教室在一座楼上。这楼是承天寺的旧物,年久失修,真是一座"危楼",在楼上用力蹦跳,楼板都会颤动。然而它竟也不倒。

我小时了了。去年回乡,遇到一个小学同班姓许的同学(他现在是有名的中医),说我多年都是全班第一。他大概记得不准,我从三年级后算术就不好。语文(初、中年级叫"国语",高年级叫"国文")倒是总是考第一的。

我觉得那时的语文课本有些篇是选得很好的。一年级开头虽然是"大狗跳，小狗叫"，后面却有《咏雪》这样的诗：

> 一片一片又一片，
> 两片三片四五片，
> 七片八片九十片，
> 飞入芦花都不见。

我学这一课时才虚岁七岁，可是已经能够感觉到"飞入芦花都不见"的美。我现在写散文、小说所用的方法，也许是从"飞入芦花都不见"悟出的。

二年级课文中有两则谜语，其中一则是：

> 远观山有色，
> 近听水无声，
> 春去花还在，
> 人来鸟不惊。

谜底是：画。这对培养儿童的想象力是有好处的。我希望教育学家能搜集各个时期的课本，研究研究，吸取有益的部分，用之今日。

教三、四年级国语的老师是周席儒，我记不得他教的课文了，但一直觉得他真是一个纯然儒者。他总是坐在三年级和四年级教室之间的一间小屋的桌前批改学生的作文，"判"大字。他判字极认真，不只是在字上用红笔画圈，遇有笔画不正处，都用红笔矫正。有"间架"不平衡的字，则于字旁另书此字示范。我是认真看周先生判的字而有所领会的。我的毛笔字稍具功力，是周先生砸下的基础。周先生非常喜欢我。

教五年级国文的是高北溟先生。关于高先生，我写过一篇小说《徙》。小说，自然有很多地方是虚构，但对高先生的为人治学没有歪曲。关于高先生，我在下一篇《我的初中》中大概还会提到，此处从略。

教六年级国文的是张敬斋，张先生据说很有学问，但是他的出名却是因为老婆长得漂亮，外号"黑牡丹"。他教我们《老残游记》，讲得有声有色。我留下印象最深的是大明湖上的对联："四面荷花三面柳，一城山色半城湖"，这使我对济南非常向往。但是他讲"黑妞白妞说书"，文章里提到一个湖南口音的人发了一通议论，张先生也就此发了一通议论，说：为什么要说"湖南口音"呢？因为湖南话很蛮，俗说是"湖南骡子"。这实在是没有根据。我长大后到过湖南，从未听湖南人说自己是"骡子"。外省人也不叫湖南人是"湖南骡子"。不像外省人说湖北人是"九头鸟"，湖北人自己也承认。也许张先生的话有证可查,但我小时候就觉得他是胡说。不知道为什么,我对张先生的"歪批"总也忘不了。

我在五小颇有才名,是因为我的画画得不错。教我们图画的老师姓王,因为他有一个口头语:"譬如",学生就给他起了个外号:"王譬如"。王先生有时带我们出校"野外写生",那是最叫人高兴的事。常去的地方是运河堤,因为离学校很近。画得最多的是堤上的柳树,用的是6个B的铅笔。

一九九一年十月,我回高邮,见到同班同学许医生,他说我曾经送过他一张画:只用大拇指蘸墨,在纸上一按,加几笔犄角、四蹄、尾巴,就成了一头牛。大拇指有胴纹,印在纸上有牛毛效果。我三年级时是画过好些这种牛。后来就没有再画。

我对五小很有感情。每天上学,暑假、寒假还会想起到五小看看。夏天,到处长了很高的草。有一年寒假,大雪之后,我到学校去。大门没有锁,轻轻一推就开了。没有一个人,连詹大胖子也不在。一片白雪,万籁俱静。我一个人踏雪走了一会,心里很感伤。

我十九岁离乡,六十六岁[①]回故乡住了几天。我去看看我的

---

① 编者注:汪曾祺三次回故乡是61岁、66岁、71岁,回乡住几天为61岁、71岁时,66岁即1986年10月26日至27日,仅在邮逗留约18个小时。他寻找五小旧址,应为1981年。

母校:什么也没有了。承天寺、天地坛,都没有了。五小当然没有了。

这是我的小学,我亲爱的,亲爱的小学!

"愿少年,乘风破浪,

他日毋忘化雨功!"

一九九二年八月六日

(原载《作家》1993年第六期)

一个暑假

我的家乡人要出一本韦鹤琴先生纪念册,来信嘱写一篇小序。我觉得这篇序由我来写不合适,我是韦先生授业弟子,弟子为老师的纪念册写序,有些僭妄,而且我和韦先生接触不多,对他的生平不了解,建议这篇序还是请邑中耆旧和韦先生熟识的来写,我只寄去一首小诗:

绿纱窗外树扶疏,
长夏蝉鸣课楷书,
指点桐城申义法,
江湖满地一纯儒。

诗后加了一个附注:

[同行同路]

小学毕业之暑假,我在三姑父孙石君家从韦先生学。韦先生每日讲桐城派古文一篇,督临《多宝塔》一纸。我至今作文写字,实得力于先生之指授。忆我从学之时,已经六十年矣,而先生之声容态度,闲闲雅雅,犹在耳目。

关于这个附注,也还需要再作一点说明。我的三姑父——我的家乡对姑妈有一个很奇怪的称呼,叫"摆摆",姑父则叫"姑摆摆",原是办教育的,他后来弃教从商,经营过水泵,造过酱醋,但他一直是个"儒商",平日交往的还是以清白方正、有学问的教员居多。他对韦先生很敬佩,这年暑假就请他住到家里,教我的表弟和我。

"绿纱窗外树扶疏"是记实。三姑父在生活上是个革新派。他们家是不供菩萨的,也没有祖宗牌位。堂屋正面的墙上挂着两副对子。一副我还记得:"谈禅不落三乘后,负耒还期十亩前"好像就是韦先生写的。他家的门窗,都钉了绿色的铁纱,这在我们县里当时是少见的。因此各间屋里都没有苍蝇蚊子。而且绿纱沉沉,使人感到一片凉意。窗外是有一些树的。有一棵苹果树,这也是少见的。每年也结几个苹果,很小,而且酸。树上当然是有知了叫的。

三姑父家后面有一片很大的空地。有几个山东人看中了这片地,租下开了一个锅厂。锅厂有几个小伙计,除了眼睛、嘴唇,一天脸上都是黑的,煤烟薰的。他们老是用大榔头把生铁块砸碎,成天听到当啷当啷的声音。不过并不吵人。

我就在蝉鸣和砸铁声中读书写字。这个暑假我觉得过得特别地安静。

韦先生学问广博,但对桐城派似乎下的功夫尤其深。他教我的都是桐城派的古文,每天教一篇。我印象最深的是姚鼐的《登泰山记》、方苞的《左忠毅公逸事》、戴名世的《画网巾先生传》等等诸篇。《登泰山记》里的名句:"苍山负雪,明烛天南。望晚日照城郭,汶水、徂徕如画,而半山居雾若带然",我一直记得,尤其是"明烛天南"我觉得写得真美,我第一次知道"烛"字可以当动词用。"居雾"的"居"字也下得极好。左光斗在狱中的表现实在感人:"国家之事糜烂至此,……不速去,无俟奸人构陷,吾今即扑杀汝!"这真是一条铁汉子。《画网巾先生传》写得浅了一点,但也不失为一篇立场鲜明的文章。刘大櫆、薛福成等人的文章,我也背过几篇。我一直认为"桐城义法"是有道理的,不能一概斥之为"谬种"。

韦先生是写魏碑的。我的祖父六十岁的寿序的字是韦先生写的(文为高北溟先生所撰),写在万年红纸上,字极端整,无一败笔。我后来看到一本影印的韦先生临的魏碑诸体的字帖,才知道韦先生把所有的北碑几乎都临过,难怪有这样深的功力。不过他为什么要我临《多宝塔》呢?最近看到韦先生的诗稿,明白了:韦先生的字的底子是颜字。诗稿是行楷,结体用笔实自《祭侄文》《争座位》出。写了两个月《多宝塔》,对我以后写字,是大有好处的。

我的小诗附注中说:"我至今作文写字,实得力于先生之指授",是诚实的话,非浮泛语。

暑假结束后,我读了初中,韦先生回家了,以后,我和韦先生再也没有见过面。

听说韦先生一直在三垛,很少进城。抗战时期,他拒绝出任伪职,终于家。

韦先生名子廉,鹤琴是别号。我怀疑"子廉"也是字,非本名。

(原载《收获》1998年第一期)

我的初中

初中全名是高邮县立初级中学,是全县的最高学府。我们县过去连一所高中都没有。

地点在东门。原址是一个道观,名曰"赞化宫"。我上初中时,二门楣上还保留着"赞化宫"的砖额,字是《曹全碑》体隶书,写得不错,所以我才记得。

赞化宫的遗物只有:一个白石砌的圆形的放生池,池上有石桥。平日池干见底,连日大雨之后有水。东北角有一座小楼,原是供奉吕祖的。年久失修,岌岌可危。吕祖楼的对面有一土阜。阜上有亭,倒还结实。亭子的墙壁外面涂成红色。我们就叫它"小亭子"。亭之三面有圆形的窗洞。拳起两脚,坐在窗洞里,可以俯看墙外的土路。小亭之下长了相当大一丛紫竹。紫竹皮色深紫,极少见。我们县里好像只有这一丛紫竹。不知是何年,何人所种。小亭子左边有一棵楮树,我们那里叫"壳树"。楮树皮可造纸,但我们那里只是采其大叶以洗碗,因为楮叶有细毛,能去油腻。还有一棵很奇怪的树,叫"五谷树",一棵树结五种形状不同的小果子,我的家乡从哪一种果子结得多少,以占今年宜豆宜麦。

初中的主要房屋是新建的。靠南墙是三间教室,依次为初一、初二、初三。对面是教导处和教员休息室。初三教室之东,有一个圆门,门外有一座楼,两层。楼上是图书馆,主要藏书是几橱万有文库。楼下是"住读生"的宿舍。初中学生大部分是"走读",有从四乡村镇来的学生,城区无亲友家可寄住,就住在学校里,谓之"住读"。

初中的主课是"英(文)、国(文)、算(数学)"。学期终了结算学生的总平均分数,也只计算这三门。

初一、初二的英文没有学到什么东西,因为教员不好。初三却有一门奇怪的课:"英文三民主义"。不知道这是国民党的统一规定,还是我们学校里特别设置的。教这一课的是校长耿同霖。耿同霖解放后被枪毙了,不知道他有什么罪恶,但他在当我们的校长时看不出有多坏。他有一个习惯,讲话或上课时爱用两手摩挲前胸。他老是穿一件墨绿色的毛料的夹袍。在我的想象里,他被枪毙时也是穿的这件夹袍。

初一、初二国文是高北溟先生教的。他的教学法大体如我在小说《徙》中所写的那样。有些细节是虚构的,如小说中写高先生编过一本《字形音义辨》，实际上他没有编过这样一本书，他只是让学生每周抄写一篇《字辨》上的字。但他编过一些字形的歌诀，如"戌横、戍点、戊中空"。《国学常识》是编过一本讲义的，学生要背："三坟五典八索九丘"，"乾三连、坤六断，震仰盂、艮覆碗"……他讲书前都要朗读一遍。有时从高先生朗读的顿挫中学生就能体会到文义。"小子识之：苛政猛于虎也！""永州之野，产异蛇，黑质而白章……"他讲书，话不多，简明扼要。如讲《训俭示康》："……'厅事前不容旋马'，闭目一想，就知道房屋有多狭小了。"这使我受到很大启发，对写小说有好处。小说的描叙要使读者有具体的印象。如果记录厅事的尺寸，即无意义。高先生教书很严，学生背不出书来，是要打手心的，我的堂弟汪曾炜挨过多次打。因为他小时极其顽皮，不用功，曾炜后来发愤读书，现在是著名的心脏外科专家了。我的同班同学刘子平后来在高邮中学教书，和高先生是同事了，曾问过高先生："你从前为什么对我们那么严？"高先生叹了一口气，说："我现在想想，真也不必。"小说《徙》中写高先生在初中未能受聘，又回小学去教书了，是为了渲染高先生悲怆遭遇而虚构的，事实上高先生一直在高邮中学任教，直至寿终。

教初三国文的是张道仁先生。他是比较有系统地把新文学传到高邮来的。他是上海大夏大学毕业的。我在写给张先生的诗中有两句："汲源来大夏,播火到小城。"一九八六年[1],我和张先生提起,他说他主要根据的是孙俍工的一本书。

教初二代数的是王仁伟先生。王先生少孤。他的父亲曾游食四方。王先生曾拿了一册他的父亲所画的册页,让我交给我父亲题字。我看了这套册页,都是记游之作。其中有驴、骡、骆驼,大概是在北方的时候多。王先生学历不高,没有上过大学。他的家境不宽裕,白天在学校上课,晚上还要在家里为十多个学生补习,够辛苦。也许因此他的脾气不好,多疑而易怒,见人总是冷着脸子。我的代数不好,但王先生却很喜欢我,我有一次病了几天,他问我的堂哥汪曾浚(他和我同班):"汪曾祺的病怎么样?"我那堂哥回答:"他死不了。"王先生大怒,说:"你死了我也不问!"

教初三几何的是顾调笙先生。他同时是教导主任。他是中央大学毕业的,中央大学是名牌国立大学,因此他看不起私立大学毕业的教员,称这种大学为"野鸡大学",有时在课堂公开予以讥刺。

他对我的几何加意辅导。因为他一心想培养我将来进中央大学,学建筑,将来当建筑师,学建筑同时要具备两种条件,一是要能画画,一是要数学好,特别是几何。我画画没有问题,数

---

[1] 编者注:应为1981年。

学——几何却不行。他在我身上花了很多功夫,没有效果,叹了一口气说:"你的几何是桐城派几何!"桐城派文章简练,而几何是要一步步论证的,我那种跳跃式的演算,不行! 顾先生走路总是反抄着两手,因为他有点驼背,想用这种姿势纠正过来。他这种姿势显得人更为自负。

教美术的是张杰夫先生。"夫"字的行草似"大人"两个字合在一起,学生背后便称之为"杰大人"。他不是本地人,是盐城人,上海艺专毕业。他画水彩,也画国画。每天写大字一张,临《礼器碑》。《礼器碑》用笔结体都比较奇峭,高邮人不欣赏。他的业绩是开辟了一个图画教室,就在吕祖楼东边的一排闲房里。订制了画架、画板(是银杏木的)。我们这才知道画西洋画是要把纸钉在画板上斜立在画架上画的(过去我们画都是把纸平放在桌子画的)。二年级以后,画水彩画,我开始知道分层布色,知道什么叫"笔触"。我们画的次数最多的是鱼,两条鱼,放在瓷盘里。我们最有兴趣的是倒石膏模子。张先生的性格有点孤僻,和本地籍的同事很少来往。算是知交的,只有一个常州籍教地理的史先生。史先生教了一学年,离开了。张先生写了一首诗送他:"侬今送君人笑痴,他日送侬知是谁?"这是活剥《葬花词》,但是当时我们觉得写得很好,很贴切。大概当时的教员都有一点无端的感伤主义。

教音乐的也是一位姓张的先生,他的特别处是发给学生的乐谱不是简谱,是线谱;教了一些外国歌,我学会《伏尔加船夫曲》就是在那时候。张先生郁郁不得志,他学历不高,薪水也低。

东门外是刑场。出东门,有一道铁板桥,脚踏在上面,咚咚地响。桥下是水闸,闸上闸下落差很大,水声震耳,如同瀑布。这道桥叫作"掉魂桥",说是犯人到了桥上,魂就掉了。过去死刑是杀头的。东门外南北大路边有四五个圆的浅坑,就是杀人的遗迹。据说,犯人跪在坑里,由刽子手从后面横切一刀,人头就落地了。后来都改成枪毙了,我们那里叫作"铳人"。在教室里上着课,听到凄厉的拉长音的号声,就知道:铳人了。一下课,我们就去看。犯人的尸首已经装在一具薄皮材里,抬到城墙外面的荒地里,地下一摊泛出蓝光的血。

东门之东,过一小石桥,有几间瓦房。原本大概是一个什么祠,后来成了耕种学田的农民的住家。瓦房外是打谷场。有一棵大桑树。桑树下卧着一头牛。不知道为什么,我一想起桑树和牛,就很感动。大概是因为看得太熟了。

城墙下是护城河,就是流经掉魂桥的河。沿河种了一排很大的柳树。柳树远看如烟,有风则起伏如浪。我第一次体会到什么是"烟柳""柳浪",感受到中国语言之美。可以这样说:这排柳树教会我怎样使用语言。

往南走,是东门宝塔。

除了到打谷场上看看,沿护城河走走,我们课余活动主要有:爬城墙、跳河。

操场东面,隔一道小河,即是城墙。城墙外壁是砖砌的,内壁不封砖,只是夯土。内壁有一点坡度,但还是很陡。我们几乎每天搞一次登山运动。上了陡坡,手扶垛口,心旷神怡。然后由陡坡飞奔而下。这可是相当危险的,无法减速,下到平地,收不住脚,就会一直窜到河里去。

操场北面,沿东城根到北城根,虽在城里,却很荒凉。人家不多,很分散。有一些农田,东一块,西一块,大大小小,很不规整。种的多是杂粮,豆子、油菜、大麦……地大概是无主的地,种地的也不正经地种,荒秽不治,靠天收。地块之间,芦荻过人。我曾经在一片开着金黄的菊形的繁花的茼蒿上面(茼蒿开花时高可尺半)看到成千上万的粉蝶,上下翻飞,真是叫人眼花缭乱。看到这种超常景象,叫人想狂叫。

这里有很多野蔷薇,一丛一丛,开得非常旺盛。野蔷薇是单瓣的,不耐细看,好处在多,而且,甜香扑鼻。我自离初中后,再也没有看到这样多的野蔷薇。

稍远处有一片杂木林。我有一次在林子里看到一个猎人。我从来没有看到过猎人。我们那里打鱼的很多,打猎的几乎没有。这个猎人黑瘦黑瘦的,眼睛很黑。他穿了一身黑的衣裤,小腿上缠了通红的绑腿。这个猎人给我一种非常猛厉的印象。他在追逐一只斑鸠。斑鸠已经发觉,它在逃避。斑鸠在南边的树头枝叶密处,猎人从北往南走。他走得从容不迫,一步,一步。快到树林南边,斑鸠一翅飞到北边,猎人又由南往北走,一步,一步。这是一种无声的,紧张,持续的意志的角逐。我很奇怪,斑鸠为什么不飞出树林。这样往复多次,斑鸠慌神了,它飞得不稳了,一声枪响,斑鸠落地,猎人拾起斑鸠,放进猎袋走了。他的大红的绑腿鲜明如火。我觉得斑鸠和猎人都很美。

这一片荒野上有一些纵横交错的小河。我们几乎每天比赛"跳河"。起跑一段,纵身一跳,跳到对岸。河阔丈许,跳不好就会掉在河里。但我的记忆中似没有一人惨遭灭顶。

跳河有大王,大王名孙普,外号黑皮。他是多宽的河也敢跳的。

赞化宫之外,有一处房屋也是归初中使用的:孔庙。孔庙离赞化宫很近,往西走三分钟即到。孔庙大门前有一个半圆形的"泮池",常年有水,池上围以石栏。泮池南面是一片大坪场,整整齐齐地栽了很多松树,都已经很大了。孔庙的主体建筑是"明伦堂",原是祭孔的地方,后来成了初中的大礼堂。至圣先师的牌位被请到原来住"训导"的厢房里去了,原来供牌位的地方挂上了孙中山像。明伦堂的东西两壁挂了十六条彩印的条幅，都是民族英雄，有苏武牧羊、闻鸡起舞、班超投笔、木兰从军……其余的，记不得了。为什么要挂这样的画？这时"九·一八"事变已经发生，全国上下抗战救国情绪高涨。我们的国文、历史课都增加培养民族意识的内容，作文也多出这方面的题目。有一次高北溟先生出了一道作文题："救国策"，我那堂哥汪曾浚劈头写道："国将亡，必欲救，此不易之理也。"他的名句我一直记得。他大概读了一些《东莱博议》之类的书，学会了这种调调。这有点可笑，一个初中学生能拿出什么救国之策呢？似是大敌当前，全民奋起，精神可贵。我到现在还觉得应该教初中、小学的学生背会《木兰词》，唱"苏武，留胡节不辱"。这对培养青少年的情操和他们的审美意识，都是有好处的。

一九九二年八月二十四日

（原载《作家》1993 年第八期）

雪湖

下了两天雪,运河封了冻,轮船不能开,我们决定"起旱",——从陆上步行。我们四个人,我,——一个放寒假回家的中学生,那三个是跑生意的买卖人。到了邵伯,他们建议"下湖",从高邮湖上斜插到高邮。他们是老江湖,从湖上起旱已经不止一次,路很熟,远远的湖边影影绰绰的村子,他们都能指认得出来。对我却是一种新鲜的经验。雪还在下,虽然不大,但是湖面洁白如玉,真是"白茫茫一片大地真干净"。

"高邮到邵伯,六十六",斜插走湖面,也就是四五十里,今天下晚到高邮,没有问题。因此那三位跑生意的买卖人并不着急赶路。他们走一截,就停下来等等我。见我还不上来,他们就坐在结了冰、落了雪的湖面上坐下来吃牛肉干,喝酒。

我穿了棉衣棉裤,戴了一种护耳的毡帽——这种毡帽叫作"锅腔子",还有个不好听的名字,叫"狗套头"。走了一程,"哈气"

蒸到"狗套头"的帽檐,结冰。

我筋力还好,没有成了三位买卖人的累赘(他们对于"学生子"是很照顾的)。

看见琵琶闸了,县城已经不远。

琵琶闸外的河堤上,无人家,无店铺,只有一个小饭店。我走进小饭店。小饭店只有一张桌子。墙上贴了一副写在"梅红纸"上的小对联,八个大字:

家常便饭
随意小酌

一九九四年八月

(原载《大地》1994年第九期)

多年父子成兄弟

这是我父亲的一句名言。

父亲是个绝顶聪明的人。他是画家,会刻图章,画写意花卉。图章初宗浙派,中年后治汉印。他会摆弄各种乐器,弹琵琶,拉胡琴,笙箫管笛,无一不通。他认为乐器最难的其实是胡琴,看起来简单,只有两根弦,但是变化很多,两手都要有功夫。他拉的是老派胡琴,弓子硬,松香滴得很厚——现在胡琴的松香都只滴了薄薄的一层。他的胡琴音色刚亮。胡琴码子都是他自己刻的,他认为买来的不中使。他养蟋蟀,养金铃子。他养过花,他养的一盆素心兰在我母亲病故那年死了,从此他就不再养花。我母亲死后,他亲手给她做了几箱子冥衣——我们那里有烧冥衣的风俗。按照母亲生前的喜好,选购了各种花素色纸作衣料,单夹皮棉,四时不缺。他做的皮衣能分得出小麦穗、羊羔、灰鼠、狐肷。

父亲是个很随和的人,我很少见他发过脾气,对待子女,从无疾言厉色。他爱孩子,喜欢孩子,爱跟孩子玩,带着孩子玩。我的姑妈称他为"孩子头"。春天,不到清明,他领一群孩子到田里放风筝。放的是他自己糊的蜈蚣(我们那里叫"百脚"),是用染了色的绢糊的。放风筝的线是胡琴的老弦。老弦结实而轻,这样风筝可笔直的飞上去,没有"肚儿"。用胡琴弦放风筝,我还未见过第二人。清明节前,小麦还没有"起身",是不怕践踏的,而且越踏会越长得旺。孩子们在屋里闷了一个冬天,在春天的田野里奔跑跳跃,身心都极其畅快。他用钻石刀把玻璃裁成不同形状的小块,再一块一块逗拢,接缝处用胶水粘牢,做成小桥、小亭子、八角玲珑水晶球。桥、亭、球是中空的,里面养了金铃子。从外面可以看到金铃子在里面自在爬行,振翅鸣叫。他会做各种灯。用浅绿透明的"鱼鳞纸"扎了一只纺织娘,栩栩如生。用西洋红染了色,上深下浅的通草做花瓣,做了一个重瓣荷花灯,真是美极了。用小西瓜(这是拉秧的小瓜,因其小,不中吃,叫作"打瓜"或"骂瓜")上开小口挖净瓜瓤,在瓜皮上雕镂出极细的花纹,做成西瓜灯。我们在这些灯里点了蜡烛,穿街过巷,邻居的孩子都跟过来看,非常羡慕。

　　父亲对我的学业是关心的,但不强求。我小时了了,国文成绩一直是全班第一。我的作文,时得佳评,他就拿出去到处给人看。我的数学不好,他也不责怪,只要能及格,就行了。他画画,我小时也喜欢画画，但他从不指点我。他画画时，我在旁边看，其余时间由我自己乱翻画谱，瞎抹。我对写意花卉那时还不太会欣赏，只是画一些鲜艳的大桃子，或者我从来没有见过的瀑布。我小时字写得不错，他倒是给我出过一点主意。在我写过一阵"圭峰碑"和"多宝塔"以后，他建议我写写"张猛龙"。这建议是很好的，到现在我写的字还有"张猛龙"的影响。我初中时爱唱戏，唱青衣，我的嗓子很好，高亮甜润。在家里，他拉胡琴，我唱，我的同学有几个能唱戏的。学校开同乐会，他应我的邀请，到学校去伴奏。几个同学都只是清唱。有一个姓费的同学借到一顶纱帽，一件蓝官衣，扮起来唱"朱砂"，但是没有配角，没有衙役，没有犯人，只是一个赵廉，摇着马鞭在台上走了两圈，唱了一段"郡坞县在马上心神不定"便完事下场。父亲那么大的人陪着几个孩子玩了一下午，还挺高兴。我十七岁初恋，暑假里，在家写情书，他在一旁瞎出主意。我十几岁就学会了抽烟喝酒。他喝酒，给我也倒一杯。抽烟，一次抽出两根他一根我一根。他还总是先给我点上火。我们的这种关系，他人或以为怪。父亲说："我们是多年父子成兄弟。"

我和儿子的关系也是不错的。我戴了"右派分子"的帽子下放张家口农村劳动，他那时还从幼儿园刚毕业，刚刚学会汉语拼音，用汉语拼音给我写了第一封信。我也只好赶紧学会汉语拼音,好给他写回信。"文化大革命"期间,我被打成"黑帮",送进"牛棚"。偶尔回家,孩子们对我还是很亲热。我的老伴告诫他们"你们要和爸爸'划清界限'",儿子反问母亲:"那你怎么还给他打酒?"只有一件事,两代之间,曾有分歧。他下放山西忻县"插队落户"。按规定,春节可以回京探亲。我们等着他回来。不料他同时带回了一个同学。他这个同学的父亲是一位正受林彪迫害,搞得人囚家破的空军将领。这个同学在北京已经没有家,按照大队的规定是不能回北京的,但是这孩子很想回北京,在一伙同学秘密帮助下,我的儿子就偷偷地把他带回来了。他连"临时户口"也不能上,是个"黑人",我们留他在家住,等于"窝藏"了他。公安局随时可以来查户口,街道办事处的大妈也可能举报。当时人人自危,自顾不暇,儿子惹了这么一个麻烦,使我们非常为难。我和老伴把他叫到我们的卧室,对他的冒失行为表示很不满,我责备他:"怎么事前也不和我们商量一下!"我的儿子哭了,哭得很委屈,很伤心。我们当时立刻明白了:他是对的,我们是错的。我们这种怕担干系的思想是庸俗的。我们对儿子和同学之间义气缺乏理解,对他的感情不够尊重。他的同学在我们家一直住了四十多天,才离去。

　　对儿子的几次恋爱,我采取的态度是"闻而不问"。了解,但不干涉。我们相信他自己的选择,他的决定。最后,他悄悄和一个小学时期女同学好上了,结了婚。有了一个女儿,已经七岁。

我的孩子有时叫我"爸",有时叫我"老头子"!连我的孙女也跟着叫。我的亲家母说这孩子"没大没小"。我觉得一个现代化的,充满人情味的家庭,首先必须做到"没大没小"。父母叫人敬畏,儿女"笔管条直",最没有意思。

儿女是属于他们自己的。他们的现在,和他们的未来,都应由他们自己来设计。一个想用自己理想的模式塑造自己的孩子的父亲是愚蠢的,而且,可恶!另外,作为一个父亲,应该尽量保持一点童心。

一九九〇年九月一日

(原载《福建文学》1991年第一期)

异秉

王二是这条街的人看着他发达起来的。

不知从什么时候起,他就在保全堂药店廊檐下摆一个熏烧摊子。"熏烧"就是卤味。他下午来,上午在家里。

他家在后街濒河的高坡上,四面不挨人家。房子很旧了,碎砖墙,草顶泥地,倒是不仄逼,也很干净,夏天很凉快。一共三间。正中是堂屋,在"天地君亲师"的下面便是一具石磨。一边是厨房,也就是作坊。一边是卧房,住着王二的一家。他上无父母,嫡亲的只有四口人,一个媳妇,一儿一女。这家总是那么安静,从外面听不到什么声音。后街的人家总是吵吵闹闹的。男人揪着头发打老婆,女人拿火叉打孩子,老太婆用菜刀剁着砧板诅咒偷了她的下蛋鸡的贼。王家从来没有这些声音。他们家起得很早。天不亮王二就起来备料,然后就烧煮。他媳妇梳好头就推磨磨豆腐。——王二的熏烧摊每天要卖出很多回卤豆腐干,这豆腐干是自家做的。磨得了豆腐,就帮王二烧火。火光照得她的圆盘脸红红的。(附近的空气里弥漫着王二家飘出的五香味。)后来王二喂了一头小毛驴,她就不用围着磨盘转了,只要把小驴牵上磨,不时往磨眼里倒半碗豆子,注一点水就行了。省出时间,好做针线。一家四口,大裁小剪,很费功夫。两个孩子,大儿子长得像妈,圆乎乎的脸,两个眼睛笑起来一道缝。小女儿像父亲,瘦长脸,眼睛挺大。儿子念了几年私塾,能记账了,就不念了。他一天就是牵了小驴去饮,放它到草地上去打滚。到大了一点,就帮父亲洗料备料做生意,放驴的差事就归了妹妹了。

每天下午,在上学的孩子放学,人家淘晚饭米的时候,他就来摆他的摊子。他为什么选中保全堂来摆他的摊子呢?是因为这地点好,东街西街和附近几条巷子到这里都不远;因为保全堂的廊檐宽,柜台到铺门有相当的余地;还是因为这是一家药店,药店到晚上生意就比较清淡,——很少人晚上上药铺抓药的,他摆个摊子碍不着人家的买卖,都说不清。当初还一定是请人向药店的东家说了好话,亲自登门叩谢过的。反正,有年头了。他的摊子的全副"生财"——这地方把做买卖的用具叫作"生财",就寄放在药店店堂的后面过道里,挨墙放着,上面就是悬在二梁上的赵公元帅的神龛。这些"生财"包括两块长板,两条三条腿的高板凳(这种高凳一边两条腿,在两头;一边一条腿在当中),以及好几个一面装了玻璃的匣子。他把板凳支好,长板放平,玻璃匣子排开。这些玻璃匣子里装的是黑瓜子、白瓜子、盐炒豌豆、油炸豌豆、兰花豆、五香花生米,长板的一头摆开"熏烧"。"熏烧"除回卤豆腐干之外,主要是牛肉、蒲包肉和猪头肉。这地方一般人家是不大吃牛肉的。吃,也极少红烧、清炖,只是到熏烧摊子去买。这种牛肉是五香加盐煮好,外面染了通红的红曲,一大块一大块的堆在那里。买多少,现切,放在送过来的盘子里,抓一把青蒜,浇一勺辣椒糊。蒲包肉似乎是这个县里特有的。用一个三寸来长直径寸半的蒲包,里面衬上豆腐皮,塞满了加了粉子的碎肉,封了口,拦腰用一道麻绳系紧,成一个葫芦形。煮熟以后,倒出来,也是一个带有一个蒲包印迹的葫芦。切成片,很香。猪头肉则分门别类地卖,拱嘴、耳朵、脸子,——脸子有个专门名词,叫"大肥"。要什么,切什么。到了上灯以后,王二的生意就到了高潮。只见他拿了刀不停地切,一面还忙着收钱,包油炸的、盐炒的豌豆、瓜子,很少有歇一歇的时候。一直忙到九点多钟,在他的两盏高罩的煤油灯里煤油已经点去了一多半,装熏烧的盘子和装豌豆的匣子都已经见了底的时候,他媳妇给他送饭来了,他才用热水擦一把脸,吃晚饭。吃完晚饭,总还有一些零零星星的生意,他不忙收摊子,就端了一杯热茶,坐到保全堂店里的椅子上,听人聊天,一面拿眼睛瞟着他的摊子,见有人走来,就起身切一盘,包两包。他的主顾都是熟人,谁什么时候来,买什么,他心里都是有数的。

这一条街上的店铺、摆摊的,生意如何,彼此都很清楚。近几年,景况都不大好。有几家好一些,但也只是能维持。有的是逐渐地败落下来了。先是货架上的东西越来越空,只出不进,最后就出让"生财",关门歇业。只有王二的生意却越做越兴旺。他的摊子越摆越大,装炒货的匣子,装熏烧的洋瓷盘子,越来越多。每天晚上到了买卖高潮的时候,摊子外面有时会拥着好些人。好天气还好,遇上下雨下雪(下雨下雪买他的东西的比平常更多),叫主顾在当街打伞站着,实在很不过意。于是经人说合,出了租钱,他就把他的摊子搬到隔壁源昌烟店的店堂里去了。

源昌烟店是个老名号,专卖旱烟,做门市,也做批发。一边是柜台,一边是刨烟的作坊。这一带抽的旱烟是刨成丝的。刨烟师傅把烟叶子一张一张立着叠在一个特制的木床子上,用皮绳木楔卡紧,两腿夹着床子,用一个刨刃有半尺宽的大刨子刨。烟是黄的。他们都穿了白布套裤。这套裤也都变黄了。下了工,脱了套裤,他们身上也到处是黄的。头发也是黄的。——手艺人都带着他那个行业特有的颜色。染坊师傅的指甲缝都是蓝的,碾米师傅的眉毛总是白蒙蒙的。原来,源昌号每天有四个师傅、四副床子刨烟。每天总有一些大人孩子站在旁边看。后来减成三个,两个,一个。最后连这一个也辞了。这家的东家就靠卖一点纸烟、火柴、零包的茶叶维持生活，也还卖一点趸来的旱烟、皮丝烟。不知道为什么，原来挺敞亮的店堂变得黑暗了，牌匾上的金字也都无精打采了。那座柜台显得特别的大。大，而空。

王二来了，就占了半边店堂，就是原来刨烟师傅刨烟的地方。他的摊子原来在保全堂廊檐是东西向横放着的，迁到源昌，就改成南北向，直放了。所以，已经不能算是一个摊子，而是半个店铺了。他在原有的板子之外增加了一块，摆成一个曲尺形，俨然也就是一个柜台。他所卖的东西的品种也增加了。即以熏烧而论，除了原有的回卤豆腐干、牛肉、猪头肉、蒲包肉之外，春天，卖一种叫作""的野味，——这是一种候鸟，长嘴长脚，因为是桃花开时来的，不知是哪位文人雅士给它起了一个名称叫"桃花"；卖鹌鹑；入冬以后，他就挂起一个长条形的玻璃镜框，里面用大红腊笺写了泥金字："即日起新添美味羊羔五香兔肉"。这地方没有人自己家里做羊肉的，都是从熏烧摊上买。只有一种吃法：带皮白煮，冻实，切片，加青蒜、辣椒糊，还有一把必不可少的胡萝卜丝（据说这是最能解膻气的）。酱油、醋，买回来自己加。兔肉，也像牛肉似的加盐和五香煮，染了通红的红曲。

这条街上过年时的春联是各式各样的。有的是特制嵌了字号的。比如保全堂，就是由该店拔贡出身的东家拟制的"保我黎民,全登寿域";有些大字号,比如布店,口气很大,贴的是"生涯宗子贡,贸易效陶朱";最常见的是"生意兴隆通四海,财源茂盛达三江";小本经营的买卖的则很谦虚地写出:"生意三春草,财源雨后花"。这末一副春联,用于王二的熏烧摊子准铺子,真是再贴切不过了,虽然王二并没有想到贴这样一副春联,——他也没处贴呀,这铺面的字号还是"源昌"。他的生意真是三春草、雨后花一样地起来了。"起来"最显眼的标志是他把长罩煤油灯撤掉,挂起一盏呼呼作响的汽灯。须知,汽灯这东西只有钱庄、绸缎庄才用,而王二,居然在一个熏烧摊子的上面,挂起来了。这白亮白亮的气灯,越显得源昌柜台里的一盏煤油灯十分地暗淡了。

　　王二的发达,是从他的生活也看得出来的。第一,他可以自由地去听书。王二最爱听书。走到街上,在形形色色招贴告示中间,他最注意的是说书的报条。那是三寸宽,四尺来长的一条黄颜色的纸,浓墨写道:"特聘维扬×××先生在×××(茶馆)开讲××(三国、水浒、岳传……)是月×日起风雨无阻"。以前去听书都要经过考虑。一是花钱,二是费时间,更主要的是考虑这于他的身份不大相称:一个卖熏烧的,常常听书,怕人议论。近年来,他觉得可以了,想听就去。小蓬莱、五柳园(这都是说书的茶馆),都去,三国,水浒,岳传,都听。尤其是夏天,天长,穿了竹布的或夏布的长衫,拿了一吊钱,就去了。下午的书一点开书,不到四点钟就"明日请早"了(这里说书的规矩是在说书先生说到预定的地方,留下一个扣子,跑堂的茶房高喝一声"明日请早——!"听客们就纷纷起身散场),这耽误不了他的生意。他一天忙到晚,只有这一段时间得空。第二,过年推牌九,他在下注时不犹豫。王二平常绝不赌钱,只有过年赌五天。过年赌钱不犯禁,家家店铺里都可赌钱。初一起,不做生意,铺门关起来,里面黑洞洞的。保全堂柜台里身,有一个小穿堂,是供神农祖师的地方,上面有个天窗,比较亮堂。拉开神农画像前的一张方桌,哗啦一声,骨牌和骰子就倒出来了。打麻将多是社会地位相近的,推牌九则不论。谁都可以来。保全堂的"同仁"(除了陶先生和陈相公),替人家收房钱的抡元,卖活鱼的疤眼——他曾得外症,治愈后左眼留一大疤,小学生给他起了个外号叫"巴颜喀拉山",这外号竟传开了,一街人都叫他巴颜喀拉山,虽然有人不知道这是什么意思,——王二。输赢说大不大,说小可也不少。十吊钱推一庄。十吊钱相当于三块洋钱。下注稍大的是一吊钱三三四,一吊钱分三道:三百、三百、四百。七点赢一道,八点赢两道,若是抓到一副九点或是天地杠,庄家赔一吊钱。王二下"三三四"是常事。有时竟会下到五吊钱一注孤丁,把五吊钱稳稳地推出去,心不跳,手不抖。(收房钱的抡元下到五百钱一注时手就抖个不住。)赢得多了,他也能上去推两庄。推牌九这玩意,财越大,气越粗,王二输的时候竟不多。

王二把他的买卖乔迁到隔壁源昌去了，但是每天九点以后他一定还是端了一杯茶到保全堂店堂里来坐个点把钟。儿子大了，晚上再来的零星生意，他一个人就可以应付了。

且说保全堂。

这是一家门面不大的药店。不知为什么，这药店的东家用人，不用本地人，从上到下，从管事的到挑水的，一律是淮城人。他们每年有一个月的假期，轮流回家，去干传宗接代的事。其余十一个月，都住在店里。他们的老婆就守十一个月的寡。药店的"同仁"，一律称为"先生"。先生里分为几等。一等的是"管事"，即经理。当了管事就是终身职务，很少听说过有东家把管事辞了的。除非老管事病故，才会延聘一位新管事。当了管事，就有"身股"，或称"人股"，到了年底可以按股分红。因此，他对生意是兢兢业业，忠心耿耿的。东家从不到店，管事负责一切。他照例一个人单独睡在神农像后面的一间屋子里，名叫"后柜"。总账、银钱，贵重的药材如犀角、羚羊、麝香，都锁在这间屋子里，钥匙在他身上，——人参、鹿茸不算什么贵重东西。吃饭的时候，管事总是坐在横头末席，以示代表东家奉陪诸位先生。熬到"管事"能有几人？全城一共才有那么几家药店。保全堂的管事姓卢。二等的叫"刀上"，管切药和"跌"丸药。药店每天都有很多药要切"饮片"，切得整齐不整齐，漂亮不漂亮，直接影响生意好坏。内行人一看,就知道这药是什么人切出来的。"刀上"是个技术人员,薪金最高,在店中地位也最尊。吃饭时他照例坐在上首的二席,——除了有客,头席总是虚着的。逢年过节,药王生日(药王不是神农氏,却是孙思邈),有酒,管事的举杯,必得"刀上"先喝一口,大家才喝。保全堂的"刀上"是全县头一把刀,他要是闹脾气辞职,马上就有别家抢着请他去。好在此人虽有点高傲,有点倔,却轻易不发脾气。他姓许。其余的都叫"同事"。那读法却有点特别,重音在"同"字上。他们的职务就是抓药,写账。"同事"是没有什么了不起的,每年都有被辞退的可能。辞退时"管事"并不说话,只是在腊月有一桌辞年酒,算是东家向"同仁"道一年的辛苦,只要把哪位"同事"请到上席去,该"同事"就二话不说,客客气气地卷起铺盖另谋高就。当然,事前就从旁漏出一点风声的,并不当真是打一闷棍。该辞退"同事"在八月节后就有预感。有的早就和别家谈好,很潇洒地走了;有的则请人斡旋,留一年再看。后一种,总要作一点"检讨",下一点"保证"。"回炉的烧饼不香",辞而不去,面上无光,身价就低了。保全堂的陶先生,就已经有三次要被请到上席了。他咳嗽痰喘,人也不精明。终于没有坐上席,一则是同行店伙纷纷来说情:辞了他,他上谁家去呢?谁家会要这样一个痰篓子呢?这岂非绝了他的生计?二则,他还有一点好处,即不回家。他四十多岁了,却没有传宗接代的任务,因为他没有娶过亲。这样，陶先生就只有更加勤勉，更加谨慎了。每逢他的喘病发作时，有人问："陶先生，你这两天又不大好吧？"他就一面喘嗽着一面说："啊不，很好，很(呼噜呼噜)好！"

以上，是"先生"一级。"先生"以下，是学生意的。药店管学生意的却有一个奇怪称呼，叫作"相公"。

因此，这药店除煮饭挑水的之外，实有四等人："管事""刀上""同事""相公"。

保全堂的几位"相公"都已经过了三年零一节，满师走了。现有的"相公"姓陈。

陈相公脑袋大大的，眼睛圆圆的，嘴唇厚厚的，说话声气粗粗的——呜噜呜噜地说不清楚。

他一天的生活如下：起得比谁都早。起来就把"先生"们的尿壶都倒了涮干净控在厕所里。扫地。擦桌椅、擦柜台。到处掸土。开门。这地方的店铺大都是"铺闼子门"，——一列宽可一尺的厚厚的门板嵌在门框和门槛的槽子里。陈相公就一块一块卸出来，按"东一""东二""东三""东四""西一""西二""西三""西四"次序，靠墙竖好。晒药，收药。太阳出来时，把许先生切好的"饮片"、"跌"好的丸药，——都放在匾筛里，用头顶着，爬上梯子，到屋顶的晒台上放好；傍晚时再收下来。这是他一天最快乐的时候。他可以登高四望。看得见许多店铺和人家的房顶，都是黑黑的。看得见远处的绿树,绿树后面缓缓移动的帆。看得见鸽子,看得见飘动摇摆的风筝。到了七月,傍晚,还可以看巧云。七月的云多变幻,当地叫作"巧云"。那真好看呀:灰的、白的、黄的、橘红的、镶着金边,一会一个样,像狮子的,像老虎的,像马、像狗的。此时的陈相公,真是古人所说的"心旷神怡"。其余的时候,就很刻板枯燥了。碾药。两脚踏着木板,在一个船形的铁碾槽子里碾。倘若碾的是胡椒,就要不停地打喷嚏。裁纸。用一个大弯刀,把一沓一沓的白粉连纸裁成大小不等的方块,包药用。刷印包装纸。他每天还有两项例行的公事。上午,要搓很多抽水烟用的纸枚子。把装铜钱的钱板翻过来,用"表心纸"一根一根地搓。保全堂没有人抽水烟,但不知什么道理每天都要搓许多纸枚子,谁来都可取几根,这已经成了一种"传统"。下午,擦灯罩。药店里里外外,要用十来盏煤油灯。所有灯罩,每天都要擦一遍。晚上,摊膏药。从上灯起,直到王二过店堂里来闲坐,他一直都在摊膏药。到十点多钟,把先生们的尿壶都放到他们的床下,该吹灭的灯都吹灭了,上了门,他就可以准备睡觉了。先生们都睡在后面的厢屋里,陈相公睡在店堂里。把铺板一放,铺盖摊开,这就是他一个人的天地了。临睡前他总要背两篇《汤头歌诀》,——药店的先生总要懂一点医道。小户人家有病不求医,到药店来说明病状,先生们随口就要说出:"吃一剂小柴胡汤吧","服三付霍香正气丸","上一点七厘散"。有时,坐在被窝里想一会家,想想他的多年守寡的母亲,想想他家房门背后的一张贴了多年的麒麟送子的年画。想不一会,困了,把脑袋放倒,立刻就响起了很大的鼾声。

陈相公已经学了一年多生意了。他已经给赵公元帅和神农爷烧了三十次香。初一、十五,都要给这二位烧香,这照例是陈相公的事。赵公元帅手执金鞭,身骑黑虎,两旁有一副八寸长的黑地金字的小对联:"手执金鞭驱宝至,身骑黑虎送财来。"神农爷虬髯披发,赤身露体,腰里围着一圈很大的树叶,手指甲、脚指甲都很长,一只手捏着一棵灵芝草,坐在一块石头上。陈相公对这二位看得很熟,烧香的时候很虔敬。

陈相公老是挨打。学生意没有不挨打的,陈相公挨打的次数也似稍多了一点。挨打的原因大都是因为做错了事:纸裁歪了,灯罩擦破了。这孩子也好像不大聪明,记性不好,做事迟钝。打他的多是卢先生。卢先生不是暴脾气,打他是为他好,要他成人。有一次可挨了大打。他收药,下梯一脚踩空了,把一匾泽泻翻到了阴沟里。这回打他的是许先生。他用一根闩门的木棍没头没脸地把他痛打了一顿,打得这孩子哇哇地乱叫:"哎呀!哎呀!我下回不了!下回不了!哎呀!哎呀!我错了!哎呀!哎呀!"谁也不能去劝,因为知道许先生的脾气,越劝越打得凶,何况他这回的错是不小。(泽泻不是贵药,但切起来很费工,要切成厚薄一样,状如铜钱的圆片。)后来还是煮饭的老朱来劝住了。这老朱来得比谁都早,人又出名地忠诚耿直。他从来没有正经吃过一顿饭,都是把人家吃剩的残汤剩水泡一点锅巴吃。因此,一店人都对他很敬畏。他一把夺过许先生手里的门闩,说了一句话:"他也是人生父母养的!"

陈相公挨了打,当时没敢哭。到了晚上,上了门,一个人呜呜地哭了半天。他向他远在故乡的母亲说:"妈妈,我又挨打了!妈妈,不要紧的,再挨两年打,我就能养活你老人家了!"

王二每天到保全堂店堂里来,是因为这里热闹。别的店铺到九点多钟,就没有什么人,往往只有一个管事在算账,一个学徒在打盹。保全堂正是高朋满座的时候。这些先生都是无家可归的光棍,这时都聚集到店堂里来。还有几个常客,收房钱的抡元,卖活鱼的巴颜喀拉山,给人家熬鸦片烟的老炳,还有一个张汉。这张汉是对门万顺酱园连家的一个亲戚兼食客,全名是张汉轩,大家却叫他张汉。大概是觉得已经沦为食客,就不必"轩"了。此人有七十岁了,长得活脱像一个伏尔泰,一张尖脸,一个尖尖的鼻子。他年轻时在外地做过幕,走过很多地方,见多识广,什么都知道,是个百事通。比如说抽烟,他就告诉你烟有五种:水、旱、鼻、雅、潮,"雅"是鸦片。"潮"是潮烟,这地方谁也没见过。说喝酒,他就能说出山东黄、状元红、莲花白……说喝茶,他就告诉你狮峰龙井、苏州的碧螺春、云南的"烤茶"是在怎样一个罐里烤的,福建的功夫茶的茶杯比酒盅还小,就是吃了一只炖肘子,也只能喝三杯,这茶太酽了。他熟读《子不语》《夜雨秋灯录》,能讲许多鬼狐故事。他还知道云南怎样放蛊,湘西怎样赶尸。他还亲眼见过旱魃、僵尸、狐狸精,有时间,有地点,有鼻子有眼。三教九流,医卜星相,他全知道。他读过《麻衣神相》《柳庄神相》,会算"奇门遁甲""六壬课""灵棋经"。他总要到快九点钟时才出现(白天不知道他干什么),他一来,大家精神为之一振,这一晚上就全听他一个人白话。他很会讲,起承转合,抑扬顿挫,有声有色。他也像说书先生一样,说到筋节处就停住了,慢慢地抽烟,急得大家一劲地催他:"后来呢?后来呢?"这也是陈相公一天比较快乐的时候。他一边摊着膏药,一边听着。有时,听得太入神了,摊膏药的扦子停留在油纸上,会废掉一张膏药。他一发现,赶紧偷偷塞进口袋里。这时也不会被发现,不会挨打。

有一天,张汉谈起人生有命。说朱洪武、沈万山、范丹是同年同月同日同时,都是丑时建生,鸡鸣头遍。但是一声鸡叫,可就命分三等了:抬头朱洪武,低头沈万山,勾一勾就是穷范丹。朱洪武贵为天子,沈万山富甲天下,穷范丹冻饿而死。他又说凡是成大事业,有大作为,兴旺发达的,都有异相,或有特殊的秉赋。汉高祖刘邦,股有七十二黑子——就是屁股上有七十二颗黑痣,谁有过?

明太祖朱元璋,生就是五岳朝天,——两额、两颧、下巴,都突出,状如五岳,谁有过?樊哙能把一个整猪腿生吃下去,燕人张翼德,睡着了也睁着眼睛。就是市井之人,凡有走了一步好运的,也莫不有与众不同之处。必有非常之人,乃成非常之事。大家听了,不禁暗暗点头。

张汉猛吸了几口旱烟,忽然话锋一转,向王二道:

"即以王二而论,他这些年飞黄腾达,财源茂盛,也必有其异秉。"

"……?"

王二不解何为"异秉"。

"就是与众不同,和别人不一样的地方。你说说,你说说!"

大家也都怂恿王二:"说说!说说!"

王二虽然发了一点财,却随时不忘自己的身份,从不僭越自大,在大家敦促之下,只有很诚恳地欠一欠身说:"我呀,有那么一点:大小解分清。"他怕大家不懂,又解释道:"我解手时,总是先解小手,后解大手。"张汉一听,拍了一下手,说:"就是说,不是屎尿一起来,难得!"说着,已经过了十点半了,大家起身道别。该上门了。卢先生向柜台里一看,陈相公不见了,就大声喊:"陈相公!"

喊了几声，没人应声。原来陈相公在厕所里。这是陶先生发现的。他一头走进厕所，发现陈相公已经蹲在那里。本来，这时候都不是他们俩解大手的时候。

一九四八年旧稿一九八〇年五月二十日重写

（原载《雨花》1981年第一期）

受戒

明海出家已经四年了。

他是十三岁来的。

这个地方的地名有点怪,叫庵赵庄。赵,是因为庄上大都姓赵。叫作庄,可是人家住得很分散,这里两三家,那里两三家。一出门,远远可以看到,走起来得走一会,因为没有大路,都是弯弯曲曲的田埂。庵,是因为有一个庵。庵叫菩提庵,可是大家叫讹了,叫成荸荠庵。连庵里的和尚也这样叫。"宝刹何处?"——"荸荠庵。"庵本来是住尼姑的。"和尚庙""尼姑庵"嘛。可是荸荠庵住的是和尚。也许因为荸荠庵不大,大者为庙,小者为庵。

明海在家叫小明子。他是从小就确定要出家的。他的家乡不叫"出家",叫"当和尚"。他的家乡出和尚。就像有的地方出劁猪的,有的地方出织席子的,有的地方出箍桶的,有的地方出弹棉花的,有的地方出画匠,有的地方出婊子,他的家乡出和尚。人家弟兄多，就派一个出去当和尚。当和尚也要通过关系，也有帮。这地方的和尚有的走得很远。有到杭州灵隐寺的、上海静安寺的、镇江金山寺的、扬州天宁寺的。一般的就在本县的寺庙。明海家田少，老大、老二、老三，就足够种的了。他是老四。他七岁那年，他当和尚的舅舅回家，他爹、他娘就和舅舅商议，决定叫他当和尚。他当时在旁边，觉得这实在是在情在理，没有理由反对。当和尚有很多好处。一是可以吃现成饭。哪个庙里都是管饭的。二是可以攒钱。只要学会了放瑜伽焰口，拜梁皇忏，可以按例分到辛苦钱。积攒起来，将来还俗娶亲也可以；不想还俗，买几亩田也可以。当和尚也不容易，一要面如朗月，二要声如钟磬，三要聪明记性好。他舅舅给他相了相面，叫他前走几步，后走几步，又叫他喊了一声赶牛打场的号子："格当嘚——"，说是"明子准能当个好和尚，我包了！"要当和尚，得下点本，——念几年书。哪有不认字的和尚呢！于是明子就开蒙入学，读了《三字经》《百家姓》《四言杂字》《幼学琼林》《上论、下论》《上孟、下孟》，每天还写一张仿。村里都夸他字写得好，很黑。

舅舅按照约定的日期又回了家，带了一件他自己穿的和尚领的短衫，叫明子娘改小一点，给明子穿上。明子穿上。明子穿了这件和尚短衫，下身还是在家穿的紫花裤子，赤脚穿了一双新布鞋，跟他爹、他娘磕了一个头，就随舅舅走了。

他上学时起了学名,叫明海。舅舅说,不用改了。于是"明海"就从学名变成了法名。

过了一个湖。好大一个湖!穿过一个县城。县城真热闹:官盐店,税务局,肉铺里挂着成爿的猪,一个驴子在磨芝麻,满街都是小磨香油的香味,布店,卖茉莉粉、梳头油的什么斋,卖绒花的,卖丝线的,打把式卖膏药的,吹糖人的,耍蛇的,……他什么都想看看。舅舅一劲地推他:"快走!快走!"

到了一个河边,有一只船在等着他们。船上有一个五十来岁的瘦长瘦长的大伯,船头蹲着一个跟明子差不多大的女孩子,在剥一个莲蓬吃。明子和舅舅坐到舱里,船就开了。

明子听见有人跟他说话,是那个女孩子。

"是你要到荸荠庵当和尚吗?"

明子点点头。

"当和尚要烧戒疤呕!你不怕?"

明子不知道怎么回答,就含含糊糊地摇了摇头。

"你叫什么?"

"明海。"

"在家的时候?"

"叫明子。"

"明子!我叫小英子!我们是邻居。我家挨着荸荠庵。——

给你!"小英子把吃剩的半个莲蓬扔给明海,小明子就剥开莲蓬壳,一颗一颗吃起来。大伯一桨一桨地划着,只听见船桨拨水的声音:"哗——许!哗——许!"……

荸荠庵的地势很好,在一片高地上。这一带就数这片地势高,当初建庵的人很会选地方。门前是一条河。门外是一片很大的打谷场。三面都是高大的柳树。山门里是一个穿堂。迎门供着弥勒佛。不知是哪一位名士撰写了一副对联:

　　大肚能容容天下难容之事
　　开颜一笑笑世间可笑之人

弥勒佛背后,是韦驮。过穿堂,是一个不小的天井,种着两棵白果树。天井两边各有三间厢房。走过天井,便是大殿,供着三世佛。佛像连龛才四尺来高。大殿东边是方丈,西边是库房。大殿东侧,有一个小小的六角门,白门绿字,刻着一副对联:

　　一花一世界
　　三藐三菩提

进门有一个狭长的天井,几块假山石,几盆花,有三间小房。

小和尚的日子清闲得很。一早起来,开山门,扫地。庵里的地铺的都是箩底方砖,好扫得很,给弥勒佛、韦驮烧一炷香,正殿的三世佛面前也烧一炷香,磕三个头、念三声"南无阿弥陀佛",敲三声磬。这庵里和尚不兴做什么早课、晚课,明子这三声磬就全部代替了。然后,挑水,喂猪。然后,等当家和尚,即明子的舅舅起来,教他念经。

教念经也跟教书一样,师父面前一本经,徒弟面前一本经,师父唱一句,徒弟跟着唱一句。是唱哎。舅舅一边唱,一边还用手在桌上拍板。一板一眼,拍得很响,就跟教唱戏一样。是跟教唱戏一样,完全一样哎。连用的名词都一样。舅舅说,念经:一要板眼准,二要合工尺。说:当一个好和尚,得有条好嗓子。说:民国二十年闹大水,运河倒了堤,最后在清水潭合龙,因为大水淹死的人很多,放了一台大焰口,十三大师——十三个正座和尚,各大庙的方丈都来了,下面的和尚上百。谁当这个首座?推来推去,还是石桥——善因寺的方丈!他往上一坐,就跟地藏王菩萨一样,这就不用说了;那一声"开香赞",围看的上千人立时鸦雀无声。说:嗓子要练,夏练三伏,冬练三九,要练丹田气!说:要吃得苦中苦,方为人上人!说:和尚里也有状元、榜眼、探花!要用心,不要贪玩!舅舅这一番大法要说得明海和尚实在是五体投地,于是就一板一眼地跟着舅舅唱起来:

"炉香乍爇——"

"炉香乍爇——"

"法界蒙薰——"

"法界蒙薰——"

"诸佛现金身……"

"诸佛现金身……"

……

等明海学完了早经,——他晚上临睡前还要学一段,叫作晚经,——荸荠庵的师父们就都陆续起床了。

这庵里人口简单,一共六个人。连明海在内,五个和尚。

有一个老和尚,六十几了,是舅舅的师叔,法名普照,但是知道人很少,因为很少人叫他法名,都称之为老和尚或老师父,明海叫他师爷爷。这是个很枯寂的人,一天关在房里,就是那"一花一世界"里。也看不见他念佛,只是那么一声不响地坐着。他是吃斋的,过年时除外。

下面就是师兄三个,仁字排行:仁山、仁海、仁渡。庵里庵外,有的称他们为大师父、二师父;有的称之为山师父、海师父。只有仁渡,没有叫他"渡师父"的,因为听起来不像话,大都直呼之为仁渡。他也只配如此,因为他还年轻,才二十多岁。

仁山,即明子的舅舅,是当家的。不叫"方丈",也不叫"住持"，却叫"当家的"，是很有道理的，因为他确确实实干的是当家的职务。他屋里摆的是一张账桌，桌子上放的是账簿和算盘。账簿共有三本。一本是经账，一本是租账，一本是债账。和尚要做法事，做法事要收钱，——要不，当和尚干什么？常做的法事是放焰口。正规的焰口是十个人。一个正座，一个敲鼓的，两边一边四个。人少了，八个，一边三个，也凑合了。荸荠庵只有四个和尚，要放整焰口就得和别的庙里合伙。这样的时候也有过。通常只是放半台焰口。一个正座，一个敲鼓，另外一边一个。一来找别的庙里合伙费事；二来这一带放得起整焰口的人家也不多。有的时候，谁家死了人，就只请两个，甚至一个和尚咕噜咕噜念一通经，敲打几声法器就算完事。很多人家的经钱不是当时就给，往往要等秋后才还。这就得记账。另外，和尚放焰口的辛苦钱不一样的。就像唱戏一样，有份子。正座第一份。因为他要领唱，而且还要独唱。当中有一大段"叹骷髅"，别的和尚都放下法器休息，只有首座一个人有板有眼地曼声吟唱。第二份是敲鼓的。你以为这容易呀？哼，单是一开头的"发擂"，手上没功夫就敲不出迟疾顿挫！其余的，就一样了。这也得记上：某月某日、谁家焰口半台，谁正座，谁敲鼓……省得到年底结账时赌咒骂娘。……这庵里有几十亩庙产，租给人种，到时候要收租。庵里还放债。租、债一向倒很少亏欠，因为租佃借钱的人怕菩萨不高兴。这三本账就够仁山忙的了。另外香烛灯火、油盐"福食",这也得随时记账呀。除了账簿之外,山师父的方丈的墙上还挂着一块水牌,上漆四个红字:"勤笔免思"。

仁山所说当一个好和尚的三个条件,他自己其实一条也不具备。他的相貌只要用两个字就说清楚了:黄,胖。声音也不像钟磬,倒像母猪。聪明么?难说,打牌老输。他在庵里从不穿袈裟,连海青直裰也免了。经常是披着件短僧衣,袒露着一个黄色的肚子。下面是光脚趿拉着一双僧鞋,——新鞋他也是趿拉着。他一天就是这样不衫不履地这里走走,那里走走,发出母猪一样的声音:"呣——呣——"

二师父仁海。他是有老婆的。他老婆每年夏秋之间来住几个月,因为庵里凉快。庵里有六个人,其中之一,就是这位和尚的家眷。仁山、仁渡叫她嫂子,明海叫她师娘。这两口子都很爱干净,整天地洗涮。傍晚的时候,坐在天井里乘凉。白天,闷在屋里不出来。

三师父是个很聪明精干的人。有时一笔账大师兄扒了半天算盘也算不清,他眼珠子转两转,早算得一清二楚。他打牌赢的时候多,二三十张牌落地,上下家手里有些什么牌,他就差不多都知道了。他打牌时,总有人爱在他后面看歪头胡。谁家约他打牌,就说"想送两个钱给你。"他不但经忏俱通(小庙的和尚能够拜忏的不多),而且身怀绝技,会"飞铙"。七月间有些地方做盂兰会,在旷地上放大焰口,几十个和尚,穿绣花袈裟,飞铙。飞铙就是把十多斤重的大铙钹飞起来。到了一定的时候,全部法器皆停,只几十副大铙紧张急促地敲起来。忽然起手,大铙向半空中飞去,一面飞,一面旋转。然后,又落下来,接住。接住不是平平常常地接住,有各种架势,"犀牛望月""苏秦背剑"……这哪是念经,这是耍杂技。也许是地藏王菩萨爱看这个,但真正因此快乐起来的是人,尤其是妇女和孩子。这是年轻漂亮的和尚出风头的机会。一场大焰口过后,也像一个好戏班子过后一样,会有一两个大姑娘、小媳妇失踪,——跟和尚跑了。他还会放"花焰口"。有的人家,亲戚中多风流子弟,在不是很哀伤的佛事——如做冥寿时,就会提出放花焰口。所谓"花焰口"就是在正焰口之后,叫和尚唱小调,拉丝弦,吹管笛,敲鼓板,而且可以点唱。仁渡一个人可以唱一夜不重头。仁渡前几年一直在外面,近二年才常住在庵里。据说他有相好的,而且不止一个。平常可是很规矩,看到姑娘媳妇总是老老实实的,连一句玩笑话都不说,一句小调山歌都不唱。有一回,在打谷场上乘凉的时候,一伙人把他围起来,非叫他唱两个不可。他却情不过,说:"好,唱一个。不唱家乡的。家乡的你们都熟,唱个安徽的。"

> 姐和小郎打大麦,
>
> 一转子讲得听不得。
>
> 听不得就听不得,
>
> 打完了大麦打小麦。

唱完了,大家还嫌不够,他就又唱了一个:

> 姐儿生得漂漂的,
>
> 两个奶子翘翘的。
>
> 有心上去摸一把,
>
> 心里有点跳跳的。

……

这个庵里无所谓清规,连这两个字也没人提起。仁山吃水烟,连出门做法事也带着他的水烟袋。他们经常打牌。这是个打牌的好地方。把大殿上吃饭的方桌往门口一搭,斜放着,就是牌桌。桌子一放好,仁山就从他的方丈里把筹码拿出来,哗啦一声倒在桌上。斗纸牌的时候多,搓麻将的时候少。牌客除了师兄弟三人,常来的是一个收鸭毛的,一个打兔子兼偷鸡的,都是正经人。收鸭毛的担一副竹筐,串乡串镇,拉长了沙哑的声音喊叫:

"鸭毛卖钱——!"偷鸡的有一件家什——铜蜻蜓。看准了一只老母鸡,把铜蜻蜓一丢,鸡婆子上去就是一口。这一啄,铜蜻蜓的硬簧绷开,鸡嘴撑住了,叫不出来了。正在这鸡十分纳闷的时候,上去一把薅住。明子曾经跟这位正经人要过铜蜻蜓看看。他拿到小英子家门前试了一试,果然!小英的娘知道了,骂明子:"要死了!儿子!你怎么到我家来玩铜蜻蜓了!"小英子跑过来:"给我!给我!"她也试了试,真灵,一个黑母鸡一下子就把嘴撑住,傻了眼了!下雨阴天,这二位就光临荸荠庵,消磨一天。有时没有外客,就把老师叔也拉出来,打牌的结局,大都是当家和尚气得鼓鼓的:"×妈妈的!又输了!下回不来了!"

他们吃肉不瞒人。年下也杀猪。杀猪就在大殿上。一切都和在家人一样,开水、水桶、尖刀。捆猪的时候,猪也是没命地叫。跟在家人不同的,是多一道仪式,要给即将升天的猪念一道"往生咒",并且总是老师叔念,神情很庄重:

"……一切胎生、卵生、息生,来从虚空来,还归虚空去,往生再世,皆当欢喜。南无阿弥陀佛!"三师父仁渡一刀子下去,鲜红的猪血就带着很多沫子喷出来。……

明子老往小英子家里跑。

小英子的家像一个小岛,三面都是河,西面有一条小路通到荸荠庵。独门独户,岛上只有这一家。岛上有六棵大桑树,夏天都结大桑椹,三棵结白的,三棵结紫的;一个菜园子,瓜豆蔬菜,四时不缺。院墙下半截是砖砌的,上半截是泥夯的。大门是桐油油过的,贴着一副万年红的春联:

向阳门第春常在
积善人家庆有余

门里是一个很宽的院子。院子里一边是牛屋、碓棚;一边是猪圈、鸡窠,还有个关鸭子的栅栏。露天地放着一具石磨。正北面是住房,也是砖基土筑,上面盖的一半是瓦,一半是草。房子翻修了才三年,木料还露着白茬。正中是堂屋,家神菩萨的画像上贴的金还没有发黑。两边是卧房。隔扇窗上各嵌了一块一尺见方的玻璃,明亮亮的,——这在乡下是不多见的。房檐下一边种着一棵石榴树,一边种着一棵栀子花,都齐房檐高了。夏天开了花,一红一白,好看得很。栀子花香得冲鼻子。顺风的时候,在荸荠庵都闻得见。

这家人口不多。他家当然是姓赵。一共四口人:赵大伯、赵大妈,两个女儿,大英子、小英子。老两口没得儿子。因为这些年人不得病,牛不生灾,也没有大旱大水闹蝗虫,日子过得很兴旺。他们家自己有田,本来够吃的了,又租种了庵上的十亩田。自己的田里,一亩种了荸荠,——这一半是小英子的主意,她爱吃荸荠,一亩种了茨菇。家里喂了一大群鸡鸭,单是鸡蛋鸭毛就够一年的油盐了。赵大伯是个能干人。他是一个"全把式",不但田里场上样样精通,还会罩鱼、洗磨、凿砻、修水车、修船、砌墙、烧砖、箍桶、劈篾、绞麻绳。他不咳嗽,不腰疼,结结实实,像一棵榆树。人很和气,一天不声不响。赵大伯是一棵摇钱树,赵大娘就是个聚宝盆。大娘精神得出奇。五十岁了,两个眼睛还是清亮亮的。不论什么时候,头都是梳得滑溜溜的,身上衣服都是格挣挣的。像老头子一样,她一天不闲着。煮猪食,喂猪,腌咸菜,——她腌的咸萝卜干非常好吃,舂粉子,磨小豆腐,编蓑衣,织芦箔。她还会剪花样子。这里嫁闺女,陪嫁妆,瓷坛子、锡罐子,都要用梅红纸剪出吉祥花样,贴在上面,讨个吉利,也才好看:"丹凤朝阳"呀、"白头到老"呀、"子孙万代"呀、"福寿绵长"呀。二三十里的人家都来请她:"大娘,好日子是十六,你哪天去呀?——""十五,我一大清早就来!"

"一定呀!"——"一定!一定!"

两个女儿,长得跟她娘像一个模子里托出来的。眼睛长得尤其像,白眼珠鸭蛋青,黑眼珠棋子黑,定神时如清水,闪动时象星星。浑身上下,头是头,脚是脚。头发滑溜溜的,衣服格挣挣的。——这里的风俗,十五六岁的姑娘就都梳上头了。这两个丫头,这一头的好头发!通红的发根,雪白的簪子!娘女三个去赶集,一集的人都朝她们望。

姐妹俩长得很像,性格不同。大姑娘很文静,话很少,像父亲。小英子比她娘还会说,一天咭咭呱呱的不停。大姐说:

"你一天到晚咭咭呱呱——"

"像个喜鹊!"

"你自己说的!——吵得人心乱!"

"心乱?"

"心乱!"

"你心乱怪我呀!"

二姑娘话里有话。大英子已经有了人家。小人她偷偷地看过,人很敦厚,也不难看,家道也殷实,她满意。已经下过小定,日子还没有定下来。她这二年,很少出房门,整天赶她的嫁妆。大裁大剪,她都会。挑花绣花,不如娘。可她又嫌娘出的样子太老了。她到城里看过新娘子,说人家现在绣的都是活花活草。这可把娘难住了。最后是喜鹊忽然一拍屁股:"我给你保举一个人!"

这人是谁?是明子。明子念"上孟下孟"的时候,不知怎么得了半套《芥子园》,他喜欢得很。到了荸荠庵,他还常翻出来看,有时还把旧账簿子翻过来,照着描。小英子说:

"他会画!画得跟活的一样!"

小英子把明海请到家里来，给他磨墨铺纸，小和尚画了几张，大英子喜欢得了不得：

"就是这样！就是这样！这就可以乱孱！"——所谓"乱孱"是绣花的一种针法：绣了第一层，第二层的针脚插进第一层的针缝，这样颜色就可由深到淡，不露痕迹，不像娘那一代绣的花是平针，深浅之间，界限分明，一道一道的。小英子就像个书童，又像个参谋：

"画一朵石榴花！"

"画一朵栀子花！"

她把花掐来，明海就照着画。

到后来，凤仙花、石竹子、水蓼、淡竹叶、天竺果子、腊梅花，他都能画。

大娘看着也喜欢，搂住明海的和尚头：

"你真聪明！你给我当一个干儿子吧！"

小英子捺住他的肩膀，说：

"快叫！快叫！"

小明子跪在地下磕了一个头，从此就叫小英子的娘做干娘。

大英子绣的三双鞋，三十里方圆都传遍了。很多姑娘都走路坐船来看。看完了，就说："啧啧啧，真好看！这哪是绣的，这是一朵鲜花！"她们就拿了纸来央大娘求了小和尚来画。有求画帐檐的,有求画门帘飘带的,有求画鞋头花的。每回明子来画花,小英子就给他做点好吃的,煮两个鸡蛋,蒸一碗芋头,煎几个藕团子。

因为照顾姐姐赶嫁妆,田里的零碎生活小英子就全包了。她的帮手,是明子。

这地方的忙活是栽秧、车高田水、薅头遍草、再就是割稻子、打场了。这几茬重活,自己一家是忙不过来的。这地方兴换工。排好了日期,几家顾一家,轮流转。不收工钱,但是吃好的。一天吃六顿,两头见肉,顿顿有酒。干活时,敲着锣鼓,唱着歌,热闹得很。其余的时候,各顾各,不显得紧张。

薅三遍草的时候,秧已经很高了,低下头看不见人。一听见非常脆亮的嗓子在一片浓绿里唱:

栀子哎开花哎六瓣头哎……

姐家哎门前哎一道桥哎……

明海就知道小英子在哪里,三步两步就赶到,赶到就低头薅起草来。傍晚牵牛"打汪",是明子的事。——水牛怕蚊子。这里的习惯,牛卸了轭,饮了水,就牵到一口和好泥水的"汪"里,由它自己打滚扑腾,弄得全身都是泥浆,这样蚊子就咬不透了。低田上水,只要一挂十四轧的水车,两个人车半天就够了。明子和小英子就伏在车杠上,不紧不慢地踩着车轴上的拐子,轻轻地唱着明海向三师父学来的各处山歌。打场的时候,明子能替赵大伯一

会,让他回家吃饭。——赵家自己没有场,每年都在荸荠庵外面的场上打谷子。他一扬鞭子,喊起了打场号子:

"格当嘚——"

这打场号子有音无字,可是九转十三弯,比什么山歌号子都好听。赵大娘在家,听见明子的号子,就侧起耳朵:

"这孩子这条嗓子!"

连大英子也停下针线:

"真好听!"

小英子非常骄傲地说:

"一十三省数第一!"

晚上,他们一起看场。——荸荠庵收来的租稻也晒在场上。他们并肩坐在一个石磙子上,听青蛙打鼓,听寒蛇唱歌,——这个地方以为蝼蛄叫是蚯蚓叫,而且叫蚯蚓叫"寒蛇",听纺纱婆子不停地纺纱,"唦——",看萤火虫飞来飞去,看天上的流星。

"呀!我忘了在裤带上打一个结!"小英子说。

这里的人相信,在流星掉下来的时候在裤带上打一个结,心里想什么好事,就能如愿。……

荸荠,这是小英子最爱干的生活。秋天过去了,地净场光,荸荠的叶子枯了,——荸荠的笔直的小葱一样的圆叶子里是一格一格的,用手一捋,哗哗地响,小英子最爱捋着玩,——荸荠藏在烂泥里。赤了脚,在凉浸浸滑溜溜的泥里踩着,——哎,一个硬"疙瘩"!伸手下去,一个红紫红紫的荸荠。她自己爱干这生活,还拉了明子一起去。她老是故意用自己的光脚去踩明子的脚。

她挎着一篮子荸荠回去了,在柔软的田埂上留了一串脚印。明海看着她的脚印,傻了。五个小小的趾头,脚掌平平的,脚跟细细的,脚弓部分缺了一块。明海身上有一种从来没有过的感觉,他觉得心里痒痒的。这一串美丽的脚印把小和尚的心搞乱了。

……

明子常搭赵家的船进城,给庵里买香烛,买油盐。闲时是赵大伯划船;忙时是小英子去,划船的是明子。

从庵赵庄到县城,当中要经过一片很大的芦花荡子。芦苇长得密密的,当中一条水路,四边不见人。划到这里,明子总是无端端地觉得心里很紧张,他就使劲地划桨。

小英子喊起来:

"明子!明子!你怎么啦?你发疯啦?为什么划得这么快?"

……

明海到善因寺去受戒。

"你真的要去烧戒疤呀?"

"真的。"

"好好的头皮上烧十二个洞,那不疼死啦?"

"咬咬牙。舅舅说这是当和尚的一大关,总要过的。"

"不受戒不行吗?"

"不受戒的是野和尚。"

"受了戒有啥好处?"

"受了戒就可以到处云游,逢寺挂褡。"

"什么叫'挂褡'?"

"就是在庙里住。有斋就吃。"

"不把钱?"

"不把钱。有法事,还得先尽外来的师父。"

"怪不得都说'远来的和尚会念经'。就凭头上这几个戒疤?"

"还要有一份戒牒。"

"闹半天,受戒就是领一张和尚的合格文凭呀!"

"就是!"

"我划船送你去。"

"好。"

小英子早早就把船划到荸荠庵门前。不知是什么道理,她兴奋得很。她充满了好奇心,想去看看善因寺这座大庙,看看受戒是个啥样子。

善因寺是全县第一大庙,在东门外,面临一条水很深的护城河,三面都是大树,寺在树林子里,远处只能隐隐约约看到一点金碧辉煌的屋顶,不知道有多大。树上到处挂着"谨防恶犬"的牌子。这寺里的狗出名地厉害。平常不大有人进去。放戒期间,任人游看,恶狗都锁起来了。

好大一座庙!庙门的门坎比小英子的胜膝都高。迎门矗着两块大牌,一边一块,一块写着斗大两个大字:"放戒",一块是:"禁止喧哗"。这庙里果然是气象庄严,到了这里谁也不敢大声咳嗽。明海自去报名办事,小英子就到处看看。好家伙,这哼哈二将、四大天王,有三丈多高,都是簇新的,才装修了不久。天井有二亩地大,铺着青石,种着苍松翠柏。"大雄宝殿",这才真是个"大殿"!一进去,凉嗖嗖的。到处都是金光耀眼。释迦牟尼佛坐在一个莲花座上,单是莲座,就比小英子还高。抬起头来也看不全他的脸,只看到一个微微闭着的嘴唇和胖墩墩的下巴。两边的两根大红蜡烛,一搂多粗。佛像前的大供桌上供着鲜花、绒花、绢花,还有珊瑚树,玉如意、整棵的大象牙。香炉里烧着檀香。小英子出了庙,闻着自己的衣服都是香的。挂了好些幡。这些幡不知是什么缎子的,那么厚重,绣的花真细。这么大一口磬,里头能装五担水!这么大一个木鱼,有一头牛大,漆得通红的。她又去转了转罗汉堂,爬到千佛楼上看了看。真有一千个小佛!她还跟着一些人看了看藏经楼。藏经楼没有什么看头，都是经书！妈吔！逛了这么一圈，腿都酸了。小英子想起还要给家里打油，替姐姐配丝线，给娘买鞋面布，给自己买两个坠围裙飘带的银蝴蝶，给爹买旱烟，就出庙了。

等把事情办齐，晌午了。她又到庙里看了看，和尚正在吃粥。好大一个"膳堂"，坐得下八百个和尚。吃粥也有这样多讲究：正面法座上摆着两个锡胆瓶，里面插着红绒花，后面盘膝坐着一个穿了大红满金绣袈裟的和尚，手里拿了戒尺。这戒尺是要打人的。哪个和尚吃粥吃出了声音，他下来就是一戒尺。不过他并不真的打人，只是做个样子。真稀奇，那么多的和尚吃粥，竟然不出一点声音！她看见明子也坐在里面，想跟他打个招呼又不好打。想了想，管他禁止不禁止喧哗，就大声喊了一句："我走啦！"她看见明子目不斜视地微微点了点头，就不管很多人都朝自己看，大摇大摆地走了。

第四天一大清早小英子就去看明子。她知道明子受戒是第三天半夜，——烧戒疤是不许人看的。她知道要请老剃头师傅剃头，要剃得横摸顺摸都摸不出头发茬子，要不然一烧，就会"走"了戒，烧成了一片。她知道是用枣泥子先点在头皮上，然后用香头子点着。她知道烧了戒疤就喝一碗蘑菇汤，让它"发"，还不能躺下，要不停地走动，叫作"散戒"。这些都是明子告诉她的。明子是听舅舅说的。

她一看,和尚真的在那里"散戒",在城墙根底下的荒地里。一个一个,穿了新海青,光光的头皮上都有十二个黑点子。——这黑疤掉了,才会露出白白的、圆圆的"戒疤"。和尚都笑嘻嘻的,好像很高兴。她一眼就看见了明子。隔着一条护城河,就喊他:

"明子!"

"小英子!"

"你受了戒啦?"

"受了。"

"疼吗?"

"疼。"

"现在还疼吗?"

"现在疼过去了。"

"你哪天回去?"

"后天。"

"上午?下午?"

"下午。"

"我来接你!"

"好!"

……

小英子把明海接上船。小英子这天穿了一件细白夏布上衣,下边是黑洋纱的裤子,赤脚穿了一双龙须草的细草鞋,头上一边插着一朵栀子花,一边插着一朵石榴花。她看见明子穿了新海青,里面露出短褂子的白领子,就说:"把你那外面的一件脱了,你不热呀!"

他们一人一把桨。小英子在中舱,明子扳艄,在船尾。

她一路问了明子很多话,好像一年没有看见了。

她问,烧戒疤的时候,有人哭吗?喊吗?

明子说,没有人哭,只是不住地念佛。有个山东和尚骂人:

"俺日你奶奶!俺不烧了!"

她问善因寺的方丈石桥是相貌和声音都很出众吗?

"是的。"

"说他的方丈比小姐的绣房还讲究?"

"讲究。什么东西都是绣花的。"

"他屋里很香?"

"很香。他烧的是伽楠香,贵得很。"

"听说他会做诗,会画画,会写字?"

"会。庙里走廊两头的砖额上,都刻着他写的大字。"

"他是有个小老婆吗?"

"有一个。"

"才十九岁?"

"听说。"

"好看吗?"

"都说好看。"

"你没看见?"

"我怎么会看见?我关在庙里。"

明子告诉她,善因寺一个老和尚告诉他,寺里有意选他当沙弥尾,不过还没有定,要等主事的和尚商议。"什么叫'沙弥尾'?""放一堂戒,要选出一个沙弥头,一个沙弥尾。沙弥头要老成,要会念很多经。沙弥尾要年轻,聪明,相貌好。""当了沙弥尾跟别的和尚有什么不同?""沙弥头,沙弥尾,将来都能当方丈。现在的方丈退居了,就当。石桥原来就是沙弥尾。""你当沙弥尾吗?""还不一定哪。""你当方丈,管善因寺?管这么大一个庙?""还早呐!"划了一气,小英子说:"你不要当方丈!""好,不当。""你也不要当沙弥尾!""好,不当。"又划了一气,看见那一片芦花荡子了。小英子忽然把桨放下,走到船尾,趴在明子的耳朵旁边,小声地说:"我给你当老婆,你要不要?"明子眼睛鼓得大大的。"你说话呀!"明子说:"嗯。""什么叫'嗯'呀!要不要,要不要?"明子大声地说:"要!""你喊什么!"

明子小小声说:"要——!"

"快点划!"

英子跳到中舱,两只桨飞快地划起来,划进了芦花荡。

芦花才吐新穗。紫灰色的芦穗,发着银光,软软的,滑溜溜的,像一串丝线。有的地方结了蒲棒,通红的,像一枝一枝小蜡烛。青浮萍,紫浮萍。长脚蚊子,水蜘蛛。野菱角开着四瓣的小白花。惊起一只青桩(一种水鸟),擦着芦穗,扑鲁鲁鲁飞远了。

……

一九八〇年八月十二日,写四十三年前的一个梦。

(原载《北京文学》1980年第十期)

扫码聆听
汪曾祺经典